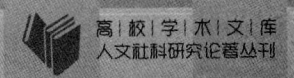

高校学术文库
人文社科研究论著丛刊

进步、外拓、现实
——工业时代的英国文学研究

张天骄 著

中国书籍出版社
China Book Press

图书在版编目(CIP)数据

进步、外拓、现实:工业时代的英国文学研究/
张天骄著.—北京:中国书籍出版社,2018.4
ISBN 978-7-5068-6850-1

Ⅰ.①进… Ⅱ.①张… Ⅲ.①英国文学－近代文学－
文学研究 Ⅳ.①I561.064

中国版本图书馆 CIP 数据核字(2018)第 077871 号

进步、外拓、现实:工业时代的英国文学研究

张天骄 著

丛书策划	谭 鹏 武 斌
责任编辑	尹 浩
责任印制	孙马飞 马 芝
封面设计	马静静
出版发行	中国书籍出版社
地 址	北京市丰台区三路居路 97 号(邮编:100073)
电 话	(010)52257143(总编室) (010)52257140(发行部)
电子邮箱	chinabp@vip.sina.com
经 销	全国新华书店
印 刷	三河市铭浩彩色印装有限公司
开 本	710 毫米×1000 毫米 1/16
印 张	16.75
字 数	235 千字
版 次	2018 年 10 月第 1 版 2018 年 10 月第 1 次印刷
书 号	ISBN 978-7-5068-6850-1
定 价	64.00 元

版权所有 翻印必究

目　　录

第一章　宗教改革后期的英国文学(17世纪) …………………… 1
　　第一节　内战与王政复辟的社会状况 ………………… 1
　　第二节　保王派与革命派诗人的对立 ………………… 8
　　第三节　现实主义小说的初步发展 …………………… 23
　　第四节　古典主义的萌芽：德莱顿 …………………… 30
　　第五节　风俗喜剧的崛起 ……………………………… 35

第二章　启蒙运动时期的英国文学(18世纪初期) ……………… 41
　　第一节　启蒙时代在英国：洛克、牛顿和沙夫茨伯里 …… 41
　　第二节　蒲柏与古典主义诗歌的兴盛 ………………… 49
　　第三节　"寓教于乐"的报刊文学 ……………………… 56
　　第四节　现实主义小说的先驱：丹尼尔·笛福 ………… 62

第三章　前工业革命时期的英国文学(18世纪中期) …………… 68
　　第一节　书信体小说巨匠理查逊 ……………………… 68
　　第二节　"散文滑稽史诗"诗人菲尔丁 ………………… 74
　　第三节　历险故事的讲述者斯摩莱特 ………………… 82

第四章　第一次工业革命时期的英国文学(18世纪后期) ……… 88
　　第一节　恐怖哥特式小说的流行 ……………………… 88
　　第二节　感伤主义小说鼻祖斯特恩 …………………… 96
　　第三节　浪漫主义诗歌端倪的出现 …………………… 101
　　第四节　戏剧大师谢里丹 ……………………………… 108

第五章　第一次工业革命时期的英国文学(19世纪上半叶) …… 115
　　第一节　浪漫主义时代的到来 ………………………… 115
　　第二节　"湖畔派"诗人的崛起 ………………………… 118

第三节　积极浪漫主义派诗人的爆发 …………………… 126
  第四节　世纪的星辰：奥斯汀 …………………………… 132
  第五节　历史传奇和浪漫故事的繁荣 …………………… 138
  第六节　"勃朗特峭壁"的守望 ………………………… 148

第六章　第二次工业革命时期的英国文学（19世纪下半叶） 155
  第一节　现实主义诗风的崛起 …………………………… 155
  第二节　人间画面的温情描绘者：狄更斯 ……………… 161
  第三节　冷眼俯看名利场：萨克雷 ……………………… 169
  第四节　"女性莎士比亚"：爱略特 …………………… 175
  第五节　"喧嚣尘世"的绝望诉说者：哈代 …………… 183
  第六节　"为艺术而艺术"的戏剧家：王尔德 ………… 189

第七章　第二次工业革命时期的英国文学（20世纪初至第一次
　　　　世界大战） ……………………………………… 196
  第一节　20世纪初的时代背景与文坛概况 ……………… 196
  第二节　爱德华时代的"三巨头" ……………………… 198
  第三节　乔治时代的诗人 ………………………………… 208
  第四节　爱尔兰民族戏剧的振兴 ………………………… 216

第八章　后工业革命时期的英国文学（第一次世界大战后至
　　　　1945年） ……………………………………… 221
  第一节　现代主义思想的崛起 …………………………… 221
  第二节　现代派诗人与"奥登一代"诗人 ……………… 226
  第三节　意识流小说的崛起 ……………………………… 234
  第四节　经济大萧条与社会讽刺小说的出现 …………… 243
  第五节　马克思主义的传播与左翼进步文学的崛起 …… 249

参考文献 ……………………………………………………… 255

第一章　宗教改革后期的英国文学（17世纪）

17世纪是英国历史上最为动荡的时期之一。资产阶级与旧贵族、清教与国教、民权与王权冲突激烈，双方拉锯式的你争我夺使"革命和复辟"成为这一时期最形象的标签。清教主义的影响较为复杂，过于强硬的宗教主张对文学艺术形成了禁锢，但其宗教上的革命性不容否定，约翰·弥尔顿（John Milton，1608—1674）的成功是其进步一面的完美展示。对不列颠而言，这个世纪固然多灾多难，但是历经了宗教改革的神学由入世转为出世并被科学所逐步取代，人民大众逐渐开智且变得越来越理性，就为工业革命在18世纪的诞生筑造了温床。

第一节　内战与王政复辟的社会状况

1603年，伊丽莎白女王去世，她的继任詹姆斯一世（1566—1625）平安地接过王位，英国王室的都铎系（1485—1603）结束，斯图亚特系国王们（1603—1714）开始执政。詹姆斯一世从伊丽莎白女王手中接过的是一个统一而强大的英国。国家平静、稳定，经济繁荣、蒸蒸日上，英格兰、苏格兰及威尔士三位一体，政权稳固。然而，女王毕竟已从政坛消失，这对国家生活的各个领域都产生着影响。各种离心力量又在缓缓抬头，教派间的争斗重新浮出台面，王室和议会之间的权力较量愈来愈明显和严重，国家随之急速地滑向动荡、混乱及剧变的局面。

一、政教之间的争执

在詹姆斯一世当政期间，宗教争吵愈演愈烈，而英国教会也愈来愈依靠国王,进而成为政府的一个工具。这不可避免地引起一些新教极端分子即清教徒的不满。他们扬言要清理英国国教,使之纯洁起来。

早在亨利八世宗教改革期间,英国大都市如伦敦的许多工商人士和乡村的自由农民接受加尔文教的教义而产生"清教思想",他们主张清除国教中天主教的影响,改革国教的礼拜仪式和教区事务,被称为"清教"。他们满怀宗教热忱,勤勉工作,很快形成一股强大的社会力量。16世纪末,在清教各集团中形成了两个主要派别,即长老派和独立派。长老派要求革除主教职位,而以教徒自己选出的长老组成宗教会议管理教务。独立派不仅否定主教的权力,而且否定由长老组成的宗教会议的权力,主张每一宗教团体都要按照大多数教徒的意见进行管理。总体上而言,清教徒对罗马天主教的腐化行为与形式壮丽而华美的礼仪恨之入骨。清教逐渐成为一种精神状态和生活方式的象征,即道德标准极端严厉,生活极端单纯而简朴。他们严格遵守安息日和主日,坚决反对任何亵渎行为,如娱乐、游戏、工作、经商等,并严禁酗酒。他们主张饮食清淡,服饰简单。男人剪成短发,故有"圆头"的绰号。在詹姆斯一世当政后,清教徒要求教会脱离政府的控制,享受更大的自由和独立;他们讨厌教会的严格中央集权体制。詹姆士一世唯恐清教运动影响他的专制统治,不断迫害清教徒,在1604年一年就罢免了400名信奉清教的官员。查理一世更是变本加厉,诛除清教,他任命威廉·劳德为坎特伯雷大主教,依仗星座法庭对各种出版物严加审查,取缔清教的言论和礼拜仪式,并对清教徒进行残酷的人身迫害。不少清教徒纷纷离开英国,逃到荷兰的阿姆斯特丹以及莱登去。

二、君主与议会之间的争执

在政治生活领域,王室和议会之间的矛盾也开始表面化。在英国历史上,国王的资金多来自议会。第一次类似议会的会议,即13世纪末召开的"模特议会",就是因为国王需要资助,才召集社会各个阶层的代表会面,以达到快速筹款的目的。詹姆斯一世对英格兰的社会与政治环境并不太了解,他沿袭苏格兰的专制统治经验,力主维护绝对君主制度,认为国王是臣民之父,可凌驾于一切集团之上。他还着力宣扬"君权神授论",认为君主不仅拥有来自神的权力,还拥有与神同等的地位。他生活奢侈,挥霍无度,纵容贪污腐败,使得原本已经十分拮据的王室财政更加入不敷出。他被迫按照传统召开议会,要求批准加增新税,而议员们则借机批评詹姆士一世的内外政策,最后双方剑拔弩张,不欢而散。1625年詹姆士一世病逝,25岁的查理王子登位,为查理一世。查理一世继承了其父"君权神授"的观念,坚持国王的权力高于议会。这样,王权与议会变得水火不容。查理一世在位期间召开的前三届议会,都被他宣布解散。第四届议会愈加坚持己见,在国王不设法解决问题之前,坚决拒绝向皇家金库拨出任何款项。它存在只有三个星期便被国王解散,成为英国历史上最短命的议会,故得名曰"短期议会"。而第五届议会与会时间最长,前后达20年(1640—1660),故得名曰"长期议会"。在17世纪三四十年代的英国,中产阶级的经济实力雄厚,在议会中已经成为一个举足轻重的权力群体,加之它和乡村中小地主阶层在议会的联合,已经形成对王权的重大威胁。这个时期的议会基本上掌握在这两个阶层的联合势力的手中。

长期议会召开后,议员们再次对查理一世的专制统治发难,先后以叛国罪的名义逮捕了为虎作伥的查理一世宠臣,并最终逼迫查理在他们的"死刑判决书"上签字。议会借机扩大战果,随后通过了一系列限制国王权力的法律,包括禁止征收船税,取消专卖制度,重申一切税收都必须经议会同意,每三年必须召开一次议会,而本届议会则必须由它自己宣布解散,同时废止国王的专制工具——星座法庭和高级宗教法庭。

三、英国内战（1642—1649）、"共和时期"（1649—1653）与"护国公时期"（1653—1660）

随着时间的推移，议会内部发生了分裂，保守派与激进派就国家最高权力归属与宗教问题上的分歧越来越大。1642年1月，查理率亲兵强行进入议会所在地威斯敏斯特宫，企图逮捕激进派议会领袖，随后离开伦敦，向北方撤退。1642年8月，查理在诺丁汉城建立大本营，他指称议会造反，背叛国王，应该予以征讨，内战由此爆发。

第一次内战（1642—1647年）：1642年10月23日，王军同国会军在埃吉山进行了首次大规模交战。国王的军队具有骑士的风度，穿着华丽，善于骑射，他们被称为"保王党"。议会的军队士兵剪短发，故有"圆头军"之称。王军兵力7 000多人，议会军7 500人。议会军两翼骑兵被王军骑兵的反击所打败，但中路步兵却打退了王军步兵的进攻，并将其击溃，战斗结果未分胜负。10月29日，王军攻占牛津，11月12日攻占距伦敦7英里的布伦特福，首都告急。但是，议会军力量很快大增，迫使王军放弃进攻伦敦的计划。1643年9月，王军兵分三路进攻伦敦，首都再次告急，议会派处于被动。这时，议会派中涌现出了以克伦威尔为代表的一批杰出将领。克伦威尔亲自组织"东部联盟"军队1.2万人，在1643年的东部几场战斗中连战皆捷。1645年，查理一世战败投降。

后来又经过反复，查理逃走，阴谋串通苏格兰人入侵英格兰，到1649年议会军大获全胜，苏格兰战败，查理被俘，1649年受审而被推上断头台。历史上称之为第二次内战。

英国内战是英国资产阶级在广大人民群众的支持下同封建专制王权之间的一次大搏斗。通过战争，专制王权被推翻，新贵族和资产阶级确立了在国家政治生活中的统治地位。经过内战，英国还变为共和政体。1651年，查理一世的儿子查理王子在苏格兰被拥立为王,率军侵入英格兰,被击败后逃亡法国。于是,国家很快进入了无政府状态。克伦威尔率领他的"铁甲军"弹压英格兰、苏格兰与爱尔兰的各种反对势力,自立为护国公,英国遂进入"护国公时期"。在苏格兰,克伦威尔任命蒙克将军为苏格兰总督。1658年,克伦威尔去世,他的儿子被宣布为护国公,但很快又辞去职务,下野为平民。英国陷入了权力真空状态,原来执掌大权的军队一下子群龙无首,实力大减,为议会重新取得最高权力创造了机会。

四、王政复辟时期

1660年2月3日,驻苏格兰军队司令蒙克借口恢复过去的长期议会,率领军队武装占领了伦敦。蒙克本来就是个保王派,当时迫于革命形势才转到议会方。他到达伦敦后,马上按斯图亚特王朝时期的选举法召开了新议会,多数议员也都是亲王党派。议会决定与流亡国外的王室妥协,扶持查理一世之子查理二世复位。查理二世同时发表公告,保证大赦所有的人(议会另有决定者除外),保障议会所允许的宗教信仰自由,议会将解决蒙克军队对地产的要求以及拖欠军饷的支付问题。查理二世复位,封蒙克为公爵,统领海军舰队,并通过法律,赦免近年动乱中的一切罪过("弑君者"以及其他五人除外)。议会同意解散议会军,并投票为国王提供每年120万英镑的终身收入。但好景不长,查理二世即位不久就开始对原来的革命者进行反攻倒算,他一再扩大"弑君者"的范围,甚至当时连反对处死国王的革命者也难逃一死。克伦威尔的尸体被从坟墓中挖出枭首示众,曾经审判查理一世的最高审判庭成员全部被判处死刑,内战期间没收的一些王室、教会土地也被收回。接着议会又颁布《宗教考查法》等限制性法令,将清教徒逐出国家机构和国教教会,国教重新取得统治地位。查理二世在位25年。他的继任詹姆斯二世在位4年。王政复辟时期前后不到30年。

查理二世对议会百般依赖,英国君主们从此再也不能恢复复辟前的气势和权力。议会大权独揽,国王和他的朝廷业已名存实亡了。但在客观上,查理二世为英国带来了和平与稳定。总之,议会和王权处于一种相互妥协与利用的状态中。

五、"光荣革命"

查理二世的继任者、他的弟弟詹姆斯二世不甘于做一个空有其名的国家元首,一心想恢复专制的王权,并想把英国变为一个天主教国家。他不仅宣布天主教徒信仰自由,给予他们平等的公民权利,还任用一些天主教徒担任政府、军队与大学里的高官要职,在宫中接见罗马教皇的代表,甚至在宫廷里公开举行天主教的祈祷仪式,这让当时的英国国教教会大为反感与恐惧。同时,他还沿袭查理二世的亲法政策,降低法国商品进入英国的关税,潮水般涌入的法国商品给英国本土手工业带来很大冲击。他还接受法国的财政援助,力图恢复被压制很久的天主教的地位。詹姆斯二世还采取了一系列旨在恢复王室威力的措施,坚决镇压和取缔一切反对行动。他干预司法,建立军队威慑伦敦。他在议会拨给的优厚年金之外,取消一些城镇的宪章,直接征敛赋税等。这些措施惊呆和激怒了议会。1688年,议会下院(或平民院)七名领袖联名邀请詹姆斯二世的女婿——荷兰共和国的元首、奥兰治家族的威廉——以及詹姆斯的女儿玛丽,率军进入英国。英国军方虽然集结了几万军队与之对抗,但主要将领都避免与威廉的军队交战,一些军官甚至公开倒戈。王室成员也顺应形势,进入威廉的阵营,伦敦市议会也代表市民欢迎威廉的到来。就这样,威廉率领的军队在未遭遇任何抵抗的情况下,长驱直入伦敦。詹姆斯二世即刻采取和解措施,如恢复城镇的宪章、解散宗教委员会、恢复一些遭到排斥的大学教授的职位,等等,以缓解议会的不满情绪,但是为时已晚。他见大势已去,便急忙逃亡法国。1688年,威廉和玛丽进入伦敦,议会宣布他们为英国国王和王后,作为英国的联合元首。这个事件在英国历史上被称为"光荣革命"。

威廉和玛丽登上王位之前,议会发布了《权利法案》,规定以后国王不经议会同意不能停止任何法律的效力,也不能决定使任何人免受法律的制裁。国王不经议会同意不能征收任何赋税,也不能在和平时期征集和维持常备军。法案宣布议会的言论自由,议会必须定期召开,全体人员都有请愿的权利等。《权力法案》进一步削弱了王室,使之基本上处于无权的地位,而议会则把国家的财政、军事、宗教等大权牢固地掌握在自己手中。至此,议会和王室的权力斗争基本告一段落。中产阶级实际上已把权力从贵族阶级手里夺过来,而成为国家无可置疑的统治者。王室对议会的实权也再未进行过有分量的挑战。

17世纪的英国文学总的来说是转折时期的文学。它承上启下。17世纪初的几十年是伊丽莎白时期的延续。文学史家一般把它看作伊丽莎白文学的最后阶段。内战和王政复辟时期的文学虽然在内容上表现出明显的不同,但是从精神层面看,伊丽莎白时期的浪漫主义精神贯穿在这个时期的作品中。这在约翰·弥尔顿(John Milton,1608—1674)、约翰·德莱顿(John Dryden,1631—1700)、约翰·班扬(John Bunyan,1628—1688),甚至这个时期的戏剧里,都有不同程度的表现。到17世纪后期,有些人开始回顾前面一个世纪以来的文学创作,对伊丽莎白时期进行思考,觉得感情发溢多了些,而理性少了些;文学创作自由多了些,而文学原则和规范则少了些。他们觉得英国文学需要章法的调理。于是,以德莱顿为首的文学家开始这项规范化过程。

内战和王政复辟时期的文坛开始发生重要变化。诗歌的质量大幅度下降。许多诗人属保王派,受到严重冲击。在这个时期也出现一些内容极不健康的诗作,把美德、真理和诚信当作笑料。与此同时,也有清新的诗歌出现,这就是"抑扬(或英雄)对偶式"诗歌。这种诗歌形式早已存在,但使它成为人们喜爱的诗歌形式的诗人是埃德蒙·沃勒(Edmund Waller,1606—1687)。后来又经德莱顿和亚历山大·蒲柏(Alexander Pope,1688—1744)的改善,这种形式在 18 世纪成为英国诗歌的主要表达媒介。最值得褒扬的是革命诗人——约翰·弥尔顿、马维尔(Andrew Marvell, 1621—1678)等人的锲而不舍的创作努力。

散文在 17 世纪一直在朝着健康的方向发展,这对英国小说产生了积极的推动作用,尤其是培根简洁明快的语言风格和充满哲理的散文作品也使同时代的小说家受到深刻启迪。17 世纪上半叶,罗伯特·格林和托马斯·迪罗尼等作家的现实主义小说在英国备受青睐,小说的读者群也随之从贵族阶层扩大到受过教育的普通百姓。其间,尽管英国小说尚未告别雏形期,但充满了生机。此外,当时英国还出现了一些所谓的"性格特写"。这些作品大都生动地描绘了社会上形形色色的人物形象并详细地剖析了各种人物的性格特征。尽管"性格特写"还不能被排在小说之列,但它们对英国小说的发展无疑起到了推波助澜的作用。随后出现了班扬和阿弗拉·班恩(Afra Behn,1640—1689)等杰出的小说家。

1688 年前后,英国舞台经历了剧烈变化。在 1642—1660 年这 18 年期间,即清教徒势力占据整个英国政治版图的时期,戏剧只能选择销声匿迹。这个戏剧的空白时期直到查理二世 1660 年登基后才开始发生改变,"风俗喜剧"盛行起来。

第二节 保王派与革命派诗人的对立

17 世纪,政治、宗教的冲突反映在文学上形成保王派诗人和革命派诗人两大阵营。保王派诗人出现于内战时期的前后数年内。所谓"保王派"诗人并非一定写保王的内容,但在政治立场上基本都是站在国王一边。他们的风格清爽、典雅、有些做作。他们可以说是 18 世纪诗歌的先驱,受到 18 世纪诗人们的崇敬和拥戴。在复辟时期,约翰·弥尔顿无疑是最重要的革命派诗人,他

第一章　宗教改革后期的英国文学（17世纪）

的深远影响是无与伦比的。

一、保王派诗人的诗歌创作

在英国资产阶级革命期间，保王派诗人忠实地站在国王一边。他们的诗歌以世俗之爱和感官的享受为主题，表现声色犬马、道德沦丧、玩世不恭的生活态度。其及时行乐的创作主题与中世纪基督教来世思想相背离。保王派诗人的诗歌创作主要受玄学派诗歌的影响。玄学诗的基本特点是它的"机智"或"奇想"。"奇想"，或曰"牵强的比喻"指善于把最不协调的想法硬凑在一起，以给读者留下深刻印象。"奇想"指荒诞的想象，或以奇怪的、天才的、复杂的、多方面的比喻为形式表现出的思维方式。保王派诗人的诗歌也有这些特点。保王派诗人的代表有埃德蒙·沃勒（Edmund Waller，1606—1687）、亚伯拉罕·考利（Abraham Cowley，1618—1667）、查尔斯·塞德雷（Sir Charles Sedley，1639—1701）、查尔斯·萨克维尔（Charles Sackville，1638—1706）、约翰·德纳姆（John Denham，1615—1669）、约翰·维尔默（John Wilmot，1647—1680）等。以下主要对沃勒、考利、德纳姆的诗歌创作进行简要分析。

（一）埃德蒙·沃勒的诗歌创作

沃勒出生于英国哈特福德郡的考利舍，曾就读于伊顿学院和剑桥大学。他16岁进入英国议会，是当时著名的演说家，具有非凡的语言天赋。在政治上，沃勒最初站在议会一边，反对国王；后来又转而支持查理一世反对议会，策划了"沃勒计划"，试图帮助国王恢复王室的权力。结果事情败露，沃勒被流放，1651年被赦免。他在王政复辟后再次进入议会，直到去世。沃勒在世时就是著名诗人，享有很高的声誉。1645年他的《诗集》出版，很受欢迎，历经数版。其实，早在《诗集》出版之前，他的许多诗歌就已经在读者中广泛传阅。沃勒的诗歌有一些是带有政治色彩的颂诗。

他审时度势,见风使舵。例如,《献给摄政王的颂诗》赞美了克伦威尔,表明了沃勒的共和思想。在这首诗中,沃勒肯定了克伦威尔政权,称赞该政权使国家结束无政府状态,免于内战之苦。在诗中,沃勒把克伦威尔比作《圣经》里的大卫王。在《关于最新风暴和殿下的死亡》一诗中,沃勒把克伦威尔的死亡比作是创建罗马城的罗穆卢斯国王之死,对他增强国力的功绩予以赞扬。然而,在王政复辟时期,沃勒于1660年出版的诗歌《献给国王,在陛下荣归之际》,又对查理二世大加赞美,把查理二世比作希腊神话中独眼巨人库克罗普斯的眼睛,表达英国人民极力要求君主政体复辟的意愿。沃勒诗歌中有一些是献给个人的诗,还有一些是爱情诗。他最著名的诗歌包括献给多萝西·锡德尼的《去吧,可爱的玫瑰》。他的后期作品包括《宗教诗歌》和《沃勒先生的诗歌的第二部分》,这些诗歌都反映出沃勒诗歌中的典型性主题和意象。沃勒的诗歌语言流畅,风格典雅。在玄学派诗歌盛行的时代,沃勒独树一帜,采用概括性陈述和容易理解的意象,强调通过倒装和对称来限定语句。沃勒最大的贡献在于把英雄偶韵诗体引入英语诗歌创作,规范诗歌的语句和用词,使用响亮的韵脚,强调智慧和客观性。在沃勒的努力下,后来又经德莱顿和蒲柏的改进,这种诗体在英国一度盛行,到17世纪末至18世纪上半叶,成为英国诗歌的主要表现形式。

(二)亚伯拉罕·考利的诗歌创作

考利出生于伦敦一个富裕的文具商家庭,在剑桥大学受教育。他15岁时发表第一部诗集《诗歌之花》,里面收入五首诗歌,其中一首是他在10岁时写成的。内战时,他离开剑桥,随王室到法国,1647年发表诗集《情人,或几首爱情诗》。他1654年回国,被监禁,出狱后在牛津学医。王政复辟后,他回剑桥工作,后来得到王室封地。考利的作品包括《情人》《品达式颂歌》,以及关于大卫王的史诗。他的三卷作品《诗歌集》是他的作品的一次修剪。这部作品的第一卷发表于1679年,其他两卷则是20世纪80年代中期才被发现。这部作品尝试以史诗的风格讲述圆头党和贵族们的争斗,并以史诗式的预言结尾,断言善者将会获胜。上帝保佑国王,而魔鬼则是克伦威尔的教唆者。对于这个文学预言,现实生活却是反其道而行。

考利在世时声望很高,但后来就逐渐被人遗忘。他对斯威夫特有过影响,约翰逊的《诗人生平》一书也以他为开篇。但如今考利的读者仍寥寥无几,只是他的一些诗依然值得欣赏与推敲,如《燕子》:

> 多嘴的鸟啊,你为何一大清早
> 就在我窗前啾啾乱叫?
> 狠心的鸟啊,今天你从我臂中,
> 从臂中夺走了我的一个好梦。
> 醒时双眼看到的一切东西,
> 都无法与那梦中的景象相比。
> 你怎能将你造成的损失弥补,
> 你所带来的比梦一半都不如,
> 不如那梦的一半美好、可爱,
> 尽管人们说是你把春天带来。

这首诗写的是燕子的叫声夺走了人的美梦,语言清新俏皮,读来自是别有风味。同时,它也是一首格律诗,每两句一韵,扬抑格。

(三)约翰·德纳姆的诗歌创作

德纳姆出生于都柏林,是爱尔兰财政部首席男爵约翰·德纳姆之子,曾在牛津大学接受教育。1636年,他把古罗马诗人维吉尔的史诗《伊尼依德》第2册的部分内容翻译成英语,并于1656年以《特洛伊的毁灭》为题出版,同时附有一篇关于翻译艺术的精彩韵文,但没有引起注意。后来德纳姆完成五幕悲剧《智慧》,1641年上演,1642年出版。这为他在文学界赢得了一席之地。

德纳姆的最成功之作是他的诗歌《库珀山》。该诗最初匿名出版，后来几经修改，于1655年最后定稿。《库珀山》以德纳姆家周围的景致为描写对象，融景物描写与道德反思为一体，表现出诗人的艺术性和深刻的思想。诗人站在库珀山上，极目远眺，周围的一切尽收眼底，就连伦敦的远景和古老的圣保罗教堂也被纳入视野。目光所及，诗人浮想联翩，谈古论今。远处的山峰，近处的幽谷，高高的温莎塔和潺潺的泰晤士河，都被描写得活灵活现，被赋予一种不寻常的意义。德纳姆把喧嚣的城市生活与宁静快活的乡村生活作对比，提到大教堂在查理一世的资助下得到修缮的历史，预言说教堂将永远坚固如初。森林环绕的肥沃山谷使诗人想到关于农牧之神、林中仙女和森林之神的古老故事。诗人在详尽描写狩鹿的经过之后，旁骛笔锋，评论了当时人们侵犯宗教自由、蚕食修道院的现象。

《库珀山》笔墨简练，德纳姆在诗中表现出高贵的气质和典雅的艺术风格。他迎合当时的艺术品位，贴切自然地使用对照和暗喻手法。他的不断出现的对比和偶尔出现的警句，把对周围景物的观察融为一体，使之与内容相得益彰。在诗中，德纳姆也使用了偶句，证明这种形式在当时不是固定的格律形式，而是为了实现简洁和清晰所进行的一种尝试。

《库珀山》是一首着重描写景物的诗作，囊括了英语诗歌中曾出现的所有景致。诗人为景物敷设各种想象的色彩，以期确切地表达自己的思想。诗中出现的高塔、河流、森林、高山的名称都不是特指，而是具有普遍适用的特点，在英国乃至欧洲的任何地方都可以找到这种地方。德纳姆的这一做法并非首创，在前人的诗作中就有过类似的尝试，只是《库珀山》在当时促成了这一风尚的流行。

德纳姆除了以上的作品外，还创作了一些即兴与抒情诗。如《悼亚伯拉罕·考利先生的去世》《悼亨利·黑斯廷斯大人去世的挽歌》《大卫赞美诗的一个译本》等。其中，《悼亚伯拉罕·考利先生的去世》一诗非常优美，哀婉动人。此外，德纳姆在生命的最后几年还写了一些政治性作品，如《绘画技法说明》和《新技法说明》

等诗。

二、革命派诗人的诗歌创作

17世纪的时代的剧变、革命激情与复辟势力的反复较量,以及社会发展的不协调,是保王派诗歌创作的社会语境。实际上,也正是在这样的复杂的社会语境之下,产生了以诗人约翰·弥尔顿、安德鲁·马维尔(Andrew Marvell,1621—1678)为代表的英国资产阶级革命文学,为宗教改革的产物。弥尔顿的作品,尤其是《失乐园》等诗作,强烈地表现了清教徒革命家的反抗精神,而他著名的田园挽歌《利瑟达斯》,也表达了对教会、对牧师的憎恶之情。马维尔的诗歌虽然被划入玄学派之列,但在革命时期,他写的诗以克伦威尔的摄政与逝世为主要内容,赞扬革命领袖。这两个人是好友,在共和革命时期都在克伦威尔的拉丁秘书处任职。王政复辟以后,革命派处于逆境,但是他们坚持创作,都写出了永恒不朽的作品。

(一)约翰·弥尔顿的诗歌创作

弥尔顿的整个人生都是与清教、革命事业联系在一起的。他在诗歌的多个领域都取得了突出的成就,不仅写出了优秀的田园挽诗、抒情短诗,精美的十四行诗、牧歌,出色的诗体悲剧,还写出了伟大的史诗。

参加革命以前,弥尔顿的作品主要是用拉丁文、希腊文、意大利文及英文写的中短篇诗作,如《圣诞清晨歌》《快乐的人》和《沉思的人》。其中,《圣诞清晨歌》音调优美,用喻典雅,具有清新澄澈的风格。《快乐的人》写无忧无虑的青年晨起听鸟鸣鸡啼、猎人号角,欣赏牧野美景,歌颂田园生活,也歌颂城市歌舞升平的景象,烘托出对快乐生活的向往。《沉思的人》写一个受"神圣的忧郁"支配的青年的闲情逸趣,夜间读书思索,清晨漫步冥想。

革命期间,诗人投身政治事业,以论述性散文写作为主,间或也写了17首十四行诗,代表诗作如《咏失明》《我仿佛看见了我圣洁的亡妻》《黎西达斯》。这些诗作拓宽了传统十四行诗的表现范围,内容广泛,其中有对政党领袖的赞颂,有对亲朋好友的酬答,有对个人情感的抒发和关于自由、清教思想等政治宗教观点的表达。比如,在《咏失明》里诗人倾吐了失明带来的痛苦,在宗教信仰中寻求安慰。《我仿佛看见了我圣洁的亡妻》抒发诗人自己痛失爱妻的悲怆。同样悼念亡妻的挽歌《黎西达斯》的调子也十分低沉。诗歌以梦的形式回忆亡妻的音容笑貌,将真挚深沉的悼亡之情表达得细腻感人,"我醒了,她逃走了,白昼又带回我的黑夜"更是写尽了失明的弥尔顿独自面对无边黑暗的凄凉。同时,诗人把爱情提高到宗教与哲学的高度,将亡妻比作希腊神话传说中代夫赴死的"阿尔雪丝蒂",加上"约芙的伟大儿子"所蕴含的关于耶稣的联想,强化了亡妻所具有的圣洁品德和自我牺牲精神。《黎西达斯》其实是一首牧歌式挽歌。英诗中的挽歌是在失去至爱的亲朋后所作的哀悼或追思之辞。牧歌式挽歌作为一种诗体,具有明显的结构和形式特点。正如《黎西达斯》一诗所展示的,这种诗体在架构上一般都包括几个阶段:首先是丧失亲人后最初感到的震惊、不解及不知所措;随后是逐渐地、痛苦地、勉强地顺从天意,接受人生不可改变的事实;然后是通过艰苦的思想过程,获得肯定信念,从而达到平静和快乐的心境;最后感受到爱和信仰的威力。尽管《黎西达斯》并不是英国文学史上牧歌式挽歌的开山之作,它却为牧歌式挽歌的写作提供了一个参考的范本,成为后人所仿效的经典模式。

王政复辟以后,弥尔顿的生活和创作步入晚期,先后完成了《失乐园》《复乐园》和《力士参孙》,借圣经故事表达自己对资产阶级革命的坚定信念。

《失乐园》是欧洲文学史上文人史诗的典范作品,规模宏大,一万多行,采用无韵诗体写成。该诗取材于《圣经》,亚当、夏娃被逐出乐园的故事出自《旧约·创世纪》,撒旦反叛的故事取自《新约·启示录》。《失乐园》共包含12卷,每卷卷首提供内容梗概,诗行采取每卷重排页码的形式。第1卷(共798诗行)开宗明义，说明诗人的本意是以其精湛的诗笔讴歌全能的上帝。这一卷除前50诗行外，通篇讲撒旦。虽然开始时诗人咒骂撒旦不自量力、反叛天庭、"不敬不逊"(第27～49诗行)，但这一卷主要是赞扬撒旦永不言败的大无畏精神。由于通篇是撒旦在自我表白，他对上帝自然是百般诋毁。诗人没有给上帝辩白的机会，直到第3卷上帝才露面。人们读完第1卷会感到，撒旦不是，或不完全是一个负面人物；群魔的反叛不是，或不完全是一个负面行动。在这一卷里，诗人的想象天马行空，言辞意气风发，用典自然，信手拈来，潇洒而淋漓尽致。第2卷(共1 055诗行)描绘叛王讨论计划的情况。中心题目是，是否需要发动另外一场战争以光复天国。各位叛王纷纷发表意见。最后决定，他们要去争夺新世界的控制权，怂恿人类违背他们的创造者上帝的旨意(第363～377诗行)。此卷和第1卷一样，诗人依然神采奕奕、激昂慷慨，字字珠玑，掷地有声。第3卷(共742诗行)说，上帝看到撒旦正朝新造的世界飞去，对圣子预言，他将成功地引诱人类堕落。此章开始，歌颂天国的盛况，诗笔无力，词语勉强。与此同时，撒旦求得太阳神的指点，朝乐园飞去，到地面上去获得一些第一手资料。当诗人转向描绘正向"乐园"飞去的撒旦时，忽然又别开生面、生气勃勃起来。第4卷(共1 015诗行)说，撒旦来到乐园，虽然心里充满矛盾、疑虑和惶恐，他还是横下心来，继续前进。他看到乐园的外景和地位，便化作鸬鹚，蹲在树上观望。夜幕降临，天使竭力保护亚当和夏娃的居所(第776～829诗行)，并对撒旦发出警告，魔鬼无奈，落荒而逃。第5卷(共904诗行)叙述夏娃告诉亚当她的噩梦，说她见到一个天使模样的人请她吃知识树上的智慧果(第49～109诗行)。亚当安慰她，一切恢复平静(第209～210诗行)。上帝派天使拉斐尔前去和亚当说，他们要服从上帝。第6卷(共912诗行)中，天使拉斐尔继续对亚当讲述撒旦一伙被上帝击败、打入地狱的经过。第7卷(共639诗行)说，拉斐尔应亚当和夏娃的要求，讲述上帝在赶走撒旦一伙以后，宣布要创造另外一个世界(第

157～158 诗行),并派遣圣子前去,要求他在 6 天内完成创造工作(第 166～171 诗行)。第 8 卷(共 653 诗行)中,亚当询问天体运行之事。第 9 卷(共 1 189 诗行)说,撒旦贼心不死,又回到乐园,附于蛇身(第 178～191 诗行),接近夏娃。在蛇的怂恿下,夏娃偷吃禁果(第 532～794 诗行)。她想让亚当也吃一口。亚当起初大吃一惊,后来出于爱情,也吃了。他们开始害羞(第 1 057～1 065 诗行)。二人开始失去理性,激情奔放,然后是相互埋怨(第 1 134～1 189 诗行)。第 10 卷(共 1 104 诗行)说,乐园的天使们回天宫禀报,上帝得知,告诉他们撒旦无法阻拦。圣子表示愿意前往乐园处理罪犯(第 68～84 诗行)。圣子来到,判处蛇永远爬行、受人诅咒;夏娃要经历生育痛苦,听从丈夫的意志;亚当必须劳作,汗流满面才能糊口,生来自泥土,死后亦回归泥土(第 175～208 诗行)。与此同时,撒旦的女儿"罪"和儿子"死"遵照撒旦的路线,在混沌筑起一条通往乐园的大路(第 301～326 诗行)。撒旦趾高气扬,回到地狱庆祝(第 462～503 诗行)。众魔尚未来得及喝彩,便都变形为蛇(第 504～547 诗行)。亚当为自己的堕落而深感悲哀(第 715～716 诗行),但高兴地接受上帝的意旨(第 773 诗行)。他咒骂夏娃,夏娃忏悔,二人和好如初。他们向上帝祈祷,祈求圣恩。第 11 卷(共 992 诗行)中,圣子向上帝求情,上帝允许减轻对人的惩罚,但他下令将亚当和夏娃驱逐出乐园。最后一卷,第 12 卷(共 649 诗行)说到,米迦勒告诉亚当,入世再生后,人们过着虔诚和平静的生活。史诗折射出英国 17 世纪的时代精神。人类被逐时的凄惶,撒旦失败后的创痛,都流露出那个特定时代人们的苦闷和忧伤。当时资产阶级革命又被称为清教革命,清教徒弥尔顿又是光明磊落的革命斗士,清教思想与革命思想交织在一起,奏响了《失乐园》的主旋律。

《失乐园》的艺术特色十分鲜明。首先,长诗风格宏伟,格调高昂。弥尔顿用一万多诗行来吟咏天堂、地狱以及上帝、人类和魔鬼之间发生的故事,过去、未来和现在的情景交错展开,结构巧妙而宏大。其次,史诗的讽喻巧妙而隐蔽。《失乐园》在宗教的外衣下,潜伏着弥尔顿的政治思想。在第 7 卷第 24 至 28 行,诗人指出即使在落难的日子里,遭受辱骂、失明,身处孤独和危险中,也要更扎实地用人的声音歌唱。接下来,诗人借呼吁诗神,对世风日下,不少人堕落变节,文坛满是啁哳淫靡之音进行讽喻。史诗想象丰富,细节生动而有独创性。《圣经》中关于撒旦反叛、上帝创世以及亚当、夏娃失去乐园的文字十分简短,诗人借助丰富的想象,融汇希伯来、希腊、罗马传说,衍生出许多细致生动的情节、场景和动作来充实史诗内容,有力地加强了史诗的艺术表现力。《失乐园》的节奏和音调也十分出色。史诗采用了抑扬格五音步无韵体诗,弥尔顿依照思想感情的变化来安排诗的节奏和声响,多采用"弥尔顿式"的连贯长句和独特的拉丁文句法,流畅而变化多端,使整首诗如长江大河奔腾澎湃、气势非凡。

《失乐园》还有一个引人注目的特点,即在诗中诗人对上帝、魔鬼和人类的明显模棱两可的态度。读过全诗之后,人们常会觉得撒旦并非可恶至极。事实上,史诗用了大量篇幅描绘撒旦挫败上帝意图的决心和周密计划。在第 1 卷中,撒旦在地狱的恐怖中重新恢复神志,依然骄矜无比、雄心勃勃,在精神上毫无屈服之意。他聚集谋逆的同伴们,一同去加倍努力推翻上帝的"暴政"。可以说,撒旦是《失乐园》里形象刻画得最圆满、最突出的人物。其他的人物,包括上帝在内,多是简单的一维性人物。亚当和夏娃的性格有些变化,但在绘声绘色、心理成长方面,比不上撒旦。撒旦有血有肉,内心极其复杂多变。比如在前 3 卷,他是一个不折不扣的反叛者。从第 4 卷开始,当他在乐园看到上帝的造物业绩,他也有些悔恨之意(第 4 卷第 19~31 诗行)。他想到忏悔,但也想到地狱里的战友以及他对他们的承诺(第 4 卷第 79~92 诗行):他深知自己瞻前顾后、"死要面子活受罪"的尴尬处境。他内心一时之间充满怒气、嫉妒和绝望,这进一步坚定了他反叛到底的决心。这种描绘增加了撒旦这个人物的可信度。

《失乐园》采用倒叙手法,分两条线索来铺展情节。人类始祖亚当、夏娃偷吃禁果失去地上乐园的故事是史诗的第一主线;撒旦率军反抗上帝,被打入地狱而失去天上乐园的故事是史诗的第二线索。两条线索在第9卷中撒旦引诱亚当、夏娃犯罪时交汇。

《复乐园》取材于《新约·路加福音》第4章,共4卷,近两千行,叙述耶稣不为撒旦诱惑的故事,和《失乐园》在内容上有密切联系。第1卷(共502诗行)描写圣子耶稣受洗后,撒旦心怀嫉妒和愤怒,回到住所商议对策。他感到耶稣将会威胁他在人间的影响,他必须立刻采取应对手段——通过欺骗和陷阱,而不是暴力,引诱这个"人间的人"。上帝向众位天神透露,他派"人子"来人间,挫败撒旦和他的团伙,把他们赶回地狱,拯救人类。撒旦只好无奈离开。第2卷(共486诗行)叙述新受洗的信徒刚看到救世主,就发现他不见了。他们祈求上帝快派救世主来拯救他们出水火。圣母见儿子不在人群中,也担心不已。与此同时,耶稣在荒野中冥思苦想,认识到自己在人世的任务与使命。撒旦离开耶稣,又与同伙商议。耶稣在荒野斋戒40日,感到饥饿,但他不在意食物,更急于照圣父的意志行事,后来朝山下树林走去。途中,一个魔鬼化作城市人站在他面前说:你为什么还饿呢?耶稣看到面前有一桌丰盛的美味佳肴,坚决拒绝食用,指斥魔鬼耍阴谋,并说唯有崇拜上帝、坚信真理才能获拯救进天国。第3卷(共443诗行)讲魔鬼自知争论不过耶稣,但还是打起精神,称赞耶稣的美德,还带耶稣到山巅观看古往今来的帝国与帝王的荣耀,但耶稣拒绝了引诱,指出他的升起意味着魔鬼的堕落,他的繁荣意味着魔鬼的毁灭,真理最终战胜了谬误。第4卷(共639诗行)讲魔鬼并不气馁,把耶稣带到山的西面,让他细看罗马城,金碧辉煌,固若金汤,世界各国都来称臣,但当今皇帝无子嗣,全然不顾国事,他劝耶稣前去取而代之。耶稣平静地回答说,他的王国将击败一切人间的帝国,而保持永恒。夜来耶稣睡下,魔鬼用噩梦搅扰他。耶稣说,暴风雨不会伤我,它们不是上帝的预示。魔鬼于是抓起他,把他放到圣殿的尖端。耶稣说,"不要诱惑你的主——上帝"(第4卷第561诗行)。魔鬼的魔咒失灵,翻身降下地狱。天使把圣子放到绿草上,为他摆上圣餐。耶稣饱餐后回家见母亲。就这样,耶稣经受住了考验,天使们将他迎入仙谷,筵饮乐舞,庆祝他的胜利,耶稣开始布道,替人类恢复乐园。《复乐园》与《失乐园》都关注了信仰、诱惑与内心乐园的问题,既体现了诗人的清教主义思想,又具有丰富的政治意义。人们一向认为《复乐园》比《失乐园》低一等。但如果单从诗歌价值看,《复乐园》并不亚于《失乐园》。诚然,《失乐园》前两卷那种雄伟、恢宏的气势,《复乐园》里可能不易找到,但是《复乐园》和《失乐园》后面的10卷相比,就给人一种不相上下的感觉。

《力士参孙》是一部诗体悲剧,情节来自《旧约·士师记》第13章至第16章。《旧约·士师记》所记载的是以色列人在民族英雄——士师①们的领导下,为民族解放而斗争的故事。领导斗争的以色列人军事领袖是参孙。参孙是个大力士,他的力气足以使他赤手空拳撕裂一头向他吼叫的狮子。他的秘密隐藏在他的头发里:自他降生起上帝就告诉他的父母不要为他理发,因为只要头发在,他就会力大无比。参孙任以色列士师达20年,使侵略者腓利士人望而生畏,不敢轻举妄动。但他有好色的致命弱点,于是腓利士人巧施美人计,让一个名叫达利拉的漂亮姑娘去勾引他。参孙果然坠入情网而不能自拔,向情人吐露出"秘密",结果就被卖给腓利士人。敌人将他的头发剪去,双眼挖掉,囚禁在牢中负轭推磨。在腓利士人庆祝对参孙胜利的那一天,他的友邻、父亲、妻子和敌手相继来看他。这时候他的力气已随着头发的生长恢复了,敌人威逼他献技取乐,他趁机撼倒大厦石柱,压死了敌人的首领和贵族们,自己也同归于尽。诗人从力士参孙在敌人监牢里拒绝屈服、痛斥达利拉、最后与敌人同归于尽的情节等角度,描写参孙不屈不挠的精神。参孙在逆境中仍不屈服,很有点中国古代越王勾践卧薪尝胆、伺机复仇的精神,也不难看出诗人以参孙自喻的意图。《力士参孙》代表了诗人自己临危不惧、不畏艰险的精神。评论家们一般认为,参孙和晚年的弥尔顿极其相似。比

---

① 所谓士师,是《圣经·旧约》中对以色列的伟大军队领袖的称呼。

如诗人也是个盲人,也娶了一位与自己信仰不同的妻子,最重要的一点在于他们一样都为自由事业而战,都被投入牢笼,受到凌辱、摧残。尽管身处败势,他们都在精神上立于不败之地。他们都找到了自我表达的方式,甚至完成了复仇的使命。从形式角度说,《力士参孙》谨守"三一律",情节、时间、地点统一,是一出经典的希腊式悲剧。诗剧所描写的重点更多着眼于表现英雄的精神状态,而不是他的具体行动。诗剧写得悲壮激烈,反映了革命者面对复辟王朝残酷迫害的愤怒,以及他们从不妥协、渴望复仇的革命情怀。

弥尔顿批判地继承了文艺复兴时期的人文主义思想,并将它贯彻到资产阶级革命实践中去。他的长诗以圣经故事为题材,带着明显的清教思想,表现了革命者的反抗精神和坚贞情操,主人公往往有个人英雄主义的色彩。在艺术上,弥尔顿模仿古希腊、罗马史诗和悲剧的写法,但不受人为的清规戒律的束缚。弥尔顿的诗歌创作,在17世纪欧洲文学中占有重要的地位。

(二)安德鲁·马维尔的诗歌创作

马维尔出生在一个信奉卡尔文教的家庭,在英国内战中他支持共和党派一边,反对王室。弥尔顿担任克伦威尔的拉丁文秘书期间(1657—1659),他担任弥尔顿的助手,并于1659年进入国会。在王政复辟后,他仍被选为国会议员。尽管马维尔的诗歌带着一些玄学色彩,但他有自己独特的风格。他把玄学的成分与伊丽莎白时期的特点,在诗歌创作中巧妙地结合在一起。他喜欢采用双韵体进行写作。在一定意义上,他的努力为这种诗体后来在德莱顿和蒲柏手中达到完美的境地而铺就了道路。

马维尔既有吟诵自然的抒情诗,又有表达沉思的哲理诗,被认为是英国诗坛歌颂"花园"之美的第一人。不过论者最常提及的是他那首哀叹岁月无情、青春短暂的传世名作《致他的娇羞的女友》。这首诗虽具有玄学派的激情和说理风格,但更明快流畅,意象夸张奇妙,语言轻盈生动,是歌颂人文主义现世幸福的杰出诗篇。诗的叙事者是个年轻人,他劝他的意中人不要再停步不前,劝她接受他的爱,不要再浪费她最美好的青春。这首诗包括3个诗节,采用双韵体写成。与我国唐人绝句"花开堪折直须折,莫待无花空折枝"异曲同工。诗中"假若""但是""所以"俨如逻辑中的三段论法,使全诗首尾呼应,一气呵成。第1诗节,在假若时间和空间都足够的前提下,诗中青年对他所爱的姑娘说,她的羞怯,忸怩都可以理解,他可以用100年来爱她的眼,200年来爱她的胸,3万年来爱她的身子,她可以去东方的印度寻找宝藏,而他则可以在西方的家乡等待盼望。这段诗意象夸张,口气超然,极富戏剧性,为后文埋下了伏笔。以"但是"开始的第2诗节口气急转,一扫前段轻松超然的气氛,一针见血地指出了"一朝春尽红颜老,花落人亡两不知"这一严酷的事实。诗人以其杰出的想象力把时间、空间、死亡、爱情点化成惊心动魄的意象,而意象之严酷几乎不顾及读者的神经。"那时只剩下虫豸蠹蛆来品尝你长久保持的童贞",读来令人不寒而栗,"坟墓倒是个美好幽静的地方,但谁也不会在那儿拥抱温存",则使读者受感染的情绪达到高潮。对此,第3诗节顺理成章地指点迷津:只有及时相爱,及时行乐才能超越时空,战胜死亡。第3诗节与前两个诗节在结构上密不可分,但与第1诗节的夸张超然,第2诗节的惊心动魄相比,似乎稍显平淡,当然,这只是就本首中三段相比较而言。总之,这首激情强烈、意象瑰丽的好诗的确不可多得,受到了诗人艾略特的称赞。

马维尔的《花园》也值得称道,其第二诗节写道:

> 美好的"宁静",我终于在此找到了你,
> 还有"天真无邪",你亲爱的女神!
> 我久入迷途,一直在忙忙碌碌的
> 众人之中想和你们相遇。
> 你们的神圣的草木,在这世界上,
> 只有在草丛中才能生长;
> 和这甜美的"幽独"相比的话,
> 人群只可说是粗鄙、不开化。

《花园》一诗共有72行,发表于1681年。全诗可看作一种象征——诗人在倦于政事之后所向往的理想世界。诗人用拟人的手法,在"花园"里找到了尘俗世界中久违了的"宁静"和"天真无邪"。因为在他看来,什么高官厚禄、卓著战功、耀眼光环,与花园里人和自然和谐相处的"幽独"相比,真是不值一提。

马维尔一切伟大诗篇都是抽象派的,其诗篇反映精神的感受,综合了思想和情愫。马维尔始终明了宇宙的多样性和统一性,因而他在这两者间维持的张力构成了他诗歌的特别的平衡和折中性。一般认为《一首贺拉斯式的颂歌:咏克伦威尔从爱尔兰归来》是这一类诗在语言方面的最优秀作品,它"集中体现了马维尔诗歌的政治感情和思想的平衡性"[1]。作者同时描述了国王的神圣权力和另一种类型迥然不同的统治权力。马维尔庆贺克伦威尔青云直上,掌握政权,庆贺他。从他的私人花园,到:

　　……把古老王国倾铸进了
　　另一个模型。

国王的软弱使他无力对付克伦威尔的力量,马维尔同时也记述了查理一世的崇高精神。查理一世被处死,使"悲惨的断头台""增辉生色"。诗歌从国王的死刑到克伦威尔执政这一过渡的叙述是扼要的,给人留下了深刻的印象:

　　这是那令人缅怀的时刻,
　　它首先使强权稳住宝座。

虽然马维尔赞颂了克伦威尔的办事效率和精力,而且承认克伦威尔把管理国家的权力交给议会不无道理,但他也看到了继续进行战斗的必要(在爱尔兰之后,苏格兰仍需征服),诗的结尾处他提了一个温和的警告:

　　同样的谋略,过去用以夺权,
　　现在须以保江山。

---

[1] 王志远. 世界名著鉴赏大辞典[M]. 北京:中国书籍出版社,1990:469.

他"颂歌"的折中性是通过颂扬、缄默和告诫相结合而得到的;它既承认克伦威尔的公正,又承认王位的传统。为自己国家着想的良好愿望超过了诗人对具体行动的好恶。他一方面讨厌对查理一世的处决,另一方面又宣称克伦威尔的能力持续的相辅相成关系会对英国有益。在不同势力之间维持的这种张力使该诗获得了魅力。

第三节 现实主义小说的初步发展

英国 17 世纪的资产阶级革命和随后的斯图亚特王朝复辟不仅使整个国家长期处于混乱无序、动荡不安之中,而且也使这个时期的文学创作与文艺复兴时期相比黯然失色。尽管如此,英国文坛依然出现了约翰·班扬和阿弗拉·班恩等杰出的小说家。他们的创作实践进一步提高了英国小说的艺术质量,有力地扩大了它的社会影响,并且对英国小说的规范化和健康发展产生了重要的影响。

一、约翰·班扬的现实主义小说创作

班扬是个虔诚的基督徒,一个坚定的不信奉国教者。他主张按照《圣经》的律条而不是按照教会牧师的解释来生活,而每个人都有权按照自己的方式来理解《圣经》。他认为人只有通过自己的精神奋斗才能获得最终的救赎。在政治上,班扬对腐败、虚伪、靠强取豪夺致富的富人阶级怀有深刻的仇恨,其作品表达了英国资产阶级革命前后底层人民的呼声。班扬的主要作品有《天路历程》《上帝赐予最大罪人的无限恩惠》《圣战》《败德先生传》等。其中《天路历程》采用寓言的形式讲述基督徒的精神历程,给读者呈现了一幅 17 世纪现实主义的图景,是英国文学史上极为重要而又十分流行的一部小说。班扬的作品语言通俗简洁,内容朴实,

细节生动,为英国小说早日告别雏形期并步入一个新的发展阶段做出了积极的贡献。以下重点说《天路历程》《败德先生传》。

《天路历程》(共两集,上集发表于1678年,下集发表于1684年)是英国文学中第一部具有梦幻色彩的宗教寓言小说。作者生动地描述了自己在梦中遇到的情景。他看见一个衣衫褴褛的人,背着一个沉重的包袱,手中拿着一本《圣经》,在路上徘徊。此人名叫基督徒。他从传播福音的人口中得知,他的家乡城市将要被大火烧毁。于是,他将这一可怕的消息告诉家人和邻居,并劝说他们赶快离开。但他们将基督徒视为疯子。无奈之下,基督徒决定独自一人去天国寻求救赎,从而开始了他的"天路历程"。起初,一个名叫"易变"的朋友愿意与他同行,但陷入困境后,"易变"中途退却,而基督徒则义无反顾,勇往直前。后来,他得到了"世智""传道"等人的帮助和指点,并在一位名叫"尽忠"的朋友的陪伴下,克服千难万险,遭受种种磨难,路经"名利场""羞辱谷""困难山"和"死亡河",终于到达"天国城",获得了不朽的生命。

《天路历程》借助中世纪的梦幻形式,将"基督徒"的旅程置于梦境的框架之内。梦境"是现实生活的转换,是剥离了现实生活中纷繁复杂的表象的本质性之呈现,能够引领人们从新的角度和更深的层次理解现实,思考人性和人生,所以,从某种意义上说,梦比现实更加具有真实性"[①]。在作品的叙述过程中,作者不断提醒读者这是一个梦,希望读者能够进入这个将永恒和现实结合起来的世界。叙述者一直惯用的语言是"我在梦中看到了……","看"是书中的一个重要的视觉隐喻,班扬在《天路历程》中将"看"呈现为两个层次:熙攘热闹、争名逐利的有形世界和沉稳实在、蕴含真理的无形世界。"基督徒"透过有形的现实世界看到了无形的真理世界,便矢志远行,克服艰难险阻,寻找拯救之路,最终到达天国。班扬运用比喻象征的手法,以基督徒的朝圣为中心隐喻,用一系列连续扩展的隐喻展现出多层次的寓意,其中最明显

---

① 黄秀敏. 文化语境下的西方幻想文学之嬗变[M]. 北京:现代出版社,2015:164.

的是宗教寓意。班扬在《天路历程》中频繁地使用《圣经》中的词语与意象,基督徒朝圣之旅的经历与《圣经·旧约》中以色列人寻找救赎的艰辛历程有异曲同工之妙。班扬在《天路历程》中所表现的思想与《圣经·新约》的主张不谋而合:人类迷失了自我,需要获得救赎,只有通过对自己罪孽的忏悔和对耶稣的信仰才能得到拯救。《天路历程》像《圣经》一样表现了上帝的仁慈,即便基督徒误入歧途朝着完全相反的方向前进,上帝依然宽恕他,以自己的仁慈将他召唤回来,使他再次走上通往天国之路。

《天路历程》不仅仅是宗教寓言,更具有深刻的社会和历史寓意,影射了王政复辟后的英国社会和历史现实,其中最具有代表意义的是作者对"名利场"这个集市的描写。班扬在此向我们展示了复辟时期伦敦的政治景象与社会现象。在这个集市上,荣誉、头衔、快乐、欲望,甚至生命等一切都可以买卖,欺骗、谋杀是常见的现象;在这里,"基督徒"和"忠诚"因为追求真理、蔑视名利而与集市上的氛围格格不入,因此遭到了惩罚。班扬以"名利场"这个集市作为以伦敦为代表的整个英国的缩影,表现了他对当时的社会和政治环境的看法,也反映了像他这样纯粹地道的基督徒在社会中所遭遇的窘境:在一个自私自利、道德堕落、欺骗盛行的社会中,没有受到世俗名利污染的虔诚的宗教信仰者遭到排斥,一筹莫展。

《天路历程》记录的不仅仅是朝圣之旅,更展现了一部朝圣者的心路历程。班扬以高超的艺术手法将人物的内心世界和心理活动栩栩如生地呈现为有血有肉的具体形象。基督徒在朝天国行进的途中遇到了各种人和物,遭遇了各种困难和挫折,历经了喜怒哀乐等各种心理变化,作者以"沮丧""怀疑""期盼""仁爱"等独特而又贴切、形象的比喻性语言与人物意象清晰地记录了朝圣者的心理变化和心路历程。

《天路历程》虽然使用寓言化的人物和场景,其所达到的却是现实主义的效果,呈现给读者的是真切实在地生活在英国现实社会中的真实的人。尽管班扬笔下塑造的人物具有诸如"慈悲""柔顺""无知""无神论者""马屁先生"等抽象化、类型化的名字,但这些具有抽象名字的人物却都源自于现实生活,名字不过是为了形象地表现他们的性格特点,他们是生活于王政复辟时期的有血有肉的活生生的人,是在 17 世纪英国的任何集市或任何道路上所能碰到的现实生活中的人。班扬运用他所生活的那个时代人们的日常用语,生动形象地描写人们的语言、行为和外貌,展现人们的内在情感和精神生活。小说中所涉及的场景也都源自于英国的现实生活,书中所描写的村庄、田野、小路等都活灵活现地再现了那个时代英国的乡村景象,书中出现的"名利场""绝望谷"等都是英国社会中真切实在的社会现象和生活场景。《天路历程》是披着梦幻外衣的现实主义文学作品。

小说吸收了《圣经》英文版本的许多特点,行文简约清新、生动有力、用词朴素。班扬以简明扼要的语言使故事中看似复杂的隐喻抽象和寓意象征变得通俗易懂。《天路历程》成功地将寓言体与梦境式的叙述框架相结合,配之以现实主义的生动描写和简约实在的语言风格,以朴实无华的语言将故事中的人物个个塑造得栩栩如生,使读者如见其人、如闻其声。从某种意义上说,《天路历程》是一部当之无愧的现实主义文学作品。

《天路历程》的上集获得巨大成功之后,班扬便着手创作它的下集,并于 1684 年正式完成与出版。下集主要描述基督徒的妻子克里斯蒂和她的四个孩子的"天路历程"。他们不顾众人的反对,在邻居"仁慈先生"的陪同下,战胜了巨人"绝望"及其他怪物,最终到达了天国。在评论家和读者看来,《天路历程》的下集在艺术上与上集相比稍逊一筹,两者的文学地位不可相提并论。

《天路历程》与中世纪宗教文学、骑士传奇和民间故事联系紧密,同时又表现出了对社会现实的热切关注,显示出了卓越的叙事能力,不愧为 17 世纪英国文学中的经典之作。班扬在英国文学史上具有鲜明的过渡特点,被看作是英国 18 世纪小说的先驱,对英国小说的发展产生了较大的影响。

《败德先生传》是班扬的另一部现实主义小说,以讽刺的笔调描绘了复辟王政时期英国社会的腐败与罪恶。小说通过"智慧先生"和"关注先生"之间的对话描绘了一个名叫"败德先生"(即"坏人")的一生。"败德先生"是17世纪末英国奸商的典型形象。他从小作恶多端,后采用种种卑劣的手段发了横财。作为一个投机商人,他囤积居奇,哄抬物价,横行市场,鱼肉百姓。最后"败德先生"暴病而死,算是得到了报应。班扬通过这一不法商人的形象详尽地描述并无情地揭露了当时风行于英国社会的贪婪、狡诈、欺骗和腐败等丑恶现象。作者似乎告诉读者,英国社会到处都是"败德先生"这样的坏人,"邪恶如同洪水一般,可能会淹没我们英国人的世界"。显然,在这部小说中,作者的现实主义手法继续得到了充分的展示,从而使17世纪英国社会的种种不道德行为一览无余。值得一提的是,《败德先生传》在艺术形式上出现了新的变化。尽管这部小说依然具有寓言的特征,但它不再以梦境的形式由第一人称进行叙述,而是通过"智慧先生"和"关注先生"两人之间的对话来揭示刚死不久的"败德先生"的恶劣行径。"智慧先生"承担了叙述故事的任务,而"关注先生"则扮演了评论者的角色,两人分工明确,各司其职。总之,《败德先生传》是继《天路历程》之后的又一部重要小说,它为18世纪英国现实主义小说的崛起提供了必要的过渡。

班扬既是17世纪的一位艺术天才,又是英国小说的伟大开拓者。他以朴实的语言、辛辣的笔调和敏锐的洞察力表现了英国王政复辟时期的社会腐败和道德堕落,起到了一位寓言家和社会批评家的作用。他的创作不仅代表了18世纪以前英国小说艺术的最高成就,而且也对人们深入研究英国小说艺术的发展具有重要的参考价值。

二、阿弗拉·班恩的现实主义小说创作

班恩是英国早期重要的女小说家,她在促进英国早期的小说

走向成熟的过程中做了很大的努力。班恩出生在英格兰的肯特郡，早年曾在南美洲圭亚那地区的苏里南生活过一段时间。1663年，她返回英国，并嫁给了一位商人。在第二次英荷战争爆发前夕，她受英国宫廷派遣到比利时北部港口城市安特卫普从事情报工作。战争结束后，她回到英国，但不久因债务问题而坐牢。几年后，班恩获释出狱，并开始从事文学创作。她早年在苏里南的生活以及后来的坎坷经历无疑为她提供了宝贵的创作素材。从1671年起到1689年她去世为止，班恩创作了15个剧本，不过，班恩的创作成就主要建立在她的散文体小说《奥隆诺科，或皇家奴隶》（以下简称《奥隆诺科》）之上。这是继《天路历程》之后又一部具有较高艺术水准的英国小说，在17世纪末的读者中引起了一定的反响。

《奥隆诺科》的故事发生在南美洲，小说以现实主义和浪漫主义两种手法讲述了一个黑人奴隶王子和黑人奴隶妇女之间的悲惨爱情故事，由此遣责了奴隶制文化。故事描写的黑人男主人公虽没有受过正规的西方式教育，但靠自己的磨炼和修养不为欧洲人性堕落所惑，十分令人称赞。这部作品较早地涉及了高尚野蛮人的神话，这种主题在浪漫主义时代达到了顶峰。奥隆诺科是非洲一个国王的孙子和王位继承人。他与一位名叫英姆埃达的女人相爱。不料，老国王早已被英姆埃达的美貌所迷惑。当他得知这对青年男女的恋情时，不禁醋意大发，怒火中烧。他立即下令将英姆埃达卖到国外去当奴隶，而奥隆诺科则遭到一名运送奴隶的英国船长的诱捕，被押往英国的殖民地苏里南。不久，奥隆诺科在苏里南找到了英姆埃达，两人重新团聚，后来，奥隆诺科因鼓动其他奴隶逃跑而遭到当局的追捕。在绝境中，奥隆诺科为了不让英姆埃达落入虎口，不得不先将她杀死。英姆埃达面带微笑迎接死亡。然而，奥隆诺科却自杀未遂，被当局抓获。他宁死不屈，最终被残酷地杀害。

在《奥隆诺科》里，作者详尽地描述了那些自称是基督徒的英国殖民主义者残酷压迫奴隶的情况，对统治者和殖民主义者的血腥暴行作了深刻的揭露。小说充满了现实主义的描写镜头,常常使读者感到身临其境。此外,与16世纪的英国小说相比,《奥隆诺科》在艺术形式上显得更加成熟。小说情节生动曲折,人物形象有血有肉,框架结构清晰合理,体现了作者较强的谋篇布局能力。值得一提的是,作者在这部小说中掺入了不少近似于学术论文的篇章,深入探讨了作者本人对诸如宗教之类的抽象问题的认识与思考。难怪有些评论家把《奥隆诺科》称作英国文学史上"第一部哲理小说"。

  班恩是英国小说的开拓者,除了《奥隆诺科》之外,她还创作了其他几部长篇小说,其中较为出色的有与《奥隆诺科》同时发表的《美丽的薄情女郎》等。她的创作具有一定的实践意义,因为这不仅使小说这一新的文学体裁在公众眼中变得更加体面与可敬,而且还首次证明女性在运用这种文学样式时的能力与男性相比毫不逊色。

  在英国,最早对小说发表评论的也许是班恩。她几乎在自己每一部小说的封面、前言或开头都要发表自己对小说的见解。班恩认为,小说不但应该叙述真实的故事,而且还应该体现一定的现实性。在《不幸的快乐女士:一段真实的历史》中,班恩一开始便告诉读者:"我不得不向世人叙述这样一个故事……我拥有这个故事的全部真相。"班恩在强调小说真实性的同时,对英国早期罗曼司所描写的那种难以置信的故事感到不以为然。她在《美丽的薄情女郎》中开门见山地告诉读者:"我并不想用一个虚假的故事或任何像罗曼司中那样胡编乱造的事件来糊弄你们。这部小说的每一种情景的真实性丝毫不差。"显然,班恩不愿将自己的小说与罗曼司相提并论,并认为真实性是小说的生命线。应该说,她的这一观点在后来(尤其是18世纪)的许多小说家中具有一定的代表性。

  尽管英国17世纪下半叶的小说在谋篇布局、人物塑造和艺术手法方面还不尽如人意,与现代小说不可同日而语,但它无疑具有重要的实践意义。英国早期的小说家在努力使小说根植于本土的过程中充分显示了他们的艺术才华和创作潜力,同时也使人们看到了这种新的文学体裁的发展前景。毫无疑问,他们的创作实践和艺术成就为18世纪英国小说的全面崛起奠定了重要的基础。

第四节 古典主义的萌芽:德莱顿

复辟时期的文坛领袖是约翰·德莱顿,他是英国古典主义最早的倡导者和实践者。他的戏剧和诗歌创作标志着英国诗歌中古典主义的确立,使得新古典主义渐成雏形,为随后新古典主义在英国的发展奠定了基础。

德莱顿出生于一个相当富足的乡村家庭,13岁时被选送到威斯特敏斯特学校,即圣·彼得皇家学校,享受国王奖学金待遇。该校是一所注重人文主义的文法学校,坚持开设课程训练学生的修辞和辩论能力。德莱顿从中受益匪浅,这在他日后的创作中体现出来。他在该校接受的翻译课程训练也培养了他对不同文化的吸收和接纳能力。1650年,德莱顿进入剑桥三一学院,学习古典作品、修辞和数学。1654年他以优异成绩取得学士学位。同年,父亲去世,给他留下不多的财产。在克伦威尔执政期间,他来到伦敦,经人介绍到当时的国务大臣手下工作。1658年,克伦威尔去世,德莱顿参加了葬礼,之后不久发表他的第一部力作《英雄诗章》,歌颂克伦威尔的功绩,哀悼他的逝世。1660年,政治风云突变,查理二世归来,君主制复辟,德莱顿又创作了《正义归来》,为君主制唱赞歌。王政复辟之后,德莱顿迅速确立了自己在诗歌和文学批评上的领袖地位,开始效忠新政权。除了《正义归来》,他为了表示对复辟的欢迎又相继写了《献给神圣的陛下:贺国王加冕》和《致大法官》。随着清教政权的垮台,关闭剧院的禁令也不复存在,德莱顿开始投身戏剧创作。17世纪60年代到70年代,戏剧创作是他的主要收入来源。很快,他成为"复辟喜剧"的

第一章 宗教改革后期的英国文学（17世纪）

主将，他最有名的喜剧作品是《时髦婚姻》。德莱顿模仿法国悲剧诗人高乃依，写了许多"英雄悲剧"，在内容上，大多通过对爱情的讴歌和荣誉的崇尚来粉饰贵族生活和君主制度，剧中的英雄主角为荣誉和义务而牺牲情欲，往往情感充沛、语言造作。《印度女王》和续集《印度皇帝》使"英雄悲剧"在英国开始流行起来，奠定了德莱顿在当时戏剧界的领袖地位。《一切为了爱》则标志着他的戏剧生涯达到顶峰，剧本以古典原则改写了莎士比亚的悲剧《安东尼和克莉奥佩特拉》，写了安东尼对克莉奥佩特拉的爱情与世俗荣誉权力之间的冲突，对这对情人之间忠贞不渝的"崇高的激情"进行了歌颂，"没有任何一对情侣像他们活得那样完美，死得那样悲壮"。剧中的安东尼，不再是怀着强烈激情的文艺复兴时期的人物，而是更多地带有感伤主义色彩。剧作没有采用双行押韵诗体，改用无韵诗，严格遵守古典主义的三一律规则，地点限于亚历山大城，剧情集中在亚历山大古城被围以后男女主人公的爱情表现和临死前的场面，从而产生了较强的戏剧效果，成为当时十分流行的剧目。德莱顿的其他较好的剧作还有《格拉纳达的征服》《奥伦-蔡比》等。《格拉纳达的征服》分上、下两部，以西班牙人与摩尔人的战争为背景，以格拉纳达皈依基督教为主线。主人公阿尔曼佐是格拉纳达颇有威望的将领，他直率坦诚，英勇过人，强烈地爱着王后阿玛海蒂。戏剧以夸张的语言突出人物外部的冲突和人物内心爱与荣誉之间的冲突，但人物刻画和语言都不免造作。《奥伦-蔡比》写忠心耿耿的奥伦-蔡比与其同父异母兄弟争夺王位，昏聩的国王剥夺了他的继承权，转交给另一位儿子莫拉特，最后奥伦击败所有兄弟，杀了莫拉特，父子言和。德莱顿的悲剧创作有一个固定的模式：时间、场景的安排遵循古典主义的"三一律"；在戏剧对白中运用英雄双行体；剧情安排上，德莱顿在自己的悲剧中"总是会让两个女人爱上一个男人，或两个男人爱上一个女人……这样便会有机会让爱和荣誉相争斗……（然后）必须有一个英雄同全世界来战斗……打败他们，如果有必要的话，也让一半的天神加入这场争斗"。这种典型的模式化倾向反映了德莱顿对人物的道德伦理关系及其道德价值取向的重视。

德莱顿从来都没有满意过自己的戏剧创作,因此,他尝试诗歌创作以博取诗人的声誉。《英雄诗章》是德莱顿的第一部重要作品,写于克伦威尔死后不久,主要是歌颂他的功绩。诗歌流畅而有力,虽为颂扬之作却丝毫不给人以屈膝逢迎之感。文章既没有攻击王权,也不涉及克伦威尔的宗教信仰。1667年,他写出了长诗《神奇的年代》。该诗共304节,它以历史事件为题材,描写的是发生在1666年的两件大事:英国海军击败荷兰和伦敦大火。该诗采用五音步四行诗节,内容冗长,主要是歌功颂德。但是正是这首诗让德莱顿在同辈中崭露头角,使他在1668年获得"桂冠诗人"称号、在1670年获得皇家史官的过程中起到了十分关键的作用。1668年,他用对话体写成《论戏剧诗》,为自己的文学创作实践进行辩护。1675年,德莱顿创作了英雄剧《奥荣·泽比》,在引言中他反对在严肃的戏剧创作中使用韵律。第二年,他的剧作《一切为了爱》就是用无韵诗写成的。担当"桂冠诗人"期间,德莱顿迎来了自己一生中最大的成就:讽刺诗。他的模仿史诗《莫克弗莱克诺》开始时是以手抄稿的形式流传开的,其创作意图主要是攻击剧作家托马斯·沙德韦尔。然而它却不容小视,因为它不仅使描写对象以出人意料的方式显得十分重要,而且使得荒诞可笑的事物成为诗歌创作的材料。在随后的两部作品《押沙龙和阿克托菲尔》和《勋章》中,他延续了这种讽刺风格。他在这一时期的其他作品包括宗教诗《俗人的信仰》《普鲁塔克传》。《俗人的信仰》共456行,采用英雄双行体写成。在这首诗中,德莱顿坦率地分析了当时的主要宗教问题。从题目上看,该作品似乎是一本个人信仰方面的自白书,但实际上德莱顿审视了英国的主要宗教流派,并清楚表达了他信奉英国国教的观点。在《普鲁塔克传》这本传记中德莱顿首次向英国读者介绍了"传记"一词。《鹿与豹》这首颂诗写于德莱顿放弃英国国教转向罗马天主教之时。该诗共有三部分:第一部分采用寓言方式描述了英国国内的各个教派;

第一章 宗教改革后期的英国文学（17世纪）

第二部分用雌鹿代表天主教，用豹子代表英国国教，描写二者之间的论战；第三部分继续这二者之间的对话，并展开德莱顿个人的宗教讽刺。德莱顿高明之处在于成功运用妙趣横生的诗行进行论证和说理。该诗尤其值得注意的地方是第二部分的第499～555行和第三部分的第235～250行，前者描写了英国国教的权威和基础，后者描写了德莱顿自己的选择。

1681年，德莱顿创作了他的第一首也是他最好的政治讽刺诗——《押沙龙和阿克托菲尔》。该诗采用英雄双行体，由两部分构成，第一部分于1681年问世，第二部分发表于1682年。该诗是个寓言，借用押沙龙反对大卫王的《圣经》典故来书写蒙玛姆斯反叛（1685年）、天主教阴谋（1678年）和驱逐危机等当时的政治事件。押沙龙造反的故事见于《圣经·旧约》第十四和十五章。大卫王英俊的儿子押沙龙为夺取王位起兵谋反，父子展开激战，押沙龙战败身死，他的谋士阿克托菲尔自杀身亡。1681年的英国，查理二世年事已高且健康堪忧。他早年风流成性，留下很多私生子，其中之一就是颇具个人魅力而且热衷于新教的蒙玛姆斯公爵詹姆斯·斯科特。查理二世没有合法的继承人，他的弟弟即后来的詹姆斯二世又有信仰天主教的嫌疑，下议院十分害怕他继承王位。夏夫兹伯里伯爵提前发起并积极主张通过《驱逐法案》，但是该法案两次在上议院受阻。1681年春天，夏夫兹伯里请求查理二世将蒙玛姆斯的身份合法化。与此同时，蒙玛姆斯准备篡位被人发现，夏夫兹伯里也涉嫌策划谋反，不久被捕，但随后陪审团将他无罪释放。查理二世死后，蒙玛姆斯公爵看到无望继承王位，又不愿看到叔叔詹姆斯荣登宝座，就开始谋反，但很快被镇压并于1685年被处以死刑。德莱顿的诗歌就讲述了最初的骚乱，将蒙玛姆斯比作押沙龙，查理二世比作大卫王，夏夫兹伯里比作阿克托菲尔，将白金汉（德莱顿的宿敌）塑造成不忠的仆人泽姆瑞。该诗将谋反的主要责任归在夏夫兹伯里身上，将查理二世刻画成忠诚可敬之士。

写于1682的《麦克弗莱克诺》是一首无情攻击英国剧作家托

马斯·沙德韦尔的诗歌,对18世纪亚历山大·蒲柏创作讽刺长诗《愚人记》无疑产生了十分重要的影响。

1687年的《圣·赛西里亚日颂歌》是德莱顿为庆祝圣·赛西里亚日而创作的。圣·赛西里亚是基督徒殉道者,也是人们心中所崇拜的音乐的守护者。为了纪念他,英国人设立了纪念日,并以乐曲的方式开展纪念活动。德莱顿的这首颂诗就是为1687年的纪念活动而写的。它优美无比,先后被十七、十八世纪的两位著名音乐家谱成曲子传唱。在这首颂歌中,德莱顿写道:音乐从混沌之中创造了整个世界,天籁之音创造了整个宇宙;从最高音阶到最低音阶的音律代表着伟大的造物之链,人是这一链条上最后的造物;音乐能唤醒人们身上的各种感情;圣·赛西里亚的音乐恰如天籁之音,引得各位天使也不知不觉从天上来到人间。这比起希腊神话中奥菲士(Orpheus,诗人和歌手,善弹竖琴,弹奏时猛兽俯首,顽石点头)的音乐来,可以说有过之而无不及。

德莱顿的诗歌形式多样,内容丰富,或记叙历史大事,或发表政治和宗教见解,或讥讽政敌,增强了英国诗歌的表现力,充分显示了他驾驭诗歌艺术的出色才能。在形式上,德莱顿的诗歌大都采用严正的英雄双韵体,即两行一押韵,每行五个音步,每个音步采用抑扬格形式。14世纪乔叟在《坎特伯雷故事集》里把这种英雄双韵体引入英国,德莱顿以及后继者蒲柏对这种新型的英语偶句诗体进行充分运用,使之定型并成为英国诗歌的主要形式之一。

德莱顿虽然在政治和宗教上摇摆不定,但他的诗歌以及整个文学成就还是得到了同时代人以及后人的认可。德莱顿通过创作讽刺诗、颂诗和宗教诗等确立了一种标准的诗歌形式——英雄双行体,这无疑为18世纪的蒲柏等人的诗歌创作奠定了坚实的基础。

德莱顿也是英国文学批评的创始人,被艾略特称为"英国批评的第一位大师",他在《论戏剧诗》《悲剧批评的基础》和《寓言集序言》以及其他一些作品的序言里,总结、阐述和实践了自己的文学主张,尤其是较为系统地论述了古典诗学原则,为英国古典主义文学奠定了理论基础。

第五节　风俗喜剧的崛起

　　清教主义的负面影响之一便是戏剧的衰落，1642年，清教徒把持的国会以"舞台剧本"和"羞愧的时代"不符为由关闭所有的剧院，盛极一时的英国戏剧受到沉重打击，出现了英国文学史上所谓的"戏剧的中断"。王政复辟之后，1660年剧院重新开放，但此时观众的构成发生了很大的变化，反映浮华、轻佻贵族生活的"风俗喜剧"恰如其分地迎合了此时观众主体的兴趣爱好。讽刺性的风俗喜剧在素材、创作技巧上深受法国古典主义喜剧家莫里哀的影响，不同于伊丽莎白时代的浪漫喜剧，多以当时的英国上流社会为讽刺对象，往往采用愉快而不尖刻的反讽来表现生活，对话俏皮幽默。喜剧最常见的主题是上流社会男女之间爱的纠纷，反映出宫廷环境中轻浮放荡的时尚。这个时期喜剧所使用的技巧也值得一提。喜剧作家们似乎不很看重情节的统一，往往在作品中塞进多条平行或相互交织的线索。在具体情节的表现上也不拘一格。在同一部作品中，有的线索的展开运用的是押韵的对句，有的线索用的则是散文体。在语言风格方面，这些作家各有特点。当时有名的喜剧作家有乔治·艾瑟里奇（Sir George Etherege，1635—1691）、威廉·威彻利（William Wycherley，1640—1716）和威廉·康格里夫（William Congreve，1670—1729）。

一、乔治·艾瑟里奇的风俗喜剧创作

　　艾瑟里奇创作时间不长，只为后世留下了三部剧本（《滑稽的复仇》《只要她行她就愿意》《摩登人物》）和一些诗歌，但一般认为他为英国风俗喜剧定型和发展奠定了基础。艾瑟里奇的戏剧作品简单易懂。它们只是简单的喜剧作品，没有什么太多附加的意

义,不为说教,不为传道,只是简单地为了"寻点乐子"。总体上来说,他的喜剧是抒情式的,读者或者观众在欣赏他的作品时没有必要静下来仔细思索这些作品中有没有什么大道理。艾瑟里奇深受莫里哀的影响,代表作《摩登人物》肯定了年轻人对爱情的追求。

《摩登人物》又名《弗普林·弗拉特先生》。这部喜剧主要讲的是放荡的德里曼特几段恋情的发展。在第一幕第一场中,德里曼特对自己的经历有这样的评价:"我喜欢去深入了解一个新情妇,除此之外我喜欢和一个老情人吵架。"这可以说是《摩登人物》故事情节的真实写照。除却剧中几个较为粗俗的场景之外,该剧当中不乏精妙的情景,比如拉维特女士愤怒的情景、老贝莱尔笨拙地向艾米利亚示爱的情景、小贝莱尔和哈利艾特佯装恋爱的情景、弗普林先生过分考究的出场以及伍德维尔女士和德里曼特的初次见面,等等,无不体现着滑稽的笔触。《摩登人物》这部喜剧的重点不在于它如何遵循传统的结构,而更多的是将结构交由人物的对抗、主题的交织对比以及语言的风趣幽默来决定,或者换句话说,是让结构顺由人物的出场和互动、主题的发展和语言对白的交替而流动。故事的结构流动不息,甚至是到结尾的时候,德里曼特虽然答应要同哈利艾特居住到乡下,但是他对他的旧情人贝琳达表露的心机又使得刚刚静止下来的结构开始荡漾不停,似乎刚刚获得的平衡很快又会被打破一样。不管人们对这部喜剧的结构有什么诟病,《摩登人物》以它精湛的刻画、幽默的语言和闲适的格调已经成功地超越了这些批评的声音。读者、观众对于拉维特女士所经历的悲痛的记忆慢慢淡去,在脑海中留下的是敢爱敢恨的哈利艾特的形象。她促使德里曼特跟她住到乡下去,紧接着她自嘲般地对艾米利亚说道:"艾米利亚,可怜我吧,我将要去住在那个糟糕的地方。"哈利艾特的每一幕都显得那么不凡,她的一举手一投足都和德里曼特的公子哥儿习气形成鲜明的对比。

艾瑟里奇的风俗喜剧在深度上也许不及康格里夫。不过,从另外一个角度来看,他在很多方面都要远远高于他同时代的很多作家。比如说,他努力将所表现的生活仅局限于生活的表面,他向人们保证读者和观众没有陷入其作品内在的危险,因为他从来不会站在远处反观生活,不会采取置之世外的态度,生活对于他来说是直接的,是不需要有太多思考的。也正是因为这一点,艾瑟里奇认为戏剧的使命只是为了戏剧本身,任何其他的使命对于戏剧来说都显得太过于沉重与多余。

二、威廉·威彻利的风俗喜剧创作

威彻利出身贵族,少年时曾留学法国,后入牛津大学深造,学过法律,有演艺界的从业经验。威彻利的剧作不多,也未能摆脱王政复辟时期喜剧的浮华造作的格调,但着意描写上层社会的腐朽堕落,显示出独到的社会洞察力和描绘能力,得到当时英国戏剧界的赞誉,德莱顿就曾称赞过他的作品中所表现的讽刺力量和机智。

威彻利努力的方向似乎和艾瑟里奇不大一致。艾瑟里奇对于世事多少有点玩世不恭,避免流露真情实感,对那个彬彬有礼的上流社会有不少的揶揄和讽刺,而在喜剧中含有很多没有真实含义的对白。在艾瑟里奇创作的最后 8 年期间,即介于《只要她行她就愿意》和《摩登人物》之间,威彻利创作了他所有四部作品中的三部。在他的这些作品中,读者和观众看到的是对生活更为严厉的审视,以及对生命更为尖锐的评价。威彻利的喜剧作品也不多,只有四部《林中之爱》《绅士舞蹈老师》《乡村妇人》《坦率的人》。以下重点说后两部作品。

《乡村妇人》写成于 1675 年,被认为是威彻利最好的作品。在这部作品中,威彻利的戏剧手法得到了充分的体现,同时他作品中堕落的道德也表露得一览无余。戏剧主要围绕两条线索展开,第一条线索的中心是宏尔,第二条线索的中心是品奇外弗的妹妹阿丽西亚。宏尔刚从法国回来,假装自己性无能,可在暗地里却和别人的妻子通奸,后来还赢得了品奇外弗的妻子乡村妇人玛杰里的青睐。阿丽西亚在伦敦戏弄了斯巴其斯,最终和哈考特结婚。整部喜剧中最为不雅的一个情节应该要算宏尔假装性无能以及他与多人的通奸,被戴绿帽子的人得不到同情,反而受到人们的讥讽。在最后的大幕落下时,人们看到的是嘲弄戴绿帽子的人的歌舞。另外值得一提的一点是玛杰里,虽然玛杰里在剧中的表现令人咂舌,她典型的乡村韵味和伦敦矫揉造作的上流社会形成了鲜明的对比。整部喜剧的重心无疑是猥亵的,不过威彻利通过掌控剧中猥亵的程度,把他的戏剧手法发挥得淋漓尽致。威彻利使得他的观众们很快地和剧中的人物们结成统一战线,共同去声讨剧中那些虚伪、自私、矫揉造作的人。

《坦率的人》中,剧作家更是把自己的戏剧手法发挥到了极致。剧中的主人公曼利被他的情妇奥利维亚以及他的好朋友弗尼斯所愚弄和陷害。在困境当中,他受到了善良可爱的菲蒂利亚的帮助,不过菲蒂利亚一直以来都是女扮男装。威彻利借鉴了拉辛的作品《讼棍》创作了好斗的寡妇布莱艾克这一形象。在剧中,寡妇布莱艾克受到了弗里曼的愚弄。至于剧中的另一形象——曼利——的塑造,剧作家应该是从莫里哀的《愤世嫉俗者》中得到不少启发。曼利的言语辛辣刻薄,可内心里却充满善良。他本质里很容易上当受骗,老实到了极致,可从他的嘴里说出来的话却显得那么愤世嫉俗,丝毫不显敦厚善良,于是表面的乖张和内心的忠厚形成了强烈的反差,从而达到非常不错的喜剧效果。

在威彻利的所有作品中,可能除了第二部有点例外,在其他的作品中威彻利无时无刻不在揭露那些假风趣的人的荒唐和滑稽,同时也鞭笞了人类的种种虚伪。剧作家刻画的是他那个时代男男女女的一幅暗淡的画卷。威彻利剧中的情景大都发生在普通人家中,在身无分文的穷绅士的住所抑或在一些其他娱乐的场所。他对当时的上层社会颇有微词,时常在作品中加以讽刺和鞭笞。不管在什么时候,他总不忘在他的想象当中加入一些理性的思考,从而使得他的作品充满骨感。他的作品往往一针见血,直接而犀利。威彻利也因为他的作品而被人冠以"男子汉威彻利"的称号。虽然这个称呼或许带有点玩笑的成分,但却很恰切地表达了威彻利在戏剧创作时犀利、刚健、不留情面的一贯作风。

三、威廉·康格里夫的风俗喜剧创作

康格里夫在都柏林大学三一学院求学时曾与斯威夫特是同学,以后也一直有友好的交往。在伦敦学习法律期间,他结识了德莱顿,得到后者的大力支持。康格里夫的创作继承了本·琼生的社会讽刺喜剧传统,又对莫里哀的风俗喜剧进行模仿,主要以英国上流社会的颓风陋习为讽刺和批判对象。1695年,他的名剧《以爱还爱》上演,轰动伦敦舞台。另外,代表作《如此世道》借一对才子佳人恋爱成婚的故事推崇了严肃道德,是英国风俗喜剧中别具一格的剧作。康格里夫的喜剧讲究结构,注重技巧,感情细腻,语言精确雅致。"光荣革命"以后的喜剧作家因循的是威彻利等人开创、在康格里夫那里达到高峰的风俗喜剧的传统。

《以爱还爱》是一部很成功的作品,语言幽默风趣,但又不失优雅品位。这部喜剧不乏欢快的对白和闹腾的场景,其闹腾的场面,有些时候甚至不亚于滑稽剧。康格里夫本人似乎也意识到这部喜剧有滑落为滑稽剧的危险,幸好这部喜剧中格外精彩的对白、格外精妙的人物刻画以及快节奏的情节发展使其在演出时获得了不小的成功。《以爱还爱》还包含着很深刻的道德说教。剧中的女主人公安吉利卡显然是对传统的男性社会的挑战。在恋爱和婚姻问题上,她没有消极地等待男士为她做出抉择,来决定她的命运,而始终把主动权把握在自己手中。通过安吉利卡这个人物,康格里夫塑造了王朝复辟后期女性的一种新形象。在这个剧中,读者和观众还发现许多人物的姓名或含有道德的寓意或具有讽刺的味道,如多情的男主人公瓦伦丁(Valentine,"情人"),他的朋友斯干德尔(Scandal,"丑闻"),普茹的父亲福塞特(Foresight,"预见")等。这种源于中世纪道德剧的做法更加深了剧本的道德说教性。

　　康格里夫是一个在形式上敢于拓新的人，具有很高的艺术修养。他进行创作的目的在于艺术本身，而不在于这样的创作本身能带来什么道德上的贡献。他从艾瑟里奇、威彻利、沙德韦尔以及莫里哀的作品中汲取了不少养分，不过他笔下的人物要比艾瑟里奇的人物来得更为曼妙，他的主人公不会去跟一个被抛弃的情妇争吵，不会以自己的不忠作为一种炫耀的资本。同样，康格里夫的笔触也少了很多威彻利的莫名的愤怒，总体来说显得更为温和恬淡。

第二章 启蒙运动时期的英国文学（18世纪初期）

18世纪，科学和技术的长足发展大大推动了欧洲启蒙运动的开展。于是，启蒙思想也在英国流行开来，并深深地影响了英国的文学发展。在英国，约翰·洛克(John Locke，1632—1704)、伊萨克·牛顿(Isaac Newton，1642—1727)和沙夫茨伯里伯爵三世(Anthony Ashley Cooper, 3rd earl of Shaftesbury, 1671—1713)是启蒙思想的先驱。在他们的思想影响之下，英国文学界兴起了一股新古典主义的潮流。新古典主义文学的主要形式是诗歌和散文，作家们通过模仿和推崇古代文学大师们的创作和美学原则，共同促进了英国文学的进一步发展。此外，这一时期，英国小说界还出现了一位重要的作家——丹尼尔·笛福(Daniel Defoe，1660—1731)，他大大推动了现实主义小说的发展，属于先驱式的人物。

第一节 启蒙时代在英国：洛克、牛顿和沙夫茨伯里

从世界范围来看，英国思想家在世界思想史上的地位并不是特别高。一提到启蒙运动，人们首先想到的是孟德斯鸠、伏尔泰、狄德罗和卢梭等法国大思想家。然而，在18世纪的英国，确实有几位值得、也必须议及的启蒙思想家。他们就是洛克、牛顿和沙夫茨伯里。他们的思想理论在很大程度上影响了英国的文学发展。

一、约翰·洛克的启蒙思想

洛克是著名的经验主义哲学家,出生于英格兰南部的索莫塞特郡,1652年入牛津大学基督教会学院。不久他就对当时仍统治讲坛的中世纪经院哲学深恶痛绝,只是为了前途着想不得不修完课程,拿到文凭。遵循惯例,洛克从1659年开始在牛津大学做希腊语和哲学指导教师,同时对医学和实验科学表现了极大的兴趣。1665年,他离开牛津大学后便行医为业,而不愿按要求供神职。在这时,洛克虽不出名,却引起大名鼎鼎的内阁重臣沙夫茨伯里伯爵的注意。沙夫茨伯里利用自己的影响为洛克免除了供神职的义务,争取到了牛津大学基督教会学院的终身生员资格。1667年,洛克又被聘请为家庭医生。此后十几年,洛克往返于牛津和伦敦之间。他在牛津的书斋里可以潜心著述,而在伦敦时就为沙夫茨伯里一家尽心服务,并关注政坛风云。1683年,由于洛克支持沙夫茨伯里的政治夺权之事被追杀,于是他逃往荷兰。他在牛津大学基督教会学院的终身生员资格也被查理二世敕命取消。直到1688年的"光荣革命"后,洛克时来运转,他带着一包文稿返回英国,并婉言拒绝了新国王想让他从政或出使欧洲大陆的好意,专心撰写和修改文稿。此后几年,洛克先后出版了《人类理解论》《两论政府》《教育漫话》《基督教之理》等重要著作。不过,这期间他的身体日渐衰弱,于是便移居乡下,但仍因出版之事或是政事出现在众人的视野中。1700年以后,洛克因身体状况恶化而完全归隐乡间,四年后安然谢世。

洛克在思想方面受过沙夫茨伯里的重要影响。他反对宗教狂热,又不愿走到否定宗教的另一极端,因而力图给宗教以理性的解释,主张对不同教派采取宽容态度,在客观上促进了自然神论和自由教论的发展。洛克的思想理论几乎涵盖了18世纪思想理论的各个方面。他的经验主义哲学为新兴现实主义小说提供了理论基础;他的观念联想论开辟了探究人物心理活动,特别是下意识的一条途径;他的中庸妥协的政治理论为大多数18世纪作家所接受;他的教育观不仅受到广泛重视,还被直接融入新古典主义和现实主义小说理论;而他的宗教观对18世纪社会影响深远,也在文学作品中得到充分反映。由此可见,洛克对18世纪英国社会的影响涉及哲学、政治、经济、宗教、教育、文学等各个方面。虽然他在18世纪到来的那一年已经因健康原因而彻底归隐乡间,不久便与世长辞,但他的思想对18世纪英国社会的影响非常大,因而将他放在18世纪来讲是没有问题的。

总的来看,洛克的启蒙思想主要表现在他的以下几部著作中。

首先是《人类理解论》、这部著作凝结了洛克毕生的心血,也为他奠定了经验主义哲学创始人的地位。这部作品初作于洛克既是沙夫茨伯里家庭医生同时又是牛津生员的17世纪70年代。后来经过不断修改后,于1690年正式出版。《人类理解论》卷帙浩繁,牛津新版达七百余页。全书分四卷。第一卷包括总论和关于思维原则的三章;第二卷论观念,共三十三章;第三卷论语言,共十章;第四卷论知识,共二十一章。每一章又分成长短不等的"节",一般为一个自然段,而每一节都有一个小题目,点明主要内容,可见洛克用心良苦。这虽然属于一部哲学著作,但内容包括哲学、心理学、神学、政治学、伦理学、语言学等许多方面。洛克在开篇就明确指出人的理智认识是有限的,只有承认这种局限性才能有所认识。这种观点或许过于保守,但正是这种对人类理智局限的认识使洛克不纠缠于上帝的本质、物质主体等带玄学色彩的抽象命题,而专心致志地从事对人的经验感知的研究。有所不为才能有所为,这是洛克和英国经验主义哲学成功的秘诀。

洛克在这部著作中的学说对英国18世纪文学的影响,主要有以下几个方面:一是意识观念并非与生俱来,而是来自感知实践;二是直接观念与间接观念之分;三是人生活行为中的古怪举动可能源于"观念联想";四是宗教信仰的基础是理性而不是狂热。

洛克在《人类理解论》的第一、第二卷用大量篇幅论证观念原则并不是天生就有的,而是来自直接或间接经验。他在第二卷第一章写道:

> 我知道,所谓人具有天生之观念、原始形象与生俱来是公认的教条。这种观点我已在第一卷予以分析……
>
> 现在我们假定新生儿的大脑像一张白纸,那么这张白纸是怎样被涂满形象的呢?……对此我的回答是:经验。那是所有知识之源,一切盖莫出乎于此。我们或是观察外界可触之事物,或是思索分析得到的感觉,从而得到感知思维的材料。这二者是认识的源泉,我们具有或可以具有的一切观念都源于此。

在这段话里,洛克反复使用"一切"这个词,反复强调"源"或"源泉"这一比喻形象,貌似啰唆,实则不然。这种表述充分表明在当时情况下否定知识天生是多么艰难。否定知识天生,就是肯定了实践经验;而实践经验的多样又决定了生活的多样化。具体到文学创作,肯定了实践经验也就肯定了对现实生活的描绘,这正是在18世纪得到长足发展的英国现实主义小说所做的。笛福强调他的人物都直接来自生活,没有一丝雕琢;理查逊如果没有从小与女性密切接触并代写情书的经历,就创作不出帕美勒和克拉丽莎这样真实的形象;菲尔丁更是把丰富的阅历视为作家的必备条件。

洛克关注的是人关于客观事物的"观念",而把事物的物质来源留给自然哲学家(或科学家)来研究。洛克关于思维的学说属于心理学范畴,但实践中许多心理活动很难合于理性,因此洛克提出了"观念联想"(Association of Ideas)这个概念。洛克认为近乎荒唐的观念联想是许多心理病症的起源,同时指出即使心理正常的人也会时常出现这种错乱情况。从这一点可以看出,洛克较早地洞察到了下意识的雏形。这种观点对18世纪文学影响最突出的例子就是斯特恩的《商第传》。小说开头描写商第的父亲做

第二章 启蒙运动时期的英国文学(18世纪初期)

什么事情都有时间章法,每月之初,他先给大钟上弦,然后夫妻例行房事。年复一年,商第的母亲把这两件事视为一体。后来的一次房事过程中,母亲突然问钟上弦没有,使父亲非常恼怒,激情尽失,母亲又恰好这次怀孕,从而注定了商第终生不幸。《商第传》全书充满了各种不连贯的情节故事,其实都源于观念联想,可以说没有洛克论感知的理论,就没有《商第传》。

洛克成长于英国清教革命时期,对于清教主导的国会派与笃信君权神授的保王派各持己见,互不妥协,从而把国家引向战乱的记忆犹新,因此他坚决反对任何形式的狂热,主张用理性思维指导行为。他认为,理性与上帝启示并不矛盾;恰恰相反,上帝启示是通过人的理性得以召示的。洛克关于理性与上帝启示不矛盾,遵循上帝启示就必须进行理性思维的观点,对自然神论的形成和发展起了极大作用。自然神论的基本观点就是真正体会上帝意旨的途径不是读《圣经》、听布道,而是观察研究自然——自然界万物和谐有序的存在就是上帝存在的最好证据。不过,客观来说,反对狂热激情,贬低奇幻想象的观点是阻碍了诗歌的发展的,造成18世纪前期不少诗人的诗歌创作多诉诸理性分析,具有散文化的倾向,艺术感染力较弱。

洛克的《两论政府》这部著作可以让我们看到他对18世纪政治产生的巨大影响。这部著作的时事针对性更强,由两篇独立论文组成,即《一论政府》和《二论政府》。《一论政府》更直截了当地针对罗伯特·菲尔莫的《王权神授》,论证其荒谬,为沙夫茨伯里领导的辉格派反对詹姆斯继承权的斗争服务。《二论政府》所阐述的观点显示了更为强大的生命力。其篇幅不长,分为十九章,分别论述国家的本质和发展演变,民享政府的构成和作用,如何对待特权暴政等。除简短导言外,其他十八章大致分三部分,每一部分占六章。显然,第一大部分可以说是国家政权演变史,从原始自然状态经战争状态到奴隶制和父权为特征的社会;第二部分是对现代英国政府构成的描述,其中已提出三权分立的初步概念;第三部分则分析政府存在和行使职能过程中可能出现的问题及对策。虽然洛克针对的目标是詹姆斯二世,但他的观点同样适用于各级掌权者。洛克认为,民众推选政府是为了保护自己财产不受侵犯;如果政府或国王侵犯或损害选民的利益,民众有权推翻政府。但这并不意味着政府会被随意推翻。洛克认为民众一般会尽力忍耐,只有当忍无可忍时才会揭竿而起,反抗政府。

洛克在这部著作中的很多观点后来成了人民反对暴政、争取自由的理论根据。不仅法国大革命和美国独立战争多以洛克为据,18世纪英国史上两次以斯图亚特王朝复辟为目的的叛乱发生时,政府也是引用洛克的理论动员人民反击叛乱。

洛克论教育的观点主要反映在他的《教育漫话》中。这是洛克为友人写的子女教育指南,颇多精辟见解,对18世纪教育理论发展产生了重要影响。他在这本书一开始就承认人们天赋有别,秉性不同;少数人从小就露天才相,也有个别人教育也难奏效,而大多数人变好与变坏,成才与不成才,全靠教育。洛克讲的教育不是简单的知识传授,而主要是道德人格教育。他反对体罚,主张讲清道理,循循善诱。此外,洛克的教育理论注重实践作用,又不忽视通过书本学习借鉴前人知识,可以说开了启发式教育的先河。

综上所述,洛克可以说确确实实是18世纪英国社会的思想宝库。

二、伊萨克·牛顿的启蒙思想

牛顿是林肯郡一位小农场主的遗腹子,后获奖学金入剑桥大学就读,一生大部分时间在剑桥大学求学研究,17世纪60年代中期提出宇宙引力说,开始创立统计学,当选剑桥大学三一学院研究员,曾任剑桥大学卢卡锡数学教授达30多年。1696年后移居伦敦负责铸币工作,1699年任造币局局长,1703年当选为皇家学会主席,以后几度连任,直到1727年去世。

牛顿是一个科学全才,在数学、物理学、光学、天文学和自然

第二章 启蒙运动时期的英国文学(18世纪初期)

哲学等方面都做出了巨大贡献。他提出的用数理科学解释世间万物的理论可谓是他在启蒙时期对文学具有较大的影响的思想理论。

《自然哲学的数学原理》是奠定牛顿学术地位的第一部著作。这部著作是"牛顿在前人一系列科学成就的基础上,不但进行综合和变革,而且更重要的是以他特有的才智、学识和勤奋,经过二十多年刻苦的学习、钻研和创造性的劳动,才写出的一部力图把自然及其结构的机理纳入到一个统一的科学理论体系之中的巨著"[①]。在这部巨著中,牛顿用数学计算推导出天体运行的规律,认为宇宙间任一物体与另一物体的引力与两物体之间距离的平方成反比,与物体的质量成正比。由于数理法则是不受时空观念限制的绝对真理,牛顿用数理法则解释天体运行就证明了自然界存在的数理规律,向人们展现了一个全新的世界。人们逐渐发现数理法则在社会生活,在文化艺术中也有规律可循。可以说,牛顿开创的用数理法则解释世界,对18世纪社会文化生活的各个方面都产生了巨大影响。《光学》是牛顿的第二部重要著作。他提出的光由微粒组成的理论到19世纪光波理论出现以后才被取代,而18世纪许多诗人、画家都从牛顿的光学理论中受到启迪。

牛顿虽然是一位大科学家,但他却不排除神和宗教的存在,而是把秩序井然的客观世界看作是造物主的杰作。他探究的不是宇宙的起源,而是现存世界的运行规律。牛顿自始至终是一位虔诚的基督教徒,甚至还用自己的理论为上帝的存在辩护。在这一点上,牛顿同洛克很相似:两人分别在哲学和科学上的发展,极大地动摇了宗教的根基,但两人都试图使自己的理论合于基督教的上帝造物论。

牛顿的矛盾性还表现在他对炼金术的关注上。牛顿曾写下了几十万字关于炼金术的文章笔记。他的这种矛盾与其说证明他不是一个完全的科学家,不如说更证明在神学宗教的力量仍非

---

① 阎康年.牛顿的科学发现与科学思想[M].长沙:湖南教育出版社,1989:262.

常强大的情况下进行科学探索实在是非常不易。而这种矛盾同样也表现在当时许多作家的文学创作中：18世纪是文艺复兴开始的从以神为中心的古代世界到以人为中心的现代世界过渡的最后阶段，人神联系对立的各种矛盾仍然存在，并以各种形式在社会生活和文学作品中表现出来。这种复杂情况有时使18世纪思想家和作家显得墨守成规，但也使18世纪文学具有特殊的光彩。

三、沙夫茨伯里的启蒙思想

沙夫茨伯里的全名叫安东尼·艾施雷·库伯，他早期受洛克启蒙教育，受其政治、教育、宗教理论的影响很大，但对洛克关于一切知识源于经验的哲学理论不以为然。他继承柏拉图的唯心主义理论，摒弃清教关于人性先天堕落的观点，认为人之向善是先天本性。实际上他是在寻求一种方法解决洛克哲学的一个关键问题。

沙夫茨伯里认为人作为社会动物，先天具有与他人、他物和睦相处的本能，而不是像霍布斯所说的尔虞我诈，弱肉强食。那么如何证明人的善良本性呢？沙夫茨伯里首先从论敌的观点入手——分析人的经验；其次从日常经验出发获得哲学结论。这样，沙夫茨伯里得出了与霍布斯完全相反的结论。他的基本观点集中在代表作《人、举止、观点和时代之特征》一书中，包括《论机智和幽默之自由》和《独白，或对一个作家的忠告》三部分。书中既有深邃的哲学思考，更多感人的自我描述和反思，两相结合，使它成为18世纪早期表现乐观主义"性善论"的重要著作，并极大地影响了18世纪30年代以后步入文坛的新一代诗人的创作，开了英国文学中的"好人"形象和感伤主义的先河。

沙夫茨伯里承认在物质社会中人们要为物质利益而奔波，遇事往往为自己打算。但是，如果挣脱物质利益的束缚，让人天生善良的本性自然发展，人们则会做助人为乐的事。不难看出，他的观点与我们设想的精神文明有某些相似之处。

沙夫茨伯里认为真善美本质上是同一的。他指出：

> 世界上最自然的美是诚（或曰善）和真。因为一切美都是真。真相使面容美，真对称使建筑美，真和谐使音乐美。即使纯属虚构的诗，也只有真实才能完美。

沙夫茨伯里的哲学就是"人善"哲学，相信天性胜过理性，或者说真正的理性与纯洁的天性是一致的。这种否定原罪和深刻忏悔，强调性善和本能反应的乐观主义观点不仅与清教主义迥然不同，也与正统国教有较大的区别。如果说洛克在否定知识天生的观点之后仍强调宗教信仰，沙夫茨伯里则在强调上帝赋予人善的本性的同时，向自然神论更迈进了一步。为了与现实世界的恶决裂，沙夫茨伯里提倡一种原始主义，认为淳朴的人性应在古人或未开化的野蛮人那儿寻找，从而为文学中新出现的"高尚的野蛮人"提供哲学依据。这种哲学当然有些失之肤浅，但作为对现代社会物质利益决定一切，遇事为己谋划的批判反思来说应该是有一定道理的，因而得到广泛欢迎。

沙夫茨伯里倡导的"好人"形象可以说是18世纪感伤主义文学的重要特征之一。他对心灵感情的重视也预示了诗歌创作从重理性剖析的讽刺向感伤主义的转变。因此，如果说洛克和牛顿促成了讽刺诗歌和现实主义小说的发展，沙夫茨伯里则预示了文学创作向感伤主义的演变。

第二节　蒲柏与古典主义诗歌的兴盛

18世纪初期，英国古典主义创作原则进入了成熟期。在亚历山大·蒲柏的努力下，崇尚理性、注重形式、强调艺术形式的完美与和谐的古典主义达到了完美的境界。

蒲柏出身于伦敦一个批发商家庭。父母都是天主教徒，这使得蒲柏儿时便常遭受歧视。12岁那年，蒲柏身患严重的脊髓结核性感染，致使他身体畸形，驼背跛腿，终生羸弱，疾病缠身，兼之他的信仰关系,使他不得不绝意于仕途。但他意志坚强,才华横溢,痛苦的处境使他格外勤奋,他靠自学学会了古典语文,很小就会写诗,不断追求艺术完美,后来因翻译《荷马史诗》得到巨额稿酬而盖屋建园,过起了乡绅似的生活,成为第一个靠笔杆子跳出贫穷线的职业作家。

蒲柏极其热爱文学,孩提时代就诵览英、法、拉丁文诗篇,学习作诗。21岁时他所作的四首模仿维吉尔的作品《田园诗》在出版界引起不小的震动。1711年他又发表了《批评论》,是用诗体著成的文学批评文字。之后发表了杰作《卷发遇劫记》,震惊了上流社会,进一步奠定他在诗坛的地位,使他有条件利用较长时间安心从事《荷马史诗》的翻译。1720年与1725年先后译成的《伊利亚特》与《奥德赛》是迄他为止《荷马史诗》的最佳英语译本。但1725年出版的《莎士比亚全集》的编订则因错误较多,并不成功,甚至遭到当时人的议论。这引起了他写作《群愚史诗》进行反击,诗中充满着刻毒语言与恶意讽刺,但以技巧与艺术而论,这部诗歌仍应列为蒲柏的优秀作品。29岁时,他成功地出版了第一本诗集,并成为当时英国文学界的核心人物之一,取得了诗人领袖的地位。他周围聚集了一些名作家,组成一个文人俱乐部,他们在一起探讨古典主义精神和交流创作思想与作品。但是,由于种种政治原因,俱乐部也宣告解散。

之后,蒲柏在翻译与编辑上花费了不少心血。他翻译了几部《荷马史诗》,编辑了《莎士比亚全集》。同时,他又创作出大量笔锋辛辣、脍炙人口的长、短篇讽刺诗。晚年,他移居伦敦西部一处风景秀丽的地方,在那里他时时埋头笔耕或阅读,常常直至天明。他一生交结朋友甚多,后因文学或政治关系与他们笔战连绵,乃至断交。1744年,这个缪斯的狂热追求者悄然离世,葬于威斯敏斯特教堂。

蒲柏文学上崇奉古典主义,重节制,讲法则。蒲柏主要以诗名世,他写作取材之广泛、诗体之变化、技艺之高超,为18世纪英国诗坛之冠,其对英雄双韵体的运用,更是炉火纯青,无论是用于写文章、田园诗、讽刺史诗、叙事、书信、哲学论文,还是用于翻译《荷马史诗》都取得了令人赞叹的出色成果,使"英雄双韵体"的使用在英国诗歌史上达到了登峰造极的地步。他的诗精心雕琢,技巧圆熟,思想明晰,结构匀称,语言优雅,音韵和谐,工整精练,优美畅达,影响统治英国多年。他被法国作家伏尔泰称为"欧洲最伟大的诗人"。

蒲柏的创作思想深受法国古典主义文学理论家布瓦洛的影响,他坚信"自然的合理原则是永远不变的",诗人的任务就是模拟自然,但须以美的形式出现,遵从"优美趣味"规律,摈弃一切丑陋、畸形之物。他的自然原则就是古典主义创作原则,在他看来"古代规律务必恪守,模仿自然即是模仿它们"。他主张诗应该严格划分体裁,绝不容许不同体裁的诗作混为一体。他擅长把平淡的话写得华美无比。他认为卓越的诗句在于"内容是人们熟知的,文字是绝妙空前的"。

蒲柏的早期作品是依循田园精神而创造出来的。诗中他赞颂乡间朴素宁静的环境及人与自然怡人和谐的情调。《田园组诗》是蒲柏早期田园诗的代表作。该诗由春、夏、秋、冬四篇组成。诗中有幽美秀丽景色的描写,也有悼念亡友的悲伤叙述。其中秋季一篇写得最为别致优美。整部作品声调流畅,音节整齐,用词妥切,展现了诗人对古典文学原则的追从。《温莎林》是纯粹的田园景色的描写,并通过一些神话及人物的介入将自然界以一种理想化和渲染的形式表现出来。

蒲柏的成名作是《论批评》。在这首七百多行的长诗里,23岁的蒲柏俨然以文学大师自居,纵论了文学批评的重要与高明的批评家如何养成、批评不当的十个原因以及批评的正确原则与欧洲文学批评史的简要回顾,以这样的内容入诗,诗势必会枯燥、理论化,但是在蒲柏手里,它却成了一首有内容、有文采、音调铿锵而多变、充满了令人喜悦的佳段名句的艺术品。例如诗歌开头一段:

> 有的诗人只偏爱奇思怪喻,
> 巧妙的构思突出于每行诗句。

满足于异想联翩和巧喻堆砌，
那样的作品不恰当也不合适。
整篇诗章遍用金玉铺砌堆成，
借装饰手段掩蔽艺术的无能。
写诗如同作画，似这般怎能描绘
大自然的真实面目和纯朴的妩媚？
真正的好诗会确切地表现自然，
写的是平常思想，但能言人所难言。
有的诗篇一看就知道写了真实状况，
因为如实反映了我们脑海中的印象。
平易朴素才能施展机智，豪情奔放，
如同背景晦暗才能使光线格外明亮。
作品里奇思怪喻壅塞并没有好处，
人体的血液过多也会走上死路。

又如第二段列举傲慢、学识片面等原因导致评论的不公，诗人写下了不少为后人频频引用的常识性警言妙句，这些诗句读来真切自然，隽永清新，耐人寻味：

求学问最忌讳一知半解，
开怀痛饮吧，否则别品尝帕依尔泉水，
浅尝辄止，使人头晕目眩，
尽情畅饮，才能清醒聪慧，
见识短浅，看不到风光无限，
步步深入，景色令人惊叹，
浩瀚科学领域的远景不断涌现！
跨过最初的山峰云层满以为大功告成，
然而更进一步，纵观征途漫漫，
还有许多险阻，不禁心惊胆寒，
无限美景，令人望倦了两眼，
啊，阿尔卑斯，山外有山，天外有天！

第二章 启蒙运动时期的英国文学(18世纪初期)

《论批评》构思不同凡响,论述极为审慎,诗中详尽地叙述了古典主义诗歌的原理,精辟到位地阐述了他的创作观点。此外,对如何进行批评和怎样做个批评家也做了绝妙的论述。诗人认为:对作品不负责地瞎指责和乱批评比拙劣作家写的作品更贻害众人。批评家应有"坦白、谦逊、诚挚"等品质与趣味,但他们必须不违背"自然"。做一个具有健全判断力的真正的批评家的要诀是:"追随自然、依自然原则判断,自然的合理准则永远不会变。"这里,自然代表了宇宙间的秩序与理性。高尚的趣味与机智是诗人强调的重点,这也是英国18世纪古典主义者的共同趋势。

当然,蒲柏自己是有所本的,不仅内容是西欧古典主义早已确立的准则,就连写诗的方式——英雄双韵体——也早有古罗马的贺拉斯、文艺复兴时期意大利的维达和17世纪法国的布瓦洛等人示范过了。英雄双韵体的格律是:每行五个音步,每步两个音节,一轻一重;两行成一组,互相押韵,故称"双韵体"。其好处是整齐优美,其缺点是这种脚韵要安排——两行一韵,下两行换一韵,这样两行两行下去,容易陷于单调、机械。

18世纪多数英国诗人都用"英雄双韵体"创作,除蒲柏以外,艾狄生、斯威夫特、约翰逊等人也都用它。这一诗体古已有之,乔叟、斯宾塞、马娄等大诗人都用过,之后无韵诗体后来居上,直到17世纪英雄双韵体才由华勒、旦能、德莱顿等人恢复,经蒲柏的运用而达到最高的艺术境界。蒲柏不甘心仅仅做一个模仿者、转述者,而力图写得比前人更巧妙更艺术,他使英雄双韵体更工整,又使它更多变化,特别是在行中停顿点的变换上下功夫,不仅每行之中必有一顿,而且往往每半行之中也有一顿,顿的位置不一,从而增加了各种音节配合与对照的机会;另一个好处是能将重要的词放在顿前或顿后,取得额外的强调效果。在尾韵的选择上也有各种变化:一般用单音节重读词,但也有用弱读音节为尾的,即用了所谓"阴韵",体现音与义互相增益。除了运用音韵上的各种技巧之外,蒲柏在文字上也极为干净利落。他善于用词,善于把它们放在恰当的位置,笔下经常出现巧对、名句,许多流行到了后

世,至今为人引用。例如诗人在《论批评》中提出的:

> 真才气是把自然巧打扮,
> 思想虽常有,说法更圆满。

这两句诗的原文为:

> True wit is nature to advantage dress'd
> What oft was thought, but ne'er so well express'd;

诗句中的 nature("自然")后有一顿,既可喘一口气,又强调了此词;thought("想到的")后一顿,而行尾 express'd 也一顿,二者在音韵上形成了一郑重一急促的对照。而 dress'd 与 express'd 读时须口齿伶俐,使人感到巧妙,而这巧妙感又正是意义上"巧打扮""更圆满"所要求的效果。

蒲柏也是善著讽刺诗歌的罕见妙手,他的诗歌辛辣俏皮,精警绝伦。他写了不少著名的讽刺诗,诗中他或嘲弄伪善矫作的上流社会中的仕女和贵妇人,或讥讽咬文嚼字、故弄玄虚的媚俗文人,或鞭挞社会的不正风气。他的讥讽诗文笔辛辣,手法独特,往往夸大其事,铺张用墨,以达到戏谑、讽刺的效果。他认为讽刺作家不同于诽谤者,讽刺作品应充满中庸、谐和与融合的精神。

《卷发遇劫记》是蒲柏最杰出的一部讽刺诗。此诗的起因是:两个天主教家庭因为一件小事结了怨,这小事即是一家的少爷开玩笑,偷剪了另一家小姐的一绺头发,小姐和她家人大怒,不肯罢休,有一个两家的通好请蒲柏写了此诗调和,他小题大做,采用史诗的形式、戏谑的体裁、夸张的手法、嘲讽的口吻将此事写成两大阵营斗法的史诗模样,使两家人读了觉得滑稽,事情也就了结了。蒲柏在"序言"中称这是他的游戏之作,"仅供几位年轻女士消遣",他开篇就写道:

> 什么可怕的过失能从爱慕中起因,
> 什么巨大的斗争能在琐碎里产生,
> 是我所唱——

第二章 启蒙运动时期的英国文学(18世纪初期)

事实上作者通过运用古典史诗的全部技巧,如宣告题旨、分卷分章、复杂比喻等手法将上流社会一件不足挂齿的小事铺张成一首滑稽英雄诗,淋漓尽致地揭露了上层社会贵族小姐故作高雅的愚陋和荒唐的痴想。

这样的游戏文章能流传至今,一是因为蒲柏在这里创造了一件令人眩目的艺术精品。他精雕细刻,把人物写得活跃,把他们所处的环境写得具体细致,又动用了"文学手法"让那些精灵鬼怪来烘托气氛,总体的布局无懈可击。而在细节上蒲柏又拿出他的全部技巧,运用各种修辞和音韵效果,把这世界描写得像小姐们心目中的玩具店一样。二是因为蒲柏对于这个浮华世界又羡慕又讽刺。羡慕,因为他作为一个畸形儿的文士,毕竟是一个局外人;讽刺,则是因为他看得清这个世界里人们的可笑之处。他竭力要写得不至于得罪这场争执中的女方,对于小姐的美是赞语不绝的,然而他也写出,在那样的社会里,小姐们是在利用一切机会猎取情人的。他在强调这个所谓"文明社会"的不文明的一面。

总的来说,这部由五卷组成的长诗"犹如一枚镶嵌着宝石的别针,把整个上流社会像蝴蝶翅膀似的钉了起来,永远供人耻笑"。该诗语言简洁,想象丰富,韵律技巧精湛,是蒲柏用歌颂巨大事件和英雄事迹的史诗形式来描写无足轻重的小事以取得滑稽效果的杰作。

《愚人记》是蒲柏另一部著名讽刺诗。全诗共四卷,讲述了一个童话般的故事:"混沌与黑夜"之女"愚笨"挟持专啃一些无聊、艰涩诗集的蠢材之王提欧巴德去统治她的"乏味王国"。在庆祝新王登基的加冕典礼上,诗人和书商们举行了搔痒、驴鸣、跳沟、相互追逐等无聊的比赛。新国王在梦中检阅了"愚笨"女王统治的"乏味"王国的过去历史、目前情况和未来发展。在这个国家中,文艺、科学、教育恹恹而无生气,青年学者们都忘却了道德与责任,陶醉在浑噩的境界之中。诗中蒲柏杜撰了"愚人"这个词来讽刺那些愚蠢肤浅、咬文嚼字、卖弄学识的庸俗文人,讽刺尖刻,技艺高超。但该诗主要用来发泄私愤，攻击他文学上的敌人，故格调不高。

此外，蒲柏还创作了不少哲理诗，他的哲理诗不仅是他文学创作思想的表述，而且也是其古典主义思想的结晶。他的政治、哲学、伦理观点都可以在诗中一览无余。他的哲理诗往往构思精巧，妙语连珠，不少精辟格言至今为人传诵。《人论》是蒲柏哲理诗的杰出范例，诗中充满意味深长的格言警句。诗人讨论了人在宇宙中的性质与地位，他认为生活中处处有矛盾，一切事物皆有它自己的意义，宇宙把一切安排得协调适宜。诗的内容虽重弹老生常谈之话题，但因诗人的非凡才能使文中一些机智、俏皮和精辟诗句流传百世。

上述的这些诗都是用英雄双韵体写的。蒲柏用这一诗体来论文，叙事，谈哲学，谈人生，讽刺社会，讥评朝政，都能做到"精练"，做到"既有力，又文雅"——这些都是他自己制定的目标，不仅都达到了，而且他还在过程中发展了一种明澈的口语风格。他最好的诗句可以全行都是简单的单音词，其中一个大字、难字也没有，同时一个芜词、一个多余的形容词之类也没有，全是精粹的本质语言，而又韵律动人，意义深远。

总之，蒲柏是新古典主义的重要代表作家之一，他能把所处时代的思想精神以最完美凝练的形式与最纯净优雅的语言，一一表达出来。

第三节　"寓教于乐"的报刊文学

用语言或文字传播新闻古已有之，但 18 世纪之初，才有定期出版、专人编辑、面向一般读者的刊物出现。这些刊物不仅传播时事和社会新闻，而且发表议论。发表议论这一功能使得刊物不再只是宫廷公报或街头传单的重演，而变成现代的舆论工具，能够对社会施加强大影响。当时，英国已经出现的托雷与辉格两大

第二章　启蒙运动时期的英国文学(18世纪初期)

政党之争,促成了报刊的发展,而广大中产阶级读者群的存在又使得报刊能有市场,于是从18世纪之初开始,各种名目的报刊便相继出现,而当时文坛上的头面人物无不与这家或那家报刊发生关系,或主笔政,或撰文稿:约瑟夫·艾狄生(Joseph Addison,1672—1719)、理查德·斯梯尔(Richard Steele,1672—1729)、丹尼尔·笛福、乔纳森·斯威夫特(Jonathan swift,1667—1745)等都是。这就使得18世纪初的文坛上出现了报刊文学这一文学形式。这类文学是散文另一方面的发展,其力求平易,但又要在平易中见文雅,并强调通过它们让人们获得教益。

艾狄生和斯梯尔创办的《闲谈者》和《旁观者》是18世纪早期最享盛名的两份报刊。《闲谈者》最初是斯梯尔创办的,每周一、三、五出版三期,开始带有报纸性质,刊登人们关心的国内外大事和诗歌戏剧等消息,并有一个号称"吾斋文"的专栏,以斯威夫特创造的艾萨克·比克斯塔夫为笔名,发表对于文学、戏剧、外交和商务等方面的见解,尤其是对王政复辟时期以来盛行的淫秽戏剧的批评。斯威夫特的影响在《闲谈者》里俯拾即是,就连该报的总体设计也体现了斯威夫特风格。《闲谈者》比当时发行的其他报纸要多些文学品位,然而其纸张和印刷质量却奇怪地粗糙,给人造成的印象似乎是它在开玩笑地模仿和嘲讽那些一本正经的期刊。斯梯尔对该报的外观设计恰恰与其主旨吻合,用其主要人物"闲谈者先生"的话来说,他所报道的几乎都是闲言碎语,很有可能是不实之词或造谣中伤。所以,《闲谈者》不仅有比克斯塔夫主持的专栏,而且整个报纸渗透着斯威夫特的戏讽风格。

斯梯尔办《闲谈者》有明确的道德目的。正如后来他在该报刊首次出版的汇编集子的卷首献词中所表明的:这份报纸总的宗旨是要揭露生活中的虚假,扯下狡诈、虚荣和矫揉造作的种种面具,并力荐服饰、言谈和行为的简洁。事实上,他不如艾狄生善于辞令,也缺乏文学天赋,在急于批评时往往显得十分生硬,所以效果并不是特别好。例如,他在《旁观者》第65期上批评喜剧《风流人物》的绝对结论代表他一贯的文风:

> 对整个作品直言,我认为这部喜剧丝毫引不起欢乐和笑声。相反,它那无视道德和纯真的许多场面常常令人遗憾和愤怒。当然,我也承认它写的符合本性,但对那种本性的反映完全是腐败和堕落。

这种生硬的文风使得《闲谈者》办到十多期时就显出了危机。幸而不久艾狄生加盟,同斯梯尔一道做编辑,使得《闲谈者》得到了进一步的发展。《闲谈者》在文学人物塑造和文学批评理论方面也作了一些探索,成为《旁观者》的先声。

1711年1月,《闲谈者》停刊,两个月后艾狄生和斯梯尔合办的《旁观者》创刊,每日一期,登载一篇文章,绝大部分为艾狄生或斯梯尔本人撰写。这些文章从一个沉默寡言、既熟谙世事又超然脱俗的"旁观者先生"的角度评论世事、人生。这位先生在第一期自我介绍中写到他曾遍游欧陆各国,还曾远去埃及开罗。

《旁观者》的文章内容或议论社会生活,或评价作家、作品,具有一定的启蒙性质,尤其受到中产阶级读者欢迎。它的发行量在第一个月已达三千多份,不久便超过四千份,成为茶室和咖啡馆座客闲聊的中心话题。据说安妮女王每早必读《旁观者》,要求它和早餐一起送到手边。该杂志不仅在伦敦流行,而且在苏格兰高地,在美洲殖民地均大受欢迎,后来出版的合订本更是畅销不衰。

《旁观者》继承《闲谈者》对道德风尚的关注,它对诸如抱负激情、自由法制、才智鉴赏、谈吐举止、婚姻恋爱,还有上演的戏剧等各种社会生活方面及文化习俗行为,都提出了中肯的评价,为上升的中产阶级提供了道德行为规范准则,在18世纪造成了深刻的影响。《旁观者》文风清新,条理分明,把深刻的道理融入娓娓动听的谈话之中,影响了一代读者,对现代散文的发展起了重要作用。17世纪散文多富学究气,句子冗长,推理深奥,往往使一般读者不知在说些什么。自从王政复辟时期开始,人们逐渐提倡简朴文风,强调言之有物,避免浮华。艾狄生在《旁观者》里的文风可以说是这种趋势的典范。约翰逊博士的文风与艾狄生迥然不同,但他仍称赞艾狄生的散文风格平实。读《旁观者》的每期散文就好像聆听一位博学多识、诲人不倦的良师益友侃侃而谈。

在《旁观者》中,艾狄生评弥尔顿《失乐园》的18篇文章是英国文学批评史上的重要文献。如果说德莱顿只是推崇弥尔顿的《失乐园》,认为它可以与古典史诗相媲美,艾狄生则从人物、语言思想、风格和结构等许多方面展示了《失乐园》的美学成就。这18篇评论在《旁观者》上每星期六刊出一篇,从1712年1月5日第267期刊出的第一篇,到5月3日第369期刊出最后一篇,历时达4个月。其中,前6篇从不同方面综合评论《失乐园》,后12篇则分别评论其每一卷。从总体上看,这一系列论文对《失乐园》的评论相当全面精湛,不仅在当时较大地确立了《失乐园》的地位,而且在今天也给人们研究《失乐园》和弥尔顿提供了宝贵的文献资料。

除了对《失乐园》发表的真知灼见,艾狄生引用洛克关于巧智(Wit)和判断(Judgment)的观点来对文学创作和文学批评所做的论述,在当时也产生了很大的影响。他区分了真假巧智,认为真正的巧智不应仅仅追求表面的花哨形式,而应注重内在特质。他推崇洛克关于巧智和判断之间的界定。洛克认为,巧智是通观事物过程运用相似观念而产生的印象,而判断则是在仔细区别和剖析事物后得出的结论。但艾狄生并不完全盲目地认同洛克,他指出,并不是所有对相似观念的综合描述都体现巧智,除非它能使读者感到愉悦和惊奇,那才称得上巧智。艾狄生认为像"玄学"诗人赫伯特的象形诗就属于假巧智,华勒等人的诗作是真假巧智的混杂,而大诗人如斯宾塞和弥尔顿则不屑于此。

艾狄生在《旁观者》中关于论述想象愉悦的一组文章在美学史上具有非常高的地位。这一组文章共12篇,导论是第409期,其指出提高鉴赏能力的途径是阅读经典作品,与有德有识的人交流,研究古代优秀批评家的文章等。艾狄生自己正是通过这样的途径提高了鉴赏能力,并愿意把自己的心得告诉读者。艾狄生对想象的定义比较狭窄，不是指不受约束的幻想或空想，而是指以经验和记忆为基础的一种形象思维过程。他指出视觉是我们接触、了解外界事物的主要途径，这观点显然带有洛克经验主义哲学的特征。他写道：

> 我们想象中的每一个形象最初都是通过视觉得到的。但我们具有可以把曾经看到的形象保存、改变和浓缩成最适于自己想象的各种不同画面的能力。正是这种能力会使一个蹲地牢的人想象出比自然所能提供的一切更美的景象。

艾狄生接着强调说：

> 我所说的想象愉悦只指源于视觉的愉悦，并把它分成两类：我的设想是先探讨直接愉悦，也就是完全从注视眼前景物所感到的愉悦；然后探讨间接愉悦，也就是当景物不在眼前时通过回忆所视景物而得到的，或是把不存在或虚构的事物想象成令人惬意的景象而获得的愉悦。

这后一种情况包括从新闻记述文学作品获得的美感。在"想象愉悦"的认识基础上，艾狄生多次谈及壮美给人带来的愉悦。为了阐述间接想象的愉悦，艾狄生还谈到了诗歌、绘画等方面的创作问题。他特别重视语言描绘，并专门探讨了为什么有些景象令人们躲之不及，而对相关的语言描绘我们却情有独钟。他说："因为与其说我们是欣赏描绘中所包含的景象，不如说是欣赏能引起景象想象的精确描绘。"（第418期）

除了关于《失乐园》和"想象愉悦"的两组系列论文外，艾狄生和斯梯尔还在大量文章中对诗歌和戏剧创作与欣赏的许多问题进行了精辟的论述。

《旁观者》这一刊物创造了以罗杰·德·考佛莱爵士为中心的"旁观者俱乐部"，成员有商人、军官、律师、牧师、花花公子等，每个人都有鲜明的性格，就像一般小说中的人物。后世往往把

第二章 启蒙运动时期的英国文学(18世纪初期)

"旁观者俱乐部"的文章编辑成册,单独出版,因此可以说《旁观者》对早期小说发展也产生了重要作用。考佛莱是一位有些落伍于时代的贵族,他的观念十分可笑,无人恭维,但他又是一个可爱的角色,深得读者青睐。他年轻的时候爱上了一个寡妇,把她看得比天使还美,显然有唐·吉诃德热恋杜尔西妮亚的影子,他那善良但可笑的举止又很像30年后出现在菲尔丁笔下的亚当斯牧师。"旁观者俱乐部"的新派人物之一是商人安德鲁·福利波特(Freeport),意即"自由港",他虽然也有可笑之处,但却显然代表了作者所推崇的新一代。《旁观者》第174期表现了考佛莱与福利波特的一次交锋。考佛莱对商人之精打细算、斤斤计较不以为然,认为这与绅士们的乐善好施、救助贫困有天壤之别。福利波特反唇相讥,认为商人精打细算和雇工生产更能给人带来实惠。

《旁观者》确立了英国期刊文章的格调和写法。这种文章即是所谓"期刊论说文"(The Periodic Essay)。它不同于培根式的随笔,因为它不止发表个人见解,还要报道时事,剖析社会风尚,评论文学艺术;它也不同于后世流行的小品文,因为写景抒情不是它的主要内容。它既叙又议,叙中有议,主要是叙,然而执笔者的个性又是鲜明的,他必须是一个见闻广博、趣味高雅而又脾气随和、善与人交往的人,文章的风格也要能做到言之有物而又有文的地步,要使中产阶级人士爱读,这样才可增加刊登这类文章的期刊的销路和影响。

艾狄生所创导的报刊编法和文风至今在英语国家的某些老资格的刊物中依稀可见。虽然经历了作者、读者、思想潮流、社会趣味、印刷技术、广告影响等的巨大变化,伦敦、爱丁堡、都柏林、纽约、波士顿等地方仍然在出版着一些周刊、月刊,它们愿意专门留出一些篇幅,发表几篇个人观感式的随笔小品,刊载若干书评、剧评、乐评、艺评、影评,关心所谓"生活质量"的提高,并力求文章写得自然、亲切,而又优雅,具有可读性。

第四节　现实主义小说的先驱:丹尼尔·笛福

18世纪初,英国文学的主要成就是现实主义小说的兴起。笛福、理查逊等小说家是早期反传统的现实主义代表作家,他们从英国社会的实际生活中汲取题材,选择普普通通、切实可信的中下层人物作为作品的主人公,对英国小说产生了重要的影响。尤其是笛福,他对英国城乡诸色人等的深刻了解,他的代表作《鲁滨孙漂流记》把水手当作英雄人物来介绍,细节写得十分逼真,文字口语化,善于绘声绘影,极具表现力,奠定了英国现实主义小说的基础。本节主要对笛福的现实主义小说进行具体分析。

笛福出生在伦敦一个不信奉国教的商人家庭,从小在专为不信奉国教的新教徒设立的学校中受到良好教育。大学里他最感兴趣的是商业课程。毕业后他便从商,做袜子类批发生意,并在西班牙、意大利、德国、法国等地进行商业旅游。他学识渊博,据说能讲六种语言,读七种文字。他在商界确立了自己的地位后于1684年与一富商的女儿结了婚,妻子的一笔陪嫁费便成了他的商业投资。

1685年,他参加了蒙默思公爵领导的新教徒起义,之后又参加了威廉三世的军队。1688年的"光荣革命"把威廉推上了王位后,笛福又专心于经商。1692年,笛福经商破产,负债达17 000英镑,以后又屡屡失败,因而不得不用各种方式谋生,在此期间,他开始从事写作。他非常拥戴威廉三世,在撰写了支持威廉王、挑战贵族反对派的讽刺诗《纯血统的英国人》后,他受到了英王威廉的赏识,因而有机会在政府中任职。1698年,他发表《论开发》,提倡筑公路,办银行,立破产法,设疯人院,办水火保险,征所得税等。1701年,他发表讽刺诗《纯血统的英国人》,站在新兴资产阶级的立场上,对社会生活提出改革意见,并从政治、经济、宗教、道德等方面为资产阶级的发展辩护,并反对贵族天主教势力,为外籍的信奉新教的威廉三世辩护,此诗连印九次。1702年,威廉死后,笛福因写了一本讽刺国教政策以争取信教自由的《铲除新教徒的捷径》小册子而受到教会和政府的迫害。1703年5月,他被捕入狱,法庭除判他罚金外,还让他在伦敦一广场上戴枷示众三天。民众却对他的遭遇极为不平,他们向他投以鲜花,献上花冠,为他欢呼,并朗诵他在服刑前写的诗《木枷颂》。这次示众结果使政府出了丑,而笛福则从民众那里赢得了道义上的支持和胜利。直到这年11月,因大臣哈莱的疏通笛福才得以出狱。

1704年,他创办了《法兰西与全欧政事评论报》,这是英国第一份不依赖政府而讨论政治思想的刊物,内容涉及政治、经济、宗教、科学、艺术、妇女等各种问题。报上文章几乎均出自笛福之手,它们对社会舆论产生了不小的影响。1713年,他停办了这份报纸,继而办起了《商业报》,但仅一年便停刊。据说笛福曾与26家杂志社有联系,有人称他为"现代新闻报道之父"。他的作品,包括大量政论册子,多达250种,无一不是迎合资产阶级发展的需要,写城市中产阶级感兴趣和关心的问题。

笛福在59岁时开始写作小说。1719年,第一部小说《鲁滨孙漂流记》发表,大受欢迎。同年又出版了续篇。1720年,又写作了《鲁滨孙的沉思集》。此后,他写了四部小说:《辛格顿船长》《摩尔·弗兰德斯》《杰克上校》与《罗克萨娜》。此外,他还写了若干部传记,如《聋哑仆人坎贝尔传》《彼得大帝纪》;几部国内外游记,如《罗伯茨船长四次旅行记》《不列颠全岛纪游》等。他还有几部关于经商的书,如《经商全书》《英国商业方略》等。

笛福晚景凄凉,为躲债不得不四处藏匿,最终孤苦伶仃地客死他乡,葬于伦敦一鲜为人知的公墓里。

《鲁滨孙漂流记》是英国现实主义小说的第一声春雷,这部作品既是笛福的长篇小说处女作,又是他的代表作。它取材于发生在英格兰水手亚历山大·塞尔格身上的真实事件。亚历山大因与船长发生冲突,被抛弃在南美洲大西洋中的一座荒岛上。在这荒无人烟的小岛上,他栉风沐雨,茹毛饮血,艰辛地度过了四年零四个月的生活,直至一航海家发现后才把他带回英国。笛福受亚历山大经历的启发,经过精心的艺术加工,创作了这部作品。小说写不安于悠闲平庸小康生活的 19 岁青年鲁滨孙不听父母劝告去海外经商。他先被摩尔人掳去做奴隶,后又逃到巴西,奋斗多年成为种植园主。在往非洲购买奴隶补充他种植园的劳动力时,船只失事,他独自漂流到南美洲附近的无人荒岛。他很快战胜了忧郁失望,依靠个人的力量改善环境。他猎取食物,驯养山羊,修建住所,制造工具。他以其机敏的脑子、充沛的精力、勤劳的双手为自己创造了文明生活的条件。流落荒岛 12 年后的一天,他在沙滩上发现了人的脚印。又过了近 10 年,他成功地从以人为食的野蛮人手中救下一个即将被杀死的土人,并用获救那天的日子给他起名"星期五",让他成为自己的仆人,还教他英语,使他皈依基督教,成为一个"文明人"。岛上 28 年的独自生活,居然创造出一个小小的王国,满足了他的占有欲。后来开来了一艘英国船,船上水手哗变,船长与两名忠实于船长的水手被抛在岛上,鲁滨孙和"星期五"帮船长制伏了哗变的水手,夺回了船只,并搭该船回国。哗变者畏罪留在岛上。鲁滨孙多次回岛看望,派人继续开垦,成为该岛的统治者和立法者。

　　小说通过主人公鲁滨孙的航海冒险,描写了原始积累时期新兴资产阶级代表人物的精神面貌。在小说中,笛福成功地塑造了鲁滨孙这一新兴资产阶级典型人物的形象。一方面,鲁滨孙出身平民,无遗产可得,他靠自己辛勤艰苦的劳动、奋发进取的精神、坚忍不拔的毅力及敢于冒险不惧困难的热情,与人斗,与大自然斗,逐步创造和积累了财富。另一方面,他又是个不折不扣的殖民主义者,他心目中的白种人便是世界的主人,"人权""自由"不适用于未开化的民族,他们只能受制于文明的白人。树木在他眼中是燃料和建筑材料,动物是供食用的野味。为了私利,他把曾经同他共患难的黑人少年"星期五"卖给葡萄牙人做奴隶,用资本主义文明的火枪和基督教征服当地土人,表现出殖民主义的特点。

第二章　启蒙运动时期的英国文学(18世纪初期)

鲁滨孙虽身处荒凉的孤岛之上,但他的所作所为充分表现出了一种新资产阶级积极向上的典型人物的特征,或者说他是个处在上升时期的资产阶级、尤其是中小资产阶级的理想化身。笛福赋予了鲁滨孙种种人类优良品质,他聪明勇敢、朝气蓬勃、坚强乐观、不畏艰难,既有冒险拓新的追求,又有求实苦干的精神。作者把大量笔墨花在鲁滨孙的各种劳动及与自然的斗争上,是"世界文学以奇妙之笔描写人类创造性劳动的第一本书"。鲁滨孙这一形象的塑造是对封建贵族不劳而获和懒散怠惰的批判,又是对资产阶级的颂扬。

在英国文学史上,笛福是第一个有意识地将创作的对象确定为真实的"生活的世界",并努力通过作品确立小说创作的基本原则的作家。在这部小说中,笛福强调了他所叙述的故事的真实性。小说以第一人称的质朴语气叙述了主人公的家庭和他的童年生活,描绘出一个英国普通中产阶级的生活背景。他早期经商活动的几次历险都给人以真实可信的印象,使读者对后来集中描写的孤岛生活有了心理准备。荒岛的地理位置写得很确凿,是在加勒比海,离奥里诺科河入海处不远的地方。而且,笛福在叙述种种事件的时候几乎采用了航海日志体的写法,按照时间顺序逐项地作详细准确的记录,在细节描写上更是十分注意取得生动逼真的效果。例如,鲁滨孙在荒岛上的生活被描写得非常具体、细致而实在,作者这样描写了鲁滨孙挖独木舟的过程:

> 我砍倒了一棵杉树。我相信连所罗门造耶路撒冷的圣殿时也没有用过这样大的木料。在靠近树根,它的直径是五尺一寸。在二十二尺的末端,它的直径是四十一寸。然后慢慢细下去,分成一些枝子。我费了无数的劳力,才把这棵树砍倒。我花了二十二天的工夫砍它的根部。又花了十四天的工夫,使用了大小斧子和一言难尽的劳力,才把它的树枝和它那四面张开的巨大的树顶砍了下来。然后,我又花了一个月的工夫把它刮得略具规模,成为船底的形状,使它可以船底朝下浮在水里。

又花了将近三个月的工夫把它的内部挖空,把它做得完全像一只小船……其大可以容纳二十六个人,因此可以把我和所有的东西装进去。

  类似的描写在文中还有很多,它们逼真、自然,娓娓道来,让读者感到极为真实和亲切。在整篇小说中,前后事件连接自然,格局完整,行动和环境的细节描写具体细腻,文体简朴,语言浅显通俗。而且这部小说在小说史上第一次将一个普通人的日常生活当作了关注的中心,将小说的重心从对事件的叙述转移到了对一个中心人物的塑造上,并进而在主人公鲁滨孙的身上赋予了崭新的时代精神的内涵,从而实现了从流浪汉小说向近代长篇小说的实质性飞跃。鲁滨孙这一形象也因其对早期资本主义时代精神和新兴资产阶级思想特征的高度概括,成为西方近代文学中第一个完整而深刻的艺术典型,《鲁滨孙漂流记》也由于这一划时代功绩而成为近代长篇小说的奠基作之一。但这部小说也有不足之处,叙述过于平铺直叙,人物刻画较为粗糙,整体结构也较为松散。不过,由于近代意义上的现实主义小说尚在襁褓之中,因此《鲁滨孙漂流记》为现实主义小说的兴起和发展奠定了意义非凡的基础。

  笛福继《鲁滨孙漂流记》后又写了不少小说,约有十五部之多,可分为冒险小说和早期历史小说。《辛格顿船长》中的辛格顿像鲁滨孙一样喜欢冒险。他经历不凡,幼时遭绑架,后开始航海,克服重重困难,横贯非洲大陆,获得了不少财富。之后历经西印度群岛、印度洋、南中国海,绕行澳洲返回英国,获取了大量财富。小说描写了主人公为生存致富而不择手段地残酷斗争,他身上有冒险奋斗、不畏艰险的精神,亦有不讲道德、自私残忍的表现。《杰克上校》的主人公幼年就沦为小偷;当过兵,被贩卖到弗吉尼亚,最后成为种植园主,回到英国。《罗克萨娜》的主人公是法国新教徒的女儿,沦落到英国,嫁给了伦敦一个酒商,后被遗弃,在英、法、荷等地沦为妓女,又嫁给一个荷兰商人,商人负债入狱,她也在悔恨中死去。

第二章 启蒙运动时期的英国文学(18世纪初期)

《摩尔·弗兰德斯》则被认为是笛福最好的小说,叙述了女主人公摩尔的种种不幸遭遇及冒险经历。摩尔出生在狱中,母亲是个惯偷,后被放逐到英属美洲殖民地弗吉尼亚。摩尔在英国被别人抚养长大,十五岁遭强奸,先后五次嫁人。贫困使她堕落成为一个无赖的娼妇、高明的小偷。最后遭捕放逐,却意外地从亡母那儿继承了一个种植园,于是痛改前非,在种植园中过着平静、清白的生活。从结构上来看,这部小说可以分为两个部分:第一部分是关于摩尔在婚姻市场上的经历;第二部分是关于摩尔的窃贼生涯,以她第一次窃取一位少妇的包袱开始,最后因盗窃失手而被关进监狱。这些事件表面看起来没有什么一致性可言,但是在每个事件的开始部分,展现在摩尔眼前的都是一幅黯淡的生活场景。于是,摩尔不断地被命运从一个旋涡抛入另一个旋涡。所以,小说将互不相关的两部分统一起来,形成作品内在的有机性。

摩尔像鲁滨孙一样被描写得有血有肉。她勇敢聪明,个性鲜明,富有激情。她的结局表明,笛福对"恶"与"善"的理解跟传统的善恶观有所不同:在他眼里,摩尔的行为并未真正构成一种罪恶——她们对社会环境的反抗甚至还带有善的色彩。虽然笛福处处不忘强调"改过向善"的道德寓意,但是笛福真正宣扬的却是:按照人的自然本性而生活,运用自我的理性来控制生活等积极的信条。笛福张扬的善就是个体的人在完全实现了理性主体的能力后所获得的那种积极的生活。

总之,作为"真正给小说定型并且把它推上发展道路的创始人之一",英国现实主义小说的创始人笛福超越了新古典主义的常规,坚持以客观事实为载体,坚持把以感性的艺术形象再现生活真实视为自己的艺术使命,他在作品中把主人公放在一个普通而又独特的生活环境中来表现,成功地塑造了在英国资本主义兴起后在新的生产力和生产关系下产生的勇于进取、充满个人奋斗精神的新人,树立了近代小说史上的丰碑。

第三章　前工业革命时期的英国文学
（18世纪中期）

18世纪40年代开始，英国启蒙运动步入成熟期，资本主义经济也伴随着工业和技术的不断发展而进入成熟阶段。无须赘言，启蒙运动引导人们将目光聚焦于自然科学诸如数学、物理等学科之上，而这些世俗学问成为直接开启工业革命大门的钥匙。在这黎明前的黑暗中，工业革命即将破壳而出，大大推动人类文明的进程。在这一时期中，资产阶级的生活已经取得了稳固的形式，这也为小说的发展奠定了良好基础。期间，以塞缪尔·理查逊（Samuel Richardson，1689—1761）、亨利·菲尔丁（Henry Fielding，1707—1754）、托比亚斯·乔治·斯摩莱特（Tobias George Smollett，1721—1771）为代表的作家用超出描写家庭生活范围的日常生活社会小说将英国小说带入了新的领域。

第一节　书信体小说巨匠理查逊

在英国，理查逊是与菲尔丁齐名的作家，同时也被誉为开创感伤小说的先锋。不过在中国，他的读者并不多。他50岁时开始写《帕美拉》，这是一部曾经轰动一时的长篇小说，在英国文学及欧洲文学的历史上都有过广泛的影响，它开创了感伤主义小说的新形式。此前的小说，如笛福的《鲁滨孙漂流记》、斯威夫特的《格列佛游记》多写冒险与航海生涯，充满男性的阳刚之气。而《帕美拉》将家庭生活、儿女情长、婚姻道德写进了小说，又擅长描写女主人公的心理状态、感情波澜，颇具阴柔之美。于是很快便引起了多方注意,成为畅销书。后世不少大作家都受过理查逊的影响,如卢梭、歌德、普希金。

　　理查逊出生于一个清贫的中下层家庭,从小梦想成为一名教士,却因贫困无法接受良好的教育,故愿望难成。生长的环境使他保留了清教徒的道德,以至于读书期间,别人送给他一个绰号,叫"一本正经"。从他后来的生活和创作看,这"一本正经"的绰号倒也名副其实。17岁时,理查逊前往一家印刷厂当学徒,由于擅长书写,所以便通过为一些不识字、患相思病的女子写情书来增加收入,这件事决定了他后来写小说的书信体风格,以及特别关注女性的心理和感情。他的勤勉与节俭得到了回报,他成立了自己的印刷所,后来更成为下院的印刷商和文具分公司老板。1739年,理查逊利用两位伦敦印刷商委托他编纂书信集的机会,受到了启发,开始动笔写小说,并于1740年发表了《帕美拉》的头两卷,翌年又发表了后两卷。《帕美拉》一举成功,不到六年的时间就名扬欧洲,成为欧洲小说史上最有影响的作品之一,它的模仿者甚至远及俄罗斯。这位一本正经、谨小慎微的五十一岁老板实际上已出版了世界上第一部货真价实的畅销小说。接着,他又写了第二部相当成功的小说《克拉丽莎》,小说中的悲剧故事使不少读者潸然泪下,不能自已。晚年,这位功成名就的小说家一心扑在编纂自己的格言与"情操教育"作品上。1761年7月4日,理查逊死于中风症。

　　理查逊一生的作品虽然数量不多,但《帕美拉》和《克拉丽莎》具有深刻的影响力。其中,《帕美拉》的诞生源于理查逊编辑书信集时的一个灵感,书信集中有一部旨在"教导那些不得不外出谋生的漂亮女孩,如何避开可能存在的陷阱,不使自己的贞洁受损"。理查逊由此想起了一则他以前听到的真实故事:一个乡下鳏夫绅士一再企图诱奸他的美丽的女仆,但始终未能得手,最后只好正式娶她为妻。于是,在此基础之上,理查逊写出了《帕美拉》。

　　《帕美拉》是一部书信体小说,副标题是《美德有报》,讲述的是一个乡绅家的女仆帕美拉的故事。用书信体写故事不是理查逊的发明。最早的书信体小说出自15世纪的西班牙人之手，1678年，由葡萄牙语翻译成英语的第一部书信体小说《葡萄牙人信札》在英国问世，五年之后，英国女作家班恩发表了《一名贵族与他妹妹之间的情书》，尽管艺术上还欠成熟，但是却开了英国书信体小说的先河。在英国当时娱乐方式和消遣方式十分贫乏的时代。书信成为人们流行的交流方式和感情的载体，这也为当时英国书信体小说产生提供了成长的土壤。事实上，大众的书信写作是随着1635年"内陆通信系统"和伦敦"一便士邮政"的建立而普及和成为时尚的。同时，"戏剧在1750年左右对英国生活的支配作用已经不复存在，人们不再满足于看戏或阅读过时的剧本。新的文学表现形式自然便受到人们的欢迎"[①]。于是，理查逊将书信作为小说改革的突破口。适应了时代的需求。对此，理查逊还对书信体作了评论："笔者认为一个故事……用一系列不同人物的书信组成，不采用其他评论及不符合创作意图与构思的片段，这显然是新颖独特的。"[②]

《帕美拉》以帕美拉写给她父母的书信形式展开，开始时，雇佣她作女仆的那位女主人刚刚去世。女主人的儿子B先生利用帕美拉的处境，一心想诱奸她。虽然她心中对他有爱慕之意，但是她仍旧义正词严地把他挡了回去。B先生想尽各种办法迫使她就范。把她骗到他在乡下的一所别墅，在那里，她实际上被两个凶神恶煞般的仆人——朱克斯太太和科尔布兰德先生——看管了起来。B先生在朱克斯太太协助下，企图使她落入假结婚的圈套，可是没有成功。有一次，他差点儿强奸她，只是见她昏厥过去才吓得未敢下手。最后他把她打发走，可是他这时候已真诚地爱上了她，所以又把她劝了回来。他进而想叫帕美拉做他的情

---

① Godfrey Frank Singer. *The Epostolarv Novel* [M]. Philadelphia: University of PennsylvaniaPress, 1933, p. 62.

② Samuel Richardson. "*Postcript*" *Clrrisa* [C]. Oxford: Shake-speare Head, 1930. Vol. Viii.

第三章 前工业革命时期的英国文学(18世纪中期)

妇,帕美拉又巧妙地回避了这一着。于是他决定不顾她的门第身世,正式娶她为妻。

《帕美拉》一出版就轰动了伦敦,成为畅销书。全书基本上是帕美拉一个人写信向父母报告她每天、甚至每时每刻的处境和险情,以及她抵制引诱的决心。理查逊写《帕美拉》时明确提出要用他的小说作为教育工具,去取代当时流行的浪漫故事给年轻人造成的坏影响。为了吸引读者,他大胆地尝试了"写至即刻"的艺术手法。"写至即刻"的技巧利用了书信可随时中断的特点来制造悬念,它还加强了小说的场次性和戏剧效果,使故事一幕幕生动地展现在读者面前。特别在人物的生死攸关时刻理查逊有意地中止信件或夹叙细节,这样就造成了类似影视慢镜头的效果。读者不仅有与所发生事态的同步感,而且通过绷紧的时间感到了每一刻的最大强度,从而获得心理上及感官上的满足。

这一方面的例子在《帕美拉》中比比皆是。例如,在报告B先生一次企图对她用强时,帕美拉信里的第一句话就是:"噢,我亲爱的爸爸、妈妈,我那心存邪念的主人,那个卑鄙的人,把自己藏在她(翟维斯太太)的密室里。"读者早已知道帕美拉与女管家睡在一张床上,这开篇的头一句就立即造成了高度紧张的气氛,读者们都屏住呼吸等待观望女主人公命运的凶吉。然而理查逊此时却故意引而不发,让帕美拉慢慢道来,先讲了一大段她就寝前如何同翟维斯太太批评少东家行为不端,两人对帕美拉的处境做了各种猜测,然后帕美拉一件件地把衣服脱下,爬上床去。这段看上去绕离了眼前灾祸的描写,恰恰通过强迫读者等待,而大大增加了全场的戏剧性和紧张度。因为读者不同于帕美拉与女管家,他在"观看"舞台中心两个毫无防备的女人对话时,无一刻不意识到B先生正埋伏在密室中,随时会冲出来加害天真的姑娘。在小说中不少关键时刻,帕美拉还因被呼去做家务或害怕B先生闯入而突然打住了她的报道,读者只好急切地到下封信中去寻求分解。

《克拉丽莎》是理查逊的第二部书信体小说。随着《克拉丽莎》的出现,理查逊的小说从喜剧走向了悲剧。小说描写了年轻姑娘克拉丽莎的悲剧。美丽又贤德的富家女克拉丽莎·哈娄的父兄为了经济利益,强迫她嫁给一个丑陋鄙俗的富商。她在危急中出逃,不幸落入花花公子拉夫雷斯的圈套。拉夫雷斯是个不相信女人贞洁的恶少。克拉丽莎的美貌与纯洁对他产生了极大的诱惑。为了使她就范,也为了报复克拉丽莎的哥哥对他的污辱,拉夫雷斯把姑娘拐骗到一家妓院住下。当克拉丽莎醒悟到这是个骗局后,她曾设法逃离火坑,但拉夫雷斯耳目众多,又用卑鄙的手段将她弄回妓院,并暗下麻药,在她神志昏迷时强奸了她。沉重的打击并没使克拉丽莎屈服,更没有给拉夫雷斯带来半点胜利者的满足。除了怀有一种内疚之感,克拉丽莎的坚贞加深了他的爱慕,他提出娶她为妻的要求,但克拉丽莎宁死不从。在肉体和精神的双重折磨最终夺去克拉丽莎性命之后,面临着全面失败的拉夫雷斯也失去了生存的愿望,他在与克拉丽莎的亲戚莫登上校决斗中丧生。

与《帕美拉》相比较,这两部作品都含有劝善的目的,但是帕美拉的美德得到了现实的报酬,克拉丽莎的美德却遭到了毁灭的命运。《帕美拉》中反映的人际关系比较单一,而《克拉丽莎》中的悲剧却与克拉丽莎家庭的唯利是图、兄妹之间的财产纠葛以及社会的险恶复杂相关。从这些方面来分析《克拉丽莎》所触及的社会问题和道德问题,比《帕美拉》更深刻、更成熟。正如学者所说,《克拉丽莎》"把书信体小说推到了更高的境界:原来信都是一个人写,后来变成几个人写同一件事同一个场面,却通过几双不同的眼睛来看,各有不同的反映和判断,这样就不仅使叙述更丰富,而且较早地解决了小说艺术家一直关心的通过什么角度来叙述的问题"①。

《克拉丽莎》是部巨著,全书由 537 封信组成,字数达百万之多。然而,这样一部貌似无形、由书信摞叠起来的庞然大物却有

---

① 王佐良. 英国文学史[M]. 北京:商务印书馆,1996:111.

着十分完美、整齐的形式结构。小说从1月里克拉丽莎的哥哥与拉夫雷斯决斗受伤揭开帷幕,到12月里拉夫雷斯在同莫登上校决斗中丧命结束,故事历时一年。在这一年中克拉丽莎在春天被迫逃离哈娄宅邸,6月的仲夏之夜被强奸,最后在严酷的寒冬12月里死去。克拉丽莎在自己的棺木上设计了一个醒目的蛇形图案。它首先代表了女主人公对自己因一念之差带来了罪恶后果的自责,但这条蛇用嘴咬住自己的尾巴而构成的环形也呼应了克拉丽莎那与年轮平行的生死周期,并象征了生——死——再生这个永无休止的循环。

再进一步查看小说的结构安排,《克拉丽莎》可以从情节上分为三大部分。它的头两卷以女主人公的信件为主,描写了克拉丽莎的父兄和姐姐如何逼她牺牲个人幸福来换取家族利益,这是全书悲剧的起因。在第二卷结尾处,克拉丽莎自以为逃脱虎口,却落入了拉夫雷斯的圈套。从第三卷起至第六卷,叙述转为拉夫雷斯的书信,他向好友贝尔福德,另一个纨绔子弟,报告克拉丽莎被软禁在辛克莱太太妓院里的囚徒经历,并吹嘘他采取的各种阴谋手段。在第六卷开始处克拉丽莎终于逃离妓院。最后的第七、八两卷是由被克拉丽莎高尚情操感动而弃旧从新的贝尔福德来写的,他以无限的崇敬描述了克拉丽莎最后的日子,赞扬了她那以死向社会宣称自己不向任何迫害势力屈服的勇气。克拉丽莎的死是宁静而圣洁的,它与代表邪恶的辛克莱太太那备受折磨、扭曲而可怕的死以及拉夫雷斯用决斗来结束空虚的一生的可悲下场,形成了鲜明的对比。

除了精致的形式构架,《克拉丽莎》在书信技巧上也体现了比"写至即刻"更成熟和大胆的尝试。理查逊在这部悲剧小说里采用了两条平行的叙述线,一条是克拉丽莎与挚友安娜·豪的通信,而另一条是拉夫雷斯与他的酒肉朋友贝尔福德的书信来往。这两条线基本是背靠背地进行着,没有横向交错。这样,读者就可以通过两个不同的窥视角度来看同一事态的发展,其结果是双倍地,甚至四倍地增加了人物表现的层次和方面,而小说的重点也就从追求情节的曲折性转向了探讨不同人物对同一事件的各种反映。在这方面,《克拉丽莎》可以说是先于它的时代的,是近现代小说的先驱。

第二节 "散文滑稽史诗"诗人菲尔丁

菲尔丁是18世纪英国杰出的小说家和剧作家,特别是他的现实主义小说理论和创作实践使他和笛福、斯威夫特、理查逊一起成为英国现实主义小说的奠基人,而且,他的自称为"散文滑稽史诗"的长篇小说,也代表了18世纪欧洲叙事文学的最高成就。

菲尔丁出生于英国西南部萨默塞特郡距格拉斯顿伯利两英里外的夏普海姆园林的外婆家,这里山水环抱,景色秀丽,使幼年菲尔丁受到美丽的自然环境的熏陶。他后来常把出生的地方写进他自称是"喜剧性的散文史诗"的小说里。菲尔丁的童年是无忧无虑的,所学的知识多数来自《圣经》。但自从菲尔丁的母亲去世以后,这个家庭就被后母搅翻了天,忧患也开始笼罩菲尔丁幼小的心灵。1719年,菲尔丁被父亲送到伊顿公学读书,虽然学校里的规矩和责罚使他难以忍受,但凭着自己的灵气聪慧,他取得了优异的成绩并结交了许多朋友,同时,菲尔丁也开始对写作产生兴趣,并创作了一系列作品,如诗作《假面舞会》、剧本《戴着各种面具的爱情》等。1728年,菲尔丁进入荷兰的雷顿大学学习,但后来由于经济原因被迫辍学。此后,菲尔丁回到英国,开始职业创作。1730—1737年,菲尔丁以惊人的速度用滑稽剧、"小歌剧"、政治讽刺剧等形式创作了二十五部剧本,揭露英国政治生活中的黑暗,表达了在英国舞台上恢复古希腊阿里斯托芬的传统的打算。但由于剧本讽刺力度较为尖锐,在英国国会通过戏剧检查法令后被迫停止。此后,菲尔丁改学法律,后担任伦敦首任警察厅长,见识到了英国社会中存在的诸多阴暗面,并继续开始小说创

第三章　前工业革命时期的英国文学(18世纪中期)

作。此后几年间,菲尔丁先后创作了《大伟人江奈生·魏尔德传》《夏美勒》《约瑟夫·安德鲁斯》《汤姆·琼斯》等多部作品。其中,《夏美勒》《约瑟夫·安德鲁斯》这两部小说开创了英国文学史上"路上小说"、也称流浪汉传奇小说的先河,给菲尔丁赢得了很大的声誉,而菲尔丁称它们是"喜剧性的散文史诗"。

《大伟人江奈生·魏尔德传》这本来是1737年写的最早的一部小说,但一直搁置了六年才正式发表,这部作品的讽刺性很强。魏尔德是18世纪20年代伦敦有名的大盗,他以正人君子的姿态出入官府,与贵人结交,他和他的同伙打家劫舍,无恶不作。1725年被处以绞刑。菲尔丁借大盗魏尔德的故事表现大人物的欺诈、残忍和强暴。菲尔丁追溯了大盗的家谱,发现魏尔德是古代因盗窃而致富的大世家的嫡传子孙。这部小说还写了伟人兰皮绅士,他有大无畏的勇气和不分你我的气魄。他囊括一切,占据一切。在"大伟人"的统治下,黎民百姓无法生活下去。忠厚老成的珠宝商人哈特佛利被诬告陷害,险遭杀身之祸。

菲尔丁借大盗江奈生·魏尔德的故事讽刺大伟人瓦普尔等政客,把大盗和大伟人相提并论,表现了鲜明的正义感。菲尔丁在小说的序文中说:"伟大在于使人类受尽各种荼毒。"说明大贪官、大盗贼同样凶残地掠夺老百姓,瓦普尔、魏尔德都是使人类受尽各种荼毒的"伟人"。在菲尔丁的笔下,魏尔德出身于亦官亦盗的"世家",一生盗业"煊赫",最后"光荣"地死在绞刑架下,是一个"完整无缺的大伟人"。作者赋予他上层统治者的一切特征:衣冠楚楚,彬彬有礼,满口信义,而实际上却是贪婪,凶狠,诡诈,腐化堕落,假仁假义,具有无穷的野心。作者又处处直接拿他同贵族资产阶级政客作比拟,所以小说实际上是在替迫害人民,祸乱国家而又不断内讧的君主、统帅、大臣和政客画像,把他们描写成窃国殃民的汪洋大盗。这部作品自始至终用反笔,作者总是躲在事件的背后冷嘲热讽。但在最后,当魏尔德被绞死时,疾恶如仇的作者便直接站出,毫不掩饰地喝起彩来:"伟人江奈生·魏尔德就这么完了,他死得正如他活得那么轰轰烈烈,前后可以说非常一致。如果不是这样地死,他的一生会显得多么残缺不全呀!"并由魏尔德的死联系到一切被人们痛恨的压迫者、侵略者:"古今英雄好汉中间,有些人恰好缺少这样一个下场,如果有了的话,世世代代的贤哲读起他们的历史来将增加多少快感啊!"作者在这里向一切人民的敌人发出了正义的诅咒。

菲尔丁的讽刺手法无疑继承了阿里斯托芬、拉伯雷等古典作家,但也明显受到了斯威夫特的影响。《大伟人江奈生·魏尔德传》具有寓言性质,大量使用反讽,在《关于帽子》的一章(2卷6章)里,谈论两个政党因为戴翘顶帽还是平顶帽而争吵,令人想起《格列佛游记》中政客们按鞋跟高低而分为两党相互争斗的讽刺性情节。魏尔德在狱中还和另一个强盗首领争夺睡衣,在上绞架时居然乘机扒走了为他作临终祈祷的牧师口袋里的开瓶钻子等,都极富斯威夫特式的谐谑而辛辣的嘲弄。斯威夫特式的反语法在《大伟人江奈生·魏尔德传》里也占有突出地位,如魏尔德被称为"大伟人",哈特夫利则被形容为"卑鄙小人"。事实上,"大"与"小"相对立的反讽主题在菲尔丁的创作中是一以贯之的。他在同时发表的《从阳世到阴间的旅行》里也采用了虚构的讽刺性寓言形式,写七个幽灵到冥府旅行,由冥王迈诺斯按其功过处置。一个因为贫困抢了18便士而被绞死的幽灵被准予升上天堂,一个趾高气扬的公爵则被迈诺斯在屁股上踢了一脚,并对他说:"你简直太伟大了,天堂装不下你!"而"恐怖之王"两侧站立的"伟人"们就是历史上的几位著名的暴君,如马其顿王亚历山大、几个罗马皇帝和土耳其酋长。

《夏美勒》和《约瑟夫·安德鲁斯》都是菲尔丁在理查逊的《帕美拉》发表后,模仿他的笔法创作的嘲讽这类作品的小说。其中,《夏美勒》全称为《对夏美勒·安德鲁斯女士生活的辩解》,其讽刺矛头直指理查逊小说的虚假、伤感和伪善。小说采用塞万提斯式的戏谑手法来调侃和驳斥《帕美拉》所宣扬的社会道德观念。《夏美勒》的人物和《帕美拉》相似,情节纠葛和书信体形式也悉仿原作,只是女主人公换成了"夏(Sham,即虚假之意)米拉"。她不像

第三章　前工业革命时期的英国文学（18世纪中期）

帕美拉那样多少是被动地受男人的引诱，而是有意识地把"贞操"当作本钱，于若即若离之中老谋深算地谋取地位和财产。《约瑟夫·安德鲁斯》全名为《约瑟夫·安德鲁斯和他的朋友亚拉伯罕·亚当斯先生的冒险记》，小说更加扩大了揭露和批判的范围。小说的主人公是一个贵族家庭的仆人，他由于拒绝了女主人鲍培夫人的勾引而被开除。他只好孑然一身，离开伦敦返回故乡去找自己的爱人范妮。途中，先遇到了本村的穷牧师、自己的保护人亚当姆斯，接着又和自己要寻找的爱人相遇。于是，他们三人结伴返乡。在旅途上和回乡后，他们经历了种种奇遇、苦难和波折，最后终于得到了一个圆满的结局，安德鲁斯和范妮结了婚，亚当姆斯也得到了较好的职位。小说通过三个穷人在路上的遭遇而展开对于当时英国乡村社会的描绘。城市是豺狼横行的世界，是罪恶的深渊，乡村也不是世外桃源。这里有骄横淫荡的贵妇、草菅人命的治安法官、荒淫的乡绅、强暴的地主、狠心的商人、贪婪的牧师。乡村就是这些人的天下。小说中，菲尔丁通过安德鲁斯和亚当斯的冒险奇遇，描绘了英国上层社会和下层人民的生活，揭露了地主、资产阶级上层社会的虚伪、自私、贪婪，赞扬了下层人民高尚道德和友爱精神。作者描写了安德鲁斯、芬妮和亚当斯的善良、正直、诚实、友爱的优秀品质和地主布比太太，牧师兼地主的特罗里贝的虚伪、欺诈、凶狠的恶劣品质，通过不同品质的对照，揭露和讽刺了英国的社会现实。这部小说不仅把英王乔治二世时期的一般社会状况描写了出来，还把这个时期人们的道德、政治、宗教的感情也刻画了出来。另外，小说中，特别值得注意的是穷牧师亚当姆斯的形象。在作品里，他占有的地位实际比安德鲁斯更为重要。他一方面天真善良，好打抱不平。这种品质，和贵族资产阶级社会种种恶习形成鲜明对照。同时，作者又故意把他刻画成堂·吉诃德式的人物。他不了解世态人情，因而常常使自己陷于尴尬令人发笑的境地。菲尔丁笔下的亚当姆斯这个人物，似乎是成了一个传统，往后的高尔斯密斯、斯摩莱特、司各特、狄更斯和萨克雷的创作中，读者都可以碰到类似亚当姆斯这样使人发笑而又可爱的人物。

菲尔丁写小说的时候,散文体虚构故事在读者心目中地位仍很低下。理查逊、菲尔丁等人因此都愿意称自己的小说为"历史"或"传记"。《约瑟夫·安德鲁斯》的前言实际上是菲尔丁为小说、为虚构故事、特别是为他的新文类"喜剧性散文史诗"所写的宣言,在其中申述了他的文学主张。首先他把史诗与戏剧分成悲喜两大类;然后进一步指出喜剧性散文史诗与悲剧和正剧的不同。作为史诗,它呈现更宽广的画面,包括更多的事件和多样的人物。在主题上它旨在轻松的讽刺,人物不再是王公贵族,而是普通百姓。在行文和修辞上这种小说要通过夸张、幽默、嘲讽甚至荒诞的手法来反映生活中种种违反自然的坏现象。但是菲尔丁着重指出了这新文类不同于一般嘲讽文学的两大特点。首先,讽刺与取笑只是其修辞手段,却不是目的,这种小说要像一部史诗那样内容博大丰富。其次,在人物塑造上,菲尔丁强调,他的小说"不写人,而写言行举止;不写个人,而写群类"。也就是说,他要讽刺的不是具体的个人,而是类型化的人物,他们虽然因此有一定的扁平性,也缺乏性格的发展,却带有象征意义,能够生动而富有色彩地展示出社会各阶层的全貌来。

《汤姆·琼斯》很像《约瑟夫·安德鲁斯》,写的是一个身世不明的年轻人如何经历了千辛万苦,在追求真正爱情的途中最终寻到了富有的亲人,过上了乡绅的生活。但是,在《汤姆·琼斯》中菲尔丁不再紧紧地绑在基督教道德主题上。这部小说虽然也猛烈地抨击了虚伪和欺诈,荒淫与无耻,但是在人物刻画上,亚当斯这样有个性的丰满形象再没有出现。代之而起的是一大批生动的群类化人物,如正直善良、宽大为怀却没有主见和判断力的阿尔渥西先生;脾气暴烈、爱马爱酒、终日狩猎饮宴的乡绅威斯敦;阴险贪婪、善于暗算人的布利菲尔少爷;喜听谗言、爱体罚学生的司瓦克姆牧师;满腹经纶、满口教条、却又偷情的哲学家斯奎尔;胆小、迷信、蒙冤受屈的乡村小知识分子帕特里奇;贫困无知、靠偷猎混生活的黑乔治;还有淫荡的伦敦上层贵妇人贝拉斯顿太太

第三章　前工业革命时期的英国文学(18世纪中期)

和对索菲的美貌馋涎欲滴的费拉马老爷等。他们不再是像《约瑟夫·安德鲁斯》中大多数一带而过的擎幡人物,而是每个人都色彩鲜明,特点突出,形成了令人难忘的一个人物画廊。

小说中,汤姆·琼斯是一个弃儿,富有而忠厚的乡绅奥尔华绥收养了他。奥尔华绥经过一番调查,怀疑女仆珍妮·琼斯是汤姆的母亲。珍妮虽然知道真相,但由于她收了孩子母亲的一笔钱,只好含羞忍辱地离开了村子。乡村教师巴特里奇因被诬与珍妮有染也被撵出了村子。汤姆在奥尔华绥家逐渐长大了,他秉性诚实、善良,同他一起长大的还有布力非和苏菲娅。布力非是奥尔华绥的外甥,被奥尔华绥立为子嗣,他在品性上和汤姆完全相反,外表恭顺,严谨,实际却自私虚伪。苏菲娅是邻近庄园主魏斯顿的女儿,她活泼美丽,悄悄爱上了汤姆。汤姆此时正与猎户的女儿毛丽坠入了情网,并发生了关系。后来汤姆发现毛丽是个轻浮虚荣的姑娘,遂与之断绝来往。在和苏菲娅的相处中,汤姆慢慢地被她吸引,两人的爱情与日俱增。布力非同时也在追求苏菲娅,但他不是为了爱情,而是贪图钱财。布力非嫉妒汤姆,不断地在奥尔华绥面前挑拨是非,搬弄唇舌。汤姆终于被逐出了家门,而这时苏菲娅的父亲因为布力非继承人的身份而强迫苏菲娅嫁给布力非,无奈之下,苏菲娅携女仆逃走。被逐的汤姆在路上巧遇巴特里奇,二人一路同行。在旅馆内,汤姆被其搭救的女子引诱而与之发生关系。此事被苏菲娅得知,她伤心离去。汤姆尾随而去。奥尔华绥从珍妮处知道了汤姆的身世,原来汤姆竟然也是他的外甥,是他妹妹的私生子,是布力非同母异父的哥哥。真相大白,汤姆也洗清了不白之冤。奥尔华绥发现了布力非的伪善和卑鄙,决定取消布力非继承人的资格,而指定汤姆为自己的继承人。唯利是图的魏斯顿痛快地答应了汤姆和苏菲娅的婚事。历尽千辛万苦的汤姆和苏菲娅终成眷属。

上面述及的只是小说的主要情节,在这一重要情节中穿插着其他许多衬托性的情节。作品批判了以门第、金钱为条件的婚姻,揭露了贵族资产阶级的荒淫无耻和上流社会的种种罪恶。全书共有四十几个人物,除上面提到的一些外,还有贵族、乡绅、政客、军官、冒险家、乞丐、骗子、流氓、假医生、旅馆老板、侍役、牧师、教师、农民、村妇等各类人物。作家通过这些不同人物的言行和思想感情,概括地描绘出当代英国社会的全貌。而小说的背景,又不断变换。前六卷在乡村,中间六卷,是由乡村到伦敦旅途上的情景,最后六卷的场面则是整个伦敦。这种广阔的背景描绘,给小说增添了巨大的社会背景。

在思想倾向上,小说围绕着"德行"高贵的原则展开。然而,把《汤姆·琼斯》看作是对旧的社会和道德的规范的重新肯定则是一种误读。从本质上讲,小说显示对当时英国进行广泛社会改造的要求,对某种新的道德规范的要求。这种道德规范通过作品叙述者的反复重申而得到强调。作者对道德的关注点不在某个阶级或某个人的理想,而在人类规范的阐释。因此,作者赋予《汤姆·琼斯》的主题思想主要是批判贵族的伪善文明,肯定合乎启蒙学派民主观念的"自然道德"。

汤姆是小说的正面主人公,是作家按照人道主义理想准则写成的人物。由于环境的影响,汤姆身上沾染了不少登徒子的恶习,并因此而不容于那个虚伪的贵族资产阶级社会。但他身上却具有上流社会所没有的品质。按作者的说法,他对于别人的悲喜哀乐永不会是一个漠不关心的旁观者,倘使他本人对那悲喜哀乐有所牵涉,他就更不能无动于衷。因此,他"决不能使一个家庭处于绝望的深渊,升于幸福顶点,而自己不感到极大的快乐"。这种品质使他积极干预和他根本没有什么关系的人们的生活。他承担了猎场看守人乔治·西格里的过错,为的是不让他丢掉饭碗,他救了一个遭到强盗袭击的山中老隐士的生命;他从凶手手中救出华特太太,他为被遗弃的丽茜姑娘建立起幸福的家庭;他饶恕了在破产、贫困和妻子儿女的重病逼迫下走上拦路抢劫的安德孙,而且把仅有的几个钱分给他一部分。作者就这样赋予自己的人物以无私、高贵的品质,说明在充满"铜臭"气味的社会中,老老实实,不作利己打算的人还是有的,从而表达了启蒙者关于社会发展的乐观信念。小说的结尾,拖上了一条幸福的尾巴,汤姆恢复了名誉,成了富有的舅父的合法继承人。这种结局的现实可能性极小,不过是作家无视活生生的现实的结果。布力非是一个和汤姆尖锐对立的形象。他是资产阶级德行的活生生的体现者。他外表慎重、虔诚、有节制;他听话、谦恭、守身如玉,并因此而获得人们对他的赞赏,但内里却是自私、阴险、恶毒、贪婪。为了达到自私的目的,干任何穷凶极恶的勾当,他都是绝不踌躇的。即使把自己异父同母的哥哥送上绞架,他也毫不犹豫。小说通过汤姆与布力非的矛盾表现了善良、正直的优良品质与丑恶、卑鄙的恶劣品质的对立,批判了以金钱、门第为条件的婚姻,揭露了社会上种种卑鄙肮脏的现象,尤其是以贵妇人贝娜斯登夫人、费拉谟伯爵以及产生于上层社会的假道德家方正和宗教家夏楚为代表的上等人卑劣心灵和丑恶行为。菲尔丁从人性和人道思想出发,讽刺了上层社会,同情普通人民,对于善良,正直的人表示关切友爱,对于卑鄙、伪善的人则给予无情的讽刺和揭露。

在艺术上,小说也进行了成功的探索。例如,小说宏大的篇幅和近乎驳杂的内容都被安排在颇为严整精巧的结构和布局中,全书分为匀称的三部分,各占6卷篇幅。第1~6卷的场景是乡村生活,写汤姆和布力非从童年时代起表现出的不同性格以及他们和苏菲娅的关系。第7~12卷是由乡村到伦敦路上的场景,写汤姆受人中伤被逐出庄园、苏菲娅因抗婚出走之后各自在旅途上的遭遇。第13~18卷则以伦敦为场景,写汤姆受城市罪恶影响陷入毁灭的危险及苏菲娅的艰辛经历;在最后一章里歹人暴露。汤姆身世之谜揭晓,全书圆满结束。与理查逊小说的冗长而松散相比,《汤姆·琼斯》严整的结构和紧凑的情节已不可同日而语,即与《约瑟夫·安德鲁斯》相比也大大前进了一步,因此柯勒律治说:"在艺术结构上,菲尔丁真是一个大师。我敢说,《俄狄浦斯》《炼金术士》和《汤姆·琼斯》是有史以来在布局上最完美无瑕的三件作品。读过理查逊之后再来读菲尔丁,就像在5月凉风习习的日子里。走出一间烧着火炉的病房,来到一片开阔的草坪。"① 在情节安排上,颇具匠心的是从一开始就投下了汤姆出身的疑云,在整个故事进程中一直影影绰绰、聚而不散,因而牢牢抓住了读者的注意力,待到迷雾散去。前面产生的种种疑窦便豁然开朗。而且主人公的"私生子"身份又和其人际关系及遭遇紧密相关,显示出内在的有机联系,与主题血肉相连。小说的各种事件彼此环环相扣。充分运用了戏剧的悬念、意外、纠结、解扣等技巧,而且再一次使用了"发现"来结束故事。但显然比《约瑟夫·安德鲁斯》高明得多了。这种结构布局上的高度技巧,应该归功于菲尔丁对戏剧传统的继承和他本人的戏剧实践经验,他在小说中频频引用戏剧理论和演出实践例证来阐述小说艺术,体现了他在这方面的自觉考虑。

第三节　历险故事的讲述者斯摩莱特

斯摩莱特与理查逊和菲尔丁是同一时代的小说家,他实际上比理查逊小了30多岁,原该是两代人,但理查逊进入老年才开始创作小说,而菲尔丁在中年时才发现自己最适合写散文的喜剧史诗。斯摩莱特27岁就发表了第一部作品,所以他的创作盛期就与两位长者同步了。他的小说类似于菲尔丁的小说形式,即用幽默和喜剧的形式来展示社会生活的广阔画面。

斯摩莱特出生于苏格兰一个贵族家庭。幼年时父亲去世,什么也没有留下,祖父对他和他的母亲残暴无情,使他从小就过着痛苦的日子。在都柏林古典文法学校上中学时,由于祖父的怂恿和唆使,斯摩莱特经常遭受老师虐待。毕业后,他来到格拉斯哥给一个外科医生当学徒,工作之余,常到附近医学院听课。但他的性情过于粗暴,不宜行医。同时他对医生职务也不感兴趣。斯

---

① [美]鲁宾斯坦.从莎士比亚到奥斯汀[M].陈安全,等译.上海:上海译文出版社,1987:377.

第三章 前工业革命时期的英国文学(18世纪中期)

摩莱特青年时期即对文学产生了真正的爱好。18岁时,他带着他写的悲剧剧本《弑君记》来到伦敦,希望这个悲剧能够获得成功,可是它被出版商和剧院拒绝了。于是他又重新从事医疗工作。由于贫困所迫,他在一次英法争夺南美洲殖民地的战役中,当了英国军舰上的副医官。这次远征结束后,他迁居牙买加岛,后回伦敦仍从事医务工作,并于1744年开始业余文学创作活动。

斯摩莱特在年轻时就经常和下层人民交往,特别熟悉农民和水兵的生活,这为他以后的文学创作打下了基础。他曾写过诗歌、戏剧、小说,也曾写过关于医药,历史和地理方面的书籍,还从事过翻译和出版工作。但他的主要贡献是小说创作。

在小说创作上,斯摩莱特与菲尔丁一样,都把《堂·吉诃德》和《吉尔·布拉斯》作为典范,他还将这两部小说都转译成英文。他们二人都运用讽刺的手法,但是他们又有着完全不同的风格。菲尔丁鞭挞的是君王、统帅、大小政客,是伟人们,思想的深邃和历史的纵深感使他的小说高人一筹,古典文学的修养、文艺理论的建树都使他的小说代表了英国现实主义小说的新走向。斯摩莱特则紧紧把握小人物的身边琐事,在应接不暇的生动故事、曲折经历中,信手插进讽刺与揭露。他有着自然主义的倾向,对现实的深度把握还不够,而且确实是带着个人的愤怒来揭露阴暗面的,因此没有菲尔丁的深刻与放达。作家斯特恩也不满意斯摩莱特到处暴露生活中的阴暗,把一切都看得那么糟,可是他的现实主义威力就在于此。应该说他还是忠于现实的,他是把普通人在现实生活中的各种遭遇都集中起来加以展示,虽然有些夸张,可他自己的生活就是现实的一面镜子,他本人的经历也是那么离奇多变。他把自己对丑恶现实的理解,把他的愤恨,通过讽刺的手法表达出来就平添了一种机智、一些信心。

可以说,斯摩莱特的小说从类型上看属于写实型,但他的艺术却又带有很强烈的个人色彩,他比任何其他18世纪作家都更迫切地要求宣泄自己愤世嫉俗的思想感情。在《费迪南伯爵》一书中他运用了一些恐怖的心理描述,这可以说是后来浪漫主义潮流的先兆。小说中,费迪南是一个营妓的儿子,自称伯爵。他由一位德国的伯爵梅维尔抚养成人,虽然十分聪明,但心术不正。一方面,他对梅维尔的女儿起了邪念,想通过不正当手段骗其成婚,但没有得逞。另一方面,他又和婢女勾结偷窃财物,从此不务正业,欺诈诱骗的勾当层出不穷。他蒙骗梅维尔的儿子列拉多想得到其女友蒙尼米亚,蒙尼米亚伪装死亡才不致受辱。最后费迪南丑行败露,被抓进监狱。列拉多在惊恐之中发现蒙尼米亚并未死,两人结婚。而费迪南后来痛改前非、改邪归正。这个故事有些部分,如蒙尼米亚像幽灵一样在教堂中出现制造的阴森气氛,开了后来所谓"哥特式小说"的先河。

另外,斯摩莱特的大多数小说借鉴了《吉尔·布拉斯》的流浪汉小说框架,但因为他上述的处世态度,在他的作品中很难找到轻松的幽默和诙谐有趣的经历。例如,《罗特瑞克·兰顿》,这是一部自传性的流浪汉小说。罗特瑞克是一个可怜的孩子,生下来母亲就死了,父亲远在国外。由祖父抚养,饱受冷落和摧残,祖父死后,孤苦无依。他的舅舅汤姆·伯利是一个海军军官,帮助他继续求学,不幸在决斗中杀死船长,逃往法属西印度群岛,于是罗特瑞克不得不自谋生计。起初,他在一个药剂师那里当学徒。不久他由一位同学休·斯特拉普陪同出走伦敦,一路上和骗子小偷为伍,干违法的勾当,险遭牢狱之灾。回到伦敦做药剂师助手,正要结婚,却发现他的未婚妻和别人同床共寝,因此发誓不再婚娶,开始了他眠花宿柳的生涯。后来,他被人诬告偷窃,于是陷入了失业的困境。正当他走投无路,决心从军的时候,恰好被击昏拖到军舰"雷霆号"充当水兵,不久当了舰上外科医生的助手。他参加了1741年对西班牙的海战,在搭另一条船返回英国的途中触礁,游泳登上牙买加海岸,被一个善良的老太太救起,并在她的帮助下做了奴仆。后来和女主人的侄女纳西萨发生恋情。但是,他又被走私者掳到法国,遇到舅舅,由于贫困而投入法国军队,在此遇到了老朋友斯特拉普。此时的斯特拉普拥有一些财产,他帮助罗特瑞克脱离军籍,两人返回英国。罗特瑞克在伦敦结交了几个女友,但都没有什么结果,却染上了赌博的恶习。在巴兹遇到纳西萨。他们重叙旧情谈婚论嫁。可好事多磨,一位贵族情敌从中作梗,罗特瑞克和他决斗并刺伤了他,而纳西萨也被家人带走。罗特瑞克失望之余,又在赌场输得很惨,被舅舅解救,在他舅舅的舰上当了外科医生。远航到阿根廷遇见一位英国富商洛德利高,这个人就是他的父亲。于是。父子俩返回英国,罗特瑞克与纳西萨成婚,随后返回苏格兰赎回他的祖产。罗特瑞克一生坎坷,终于获得了幸福。

可以说,斯摩莱特的大多数小说借鉴了《吉尔·布拉斯》的流浪汉小说框架,但因为他上述的处世态度,在他的作品中很难找到轻松的幽默和诙谐有趣的经历。他的主人公也常是自私缺德、毛病很多的流氓恶棍,比如兰登和佩瑞格林·皮克尔,而费迪南伯爵就更是罪行累累。遗憾的是,在他的小说里这类主人公最后仍获得善终,既成为有钱有势之人,又似乎从此具备了美德。与菲尔丁相比,斯摩莱特缺乏驾驭全局的魄力,故事之间联系松散,随意性较大。虽然斯摩莱特有许多不足之处,比起18世纪一流小说家要逊色,但他也有自己的强项。他在描述外化的人物言行和讲述故事方面有很精湛的技巧,比如他巧妙地利用自己熟悉的医疗知识和生动的水手生活经历,十分真实地描绘了某些特定范围的现实和特殊类型的人物。这在《蓝登传》中表现得尤为突出。

《蓝登传》以第一人称手法讲述主人公蓝登在苏格兰、英格兰、法国、西印度群岛、非洲和南美洲的一系列冒险经历,从而揭露英国和欧洲社会各阶层的方方面面。小说中,蓝登是一个很不安分守己的年轻人。他的父亲因违反父命私下和一个女仆结婚,被赶出家门,离开英国。他的母亲在生下他后死去。小蓝登在家里和学校里都备受歧视和虐待,祖父过世时没有给他留下任何遗产。他于是被命运捉弄,沦落到社会最底层。他的舅舅汤姆·伯林对他很好,在他成人后送他去读大学。然而好景不长,伯林因为格斗而被迫离开英国。蓝登离校后成为一个外科医生的学徒,这时他也在精心照料一个患病的妓女——威廉斯。后来他遇到一系列不幸。他在一艘军舰上当外科医生的助手,受到上级的虐待。他在路上遭抢劫,后来幸亏得到一个女人的照顾。之后他成为一个富婆的仆人,爱上了她的侄女娜西莎。一天他被一伙走私者拐到法国,在那里和舅舅意外相会。后来在去巴黎的路上他又被僧人欺骗,在不幸中遇到他孩提时期的朋友斯特拉普。两个人图谋让蓝登找一位富有的女继承人结婚。他们来到伦敦,遇到富有女郎米兰达,但遭到米兰达拒绝。之后他又遇到富有但是瘸脚的斯耐波小姐,但这时娜西莎又出现在他的视野里。米兰达说他的坏话,鼓动娜西莎的哥哥反对他们结合,但是当初他曾帮助过的妓女威廉斯尽力帮助了他。蓝登回到伦敦,和舅舅同去圭亚那海岸,在那里遇到他的父亲;他的父亲在巴西已经成为一个富豪。蓝登回到伦敦,和娜西莎结为伉俪。一对新人前往苏格兰;蓝登的父亲在那里为他们买回了蓝登家的祖产,供他们居住。

在一定意义上讲,《蓝登传》是18世纪典型的歹徒小说。这个"歹徒"有恶有善,善大于恶,在恶的世界里,他尽力为活命而挣扎。蓝登基本上是一个好人,他孤身一人,身无分文,因而没有选择的余地,不得不设法求一条生路。蓝登有时不得不恶,比如他对待对他忠心耿耿的斯特拉普、他的报复计划、他和恶人的友好关系等。他做得出坏事来,但他善心尚存,善于学好,所以总的说来,他是一个好人。好人得到好报,最后能够如愿以偿。

《蓝登传》所呈现的是一个大千世界。在这个舞台上,各色人、各种事都有表演。作家有意安排这样一个场景,以充分暴露人性的各个侧面。富人、穷人、恶亲戚、好朋友、无精打采的爵爷、心地善良的妓女、贪心的"花和尚"等,人人都有相应的表现。恶与善两相对峙,最后以善获胜为终结。总的说来,《蓝登传》所描绘的世界是善恶分明的所在,上天有眼,善有善报,恶有恶报。蓝登的故事阐明了18世纪的价值观念的一些重点,即心地善良、温文尔雅、坚忍不拔、宽容大度。除蓝登外,斯特拉普这个人物的命运也是一个体现时代精神的醒目例子。

作家利用主人公四处游荡的机会,尽情发表评论和看法,把

第三章　前工业革命时期的英国文学（18世纪中期）

当时社会的粗暴和无情淋漓尽致地挥洒在纸上，供人鉴别。斯摩莱特的笔是无情的。这部小说在谈到主人公的冒险经历的同时，也花费大量笔墨，描写蓝登为跻身上层社会而拼命追求富家女的经历。通过这些描写，作者深刻地揭露和绝妙地讽刺了英国社会中存在的各种丑恶现象，诸如道德良知的丧失、政客的伪善贪婪、官僚机构的腐败黑暗等。在小说中，蓝登作为医生助手随海军出征西印度群岛的那一章节，由于有亲身经历做铺垫，作家对海军长官的残酷无情和水手们悲惨生活的描绘，显得尤其真实而深刻。

从结构角度看，《蓝登传》没有什么结构可言。小说的基本特点是以事件为支点，里面夹杂着不少引人注目的叙事手法，如伪装等。小说的长处在于它对事件的引人入胜的描写。这些事件表面上似乎没有什么关联，但在内容上却能自行组成一个完美的艺术整体。而且由于作家的幽默之笔的点缀，小说常常让人捧腹、手不释卷。

《蓝登传》和理查逊的《克拉丽莎》同年出版，菲尔丁的《汤姆·琼斯》第二年问世，这使斯摩莱特同当时的笛福、理查逊、菲尔丁及劳伦斯·斯特恩一起共领文坛风骚，成为18世纪英国最受欢迎的作家之一。《蓝登传》引人注目之处在于它的紧凑快捷的叙事节奏、淡定的苏格兰风格、妙趣横生的讽刺、对社会各个场景的描述，以及对阴暗面的率直揭露，这些都受到英国大众的热烈欢迎。《蓝登传》拓展了18世纪英国文学体裁的疆域，使英国文学更加多姿多彩。斯摩莱特不愧为一名真正的现实主义大家。

第四章 第一次工业革命时期的英国文学（18世纪后期）

18世纪后期，在上升的资本主义经济的促进下，英国人民的思想越来越活跃，越来越自由。得益于科学的进步和第一次工业革命的兴起，新的发明创造层出不穷，这大大地开拓了人们的视野。外在的世界变得越来越绚丽多彩，人的内心世界也随之变得越来越复杂。这反映在文学上，则表现为文学内容越来越丰富，文学形式越来越多样。首先，出现了"哥特式小说"热；其次，出现了新的文学流派——感伤主义文学流派，主要代表人物是劳伦斯·斯特恩（Laurence Sterne, 1713—1768）；再次，诗歌开始复兴，使得浪漫主义文学露出端倪；最后，戏剧大师理查德·布伦斯里·谢里丹（Richard Brinsley Sheridan, 1751—1816）凭借其优秀的讽刺喜剧促使现实主义戏剧有了较大的发展。

第一节 恐怖哥特式小说的流行

"哥特式"（Gothic）一词有着悠久的历史，最先源于古代北欧哥特族，后来词义逐渐扩大，常用来形容中世纪后期的艺术和建筑风格。文学上的"哥特式小说"是指具有恐怖意味的小说。它一般以"恐怖、神秘、超自然"三个特征为要素，以中世纪哥特式建筑为典型的场景，如尖顶的城堡、漆黑的铁窗、阴森漫长的走廊及荒凉的古墓地、偏僻的村落等，营造出一种似人间又似地狱的神秘氛围。这种悲凉神秘而又恐怖的情结源于18世纪40年代的墓园派诗人创作的色调阴暗而忧郁的诗歌，它与感伤主义小说也关系密切。不过,哥特式小说作用于人的感觉系统,悬念横生、惊险恐怖的情节不时地刺激着读者的神经,给读者带来一种与过去完全不同的,由可怕而造成历险的愉悦心理感受,从而使哥特式小说流行于人们中间。爱德蒙·伯克(Edmund Burke,1727—1797)的《论崇高与美丽》提出的"哥特式"美学标准对哥特式小说的流行也起了一定的推波助澜的作用。他认为某件事物会因它的恐怖与怪异而显得崇高与美丽,沉浸于超自然事件或恐惧故事中的激情会使读者内心骚动,从而升华出一种可怕的愉悦感。一些作家如贺拉斯·沃尔浦(Horace Walpole,1717—1797)很欣赏这一观点,他还把伯克的论点用到了他的试验小说中,让读者亲身体会由恐惧带来的美感。

哥特式小说作为一个文学流派,有其独特而复杂的文学因缘,具体而言,它的创作特征主要有以下三个方面:第一,小说家不再拘泥于对日常生活和平常人生活的描写,他们把视角转移到充满恐怖和神秘气氛的超现实的不平常的事件,通过对这些超现实的事物的描写,给人提供一种新的观察事物的视角和起点,让事物以一种全新的面孔展现在读者面前;第二,哥特式小说采用超自然的素材,运用意识流、现实以及超现实相结合等艺术方法,讲述奇事、奇人、奇景、奇境,从而拓宽了小说的创作领域,丰富了小说的艺术表现手法;第三,哥特式小说虽遭到不同程度的误解和贬低,但在文学领域内产生了巨大的影响。

恐怖哥特式小说的代表人物主要有贺拉斯·沃尔浦、安·拉德克利夫夫人(Mrs Ann Radcliff,1764—1823)、马修·格雷戈里·刘易斯(Matthew Gregory Lewis,1775—1818)、威廉·贝克福特(William Beckford,1759—1844)等,以下主要对贺拉斯·沃尔浦、安·拉德克利夫夫人和马修·格雷戈里·刘易斯的哥特式小说创作进行阐释。

一、贺拉斯·沃尔浦的哥特式小说创作

沃尔浦是哥特式小说的鼻祖。他出身名门,父亲罗伯特·沃

尔浦1721—1742年任英国首相。贺拉斯·沃尔浦在伊顿公学毕业后，进入剑桥大学学习。从小在上流社会圈子中滚爬长大的沃尔浦对父亲的政治事业毫无兴趣，他视那些因为争权夺利之需要而施展的各种阴谋诡计为可耻活动，而热衷于艺术、考古、收藏书籍、手稿、绘画、古董等。1739—1741年他与诗人格雷一起外出游历，足迹遍布意大利、法国等各处。雄伟壮丽的河山与历史悠久的古迹极大地激发了沃尔浦的丰富情感和想象。他对中世纪文化非常感兴趣，1747年他把在特威克南郡的草莓山庄改造成一座小哥特式城堡；尖顶拱形的建筑淹没在一片幽静的小树林里，一座小巧玲珑的教堂与城堡相呼应。在这座城堡里，沃尔浦满脑子尽是中世纪传统的故事，晚上做着哥特式的梦，比如一只穿着甲胄的巨手从一个高大的楼梯栏杆上伸出来……根据这个梦境，沃尔浦创作了第一部具有历史意义的哥特式小说《奥特朗托堡》。1757年，他在草莓山庄办了自己的印刷所，出版了《英国皇室与贵族作家目录》。他的四卷《英国绘画逸事》至今在美术史领域方面仍起着重要作用。他的悲剧《神秘的母亲》及政论文《对理查三世生平和统治的历史质疑》在当时也产生过不小的影响。他的书信集更是给当时及后人产生了非常深刻的影响。

《奥特朗托堡》讲述了一个神秘而又恐怖的故事。全书分为五章，紧随五幕剧的传统，情节进展如受到三一律约束一样紧凑，环环相扣的事件发生在三天之内。小说开篇便交代说有个古老的预言，内容直指权力和财产的继承问题："当奥特朗托城堡真正的主人长得太大，不再能在其中安居的时候，现在的王爷一家就会失去该城堡及其封号。"随后，奥特朗托公国现任君王曼弗雷德的儿子康拉德在生日也即结婚日被一飞来巨盔压死。在这种超自然事件中，物成为神意和情节安排的代表；而人则是被动的牺牲品。曼弗雷德丧子后一心要保障家族有男性继承人，打算休掉发妻希波利塔，强迫康拉德的未婚妻伊莎贝拉嫁给他本人。伊莎贝拉得到农民青年西奥多的帮助，穿过城堡中复杂交错的地道侥幸逃脱。第二章布下一个次要叙事线索：曼弗雷德的女儿玛蒂尔

第四章 第一次工业革命时期的英国文学(18世纪后期)

达对遭受迫害的西奥多产生爱情。第三章描述曼弗雷德企图动用权势达到强娶伊莎贝拉的目的,却又一次被触目惊心的凶兆惊扰。一队神秘的骑士到来,落在城堡庭院中的巨盔上的羽饰如同点头般地来回摆动。来人中有一位自称"巨剑骑士",向曼弗雷德提出挑战,他携带的硕大无比的宝剑倏然自行飞到巨盔旁。最后,西奥多顺理成章地接管了城堡,娶伊莎贝拉为妻,而曼弗雷德和他妻子则隐退去了修道院,终日为其所犯下的罪行而忏悔。

这部小说虽然不足百页,但在当时产生的影响却令人叹为观止。它为英国小说开创一个新的形式,即哥特式小说。沃尔浦在小说中渲染超自然力量来烘托一种神秘的气氛:古老的尖顶城堡、幽深的修道院、狂风与月光等作为故事场景;用巨大钢盔和剑发出的阵阵"沙沙"声、"一声清晰的长叹从画像中传出来"、阿方索雕像的"鼻孔中滴出鲜血"等种种夸张手法蓄意营造出骇人的恐怖情节,从而使读者的神经为之高度紧张,注意力不由自主地被小说作者的故事和悬念牵着走。与感伤主义小说和现实主义小说相比,哥特式小说的动作性强、节奏快,娱乐性也更强。

还有值得一说的一点是,在《奥特朗托堡》的虚构世界中,现在和过去的关系又是复杂的、纠缠不清的,就像"哥特小说"这个词组本身是个矛盾的结合。我们已经注意到,西奥多代表情感主义和骑士精神两重价值。故事的进展还向我们揭示,他实际上还具有两重身份,即现实中的农民和血统上的王孙。因此,西奥多的胜利是"革命"同时也是复古,是名正言顺的旧体制的光复也是当下被压迫的老百姓的"翻身"。同样,如果说在某个意义上曼弗雷德之类的哥特式恶棍常常是被推到极端的现代物质主义个人的典型,他们所盘踞的阴森恐怖的城堡是其思想情感的代表和外化,那么,与代表旧日时光的"好人阿方索"密切关联的似乎也不都是十足的福音。阿方索雕像复现并膨胀到骇人听闻的程度,在众人眼里成为恐怖的根源;他的复仇留下的是瓦砾、废墟和无辜者的死亡。

在《奥特朗托堡》中,人们遇到的另一个不能回避却又很难梳理清楚的问题就是恐怖与非理性的美学魅力。这个问题和小说包含的道德寓言没有直接关系,却是哥特式小说之所以具有较大吸引力的一个重要原因。

自艾狄生起,讲求理性的说教劝导已经进行了半个多世纪。但是,在18世纪中后期的英国,迷信活动仍旧人气很旺,甚至积聚了进一步回潮的能量。特别是在下层民众中,"鬼"、神怪故事还是很有市场。沃尔浦本人对功利主义理性深有不满,他在致友人的信中明确地表示:"我写这本书不是为现今这个时代,它除了冷冰冰的常识常理什么都不能容忍。……我随心所欲发挥自己的想象……我的写法是与规则、与批评家和哲学家们的抗争。"另一方面,也许是因为他曾亲身参与闹鬼通灵事件,他对神秘恐怖事物的美学潜力和市场潜力有相当敏锐的感知,于是把自己的作品神秘化。当然,沃尔浦笔下的阴森场景也的确与潜意识、梦境以及视觉艺术不无联系。

二、安·拉德克利夫夫人的哥特式小说创作

拉德克利夫夫人出身于伦敦一商人家庭。1786年,她与从事新闻出版业兼律师的威廉·拉德克利夫结婚,婚后与丈夫定居伦敦,深居简出,埋头文学创作。自1789年起,拉德克利夫夫人陆续创作了五部哥特风味浓郁的小说:《阿斯林与丹贝的城堡》《西西里传奇》《森林传奇》《乌多尔福的奥秘》和《意大利人》。晚年的拉德克利夫夫人为哮喘病所困,最后死于肺炎,但也流传出不少关于她发疯而死的流言。

拉德克利夫夫人将小说的背景常常设为意大利,主要讲单纯善良的少女在偏僻荒凉的野地或幽暗神秘的古城堡历险的故事。她的小说中,最受人们欢迎的一部是《乌多尔福的奥秘》。这部小说的故事发生在一个法国贵族的孤女艾米莉身上:艾米莉的父亲死后,她被姑父蒙东尼带到了意大利本南山花岩上的一座古老城堡里,将她幽禁起来。蒙东尼这个人专横而阴险,是

第四章 第一次工业革命时期的英国文学(18世纪后期)

一个十足残忍的虐待狂。之所以这样干,主要是想阻止艾米莉与爱人瓦朗古结婚,从而最终霸占她和姑母在法国的财产。古城堡非常荒凉,没有人烟,处处透露着阴森之感。城堡中每个房间都深邃、神秘而恐怖。艾米莉的姑母就是在这样的环境中因为过于痛苦而去世的。当然,除了古城堡本身的阴森恐怖外,蒙东尼还总是挖空心思地设置种种恐吓场面,这让艾米莉备受惊吓,最后不得不把财产让给他。同时,艾米莉虽经过种种劫难,但一直没有放弃逃出魔掌,经过努力,她终于逃出去,回到家乡,与爱人相聚。

在哥特式小说技巧的发展方面,拉德克利夫夫人有着较大的贡献。

首先,小说在情节发展上有着较强的逻辑性,悬念设计十分独特,虽然出人意料、扣人心弦,但又不突兀,合情合理,让人很是信服。

其次,她将许多神秘而恐怖的特殊机关效果,如滑动的壁板、幽深的密室、多变的活门,绘声绘色地穿插在了小说情节发展中。这些元素与小说中叮当作响的锁链声、远方令人心惊的呼号声和毛骨悚然的呻吟声一起将那种恐怖逼人的浓厚哥特式气氛营造了出来,一方面唤起了读者强烈的好奇之心,另一方面又让他们的心理承受了较大的落差起伏,毛骨悚然、心惊肉跳的感觉让他们觉得很是刺激。

最后,拉德克利夫夫人受爱德蒙·伯克的"崇高与美丽"美学理论的影响,还在小说中糅进了绚丽多彩的风景描写、变幻多端的天气与光线的运用,这可以说是开拓性的。因为这样就使优美的崇山峻岭、亮丽的野外风光与阴森、恐怖、黑暗的城堡等产生了强烈的反差和对比。这种反差和对比更能够吸引读者,还深深地影响了后来的作家们的创作。我们从艾米莉·勃朗特的《呼啸山庄》中就能看到这种影响。

毋庸置疑,《乌多尔福的奥秘》最大的艺术特点就在于拉德克利夫夫人营造了一种朦胧的恐怖气氛,这使得读者不知不觉地跟着她的思路走,被故事的恐怖和惊奇所迷惑,继而丧失自己的理性判断能力。这其实是作者使用了一种内外结合的叙述方法而获得的效果,即从外部描写人物、景色与以间接独白的方式展示人物的内心情感相结合,使场景和事件激发起读者的情感,又反映人物的情趣,且又隐含着作者的判断。例如,书中对乌多尔福城堡的描写:

> "那儿,"蒙东尼打破了几个小时的沉默说,"就是乌多尔福城堡。"
>
> 艾米莉怀着忧郁的恐惧盯视着城堡,她知道那是蒙东尼的。虽然被落日的余晖照亮了,城堡哥特式的巨大及其深灰色石头围成的破旧壁垒使它显得阴森而壮丽。在她注视着的时候,光线从墙上消失了,留下一抹忧郁的紫色,这紫色逐渐加深,而上面的城堡仍沐浴在落日的余晖中。余晖从这里也褪去了,整个建筑融入夜晚庄严的肃穆中。沉默、孤独、崇高,城堡似乎是君临这里一切景色的统治者,对敢于侵入其领地的一切表示不满。随着暮色加重,城堡在朦胧中显得愈加可怕。

这是典型的哥特式景物描写。在纯景物的描写中,近与远、光与暗的对比,使得古堡成为注意力的焦点,它的辉煌既满足了读者的审美情趣,又激发了读者的情感。然而,当掺杂了人物情绪的时候,城堡似乎有了不一样的意蕴。当蒙东尼告诉了艾米莉城堡的名字,叙述视点就从叙述人转到了艾米莉。此时,城堡不再是审美的对象,而成了恐怖的象征。艾米莉用"忧郁的恐惧"盯视着"阴森"的城堡,而黑暗的降临使那"阴郁的景色"变得越来越沉重。在那"令人畏惧"的暮色中,"沉默、孤独"的古堡呈现出"可怕的"权威。于是,这一系列的形容词和拟人手法的运用使得客观的城堡变得主体化,拟人化。

三、马修·格雷戈里·刘易斯的哥特式小说创作

刘易斯出身于伦敦一古老望族家庭,父亲曾在英国陆军部任要职。刘易斯从小聪明过人,富有想象力,但父母的不和与最终离异给刘易斯的成长蒙上一层阴影。他先后在西敏寺和牛津大学受教育,1794年任英国驻海牙大使参赞,后为众议院议员,1818年不幸染上黄热病,死于从牙买加返回英国的途中。

刘易斯深受德国浪漫主义作品的影响,17岁时便专程去德国魏玛学习,拜见了大文豪歌德。德国的"哥特式"创作也给他留下了深刻的印象。他在戏剧、游记和小说三方面的创作较有成就,他的诗歌风格诡异,对司各特早期诗作影响较大。《僧人》是刘易斯哥特式小说中最富刺激性的一部作品。

《僧人》共有三卷,作者以平稳却又充满杀气的方式叙述了一个充满了谋杀、色情、情欲、邪恶、恐怖的故事。主人公僧人安伯修是个从小在修道院接受教育,由修道院自己培养出来的年轻有为的修道院院长。他修道精深、德高望重,每次布道,人如潮涌,盛况空前,被社会奉为圣洁的典范。魔鬼附体的淫妇马蒂尔女扮男装潜入修道院,勾引安伯修,使其渐渐满身浸淫罪恶邪念并不断地堕落犯罪。他先与马蒂尔鬼混,任凭情欲随意驱使自己,不顾身份胡作非为。后又用药酒弄昏并强奸了安东尼亚小姐——他的亲妹妹,还心狠手辣地谋杀了欲救安东尼亚的母亲。事发后他在宗教法庭上被判死刑。为逃避焚烧酷刑,他与魔鬼签订了协议,将灵魂出卖给了魔鬼。但魔鬼却将其带到悬崖一边,用利爪刺穿安伯修头骨后,将他带到高空,随后钉死在峭壁上,这一情节后来成为哥特式小说的经典。

这部小说着力描绘超自然的神秘力量,让魔鬼以命运真正主宰者的形象出现。小说中异常恐怖吓人的情节,僧人违反常理的乱伦、弑母与暴虐把读者带到了一个无序、混乱、病态、令人恐慌的非理性世界。小说中戏剧性的高潮迭起,情节环环相扣,所有

的事件都缕缕织入了故事的主线。通过故事的层层深入,作者把人性中的善恶分离十分强烈尖锐的矛盾揭示出来。安伯修这个灵魂极其丑陋的人物自己也明白他的形象可恶,行为肮脏。当安东尼亚请求安伯修放她回家时,他狂跳着拒绝并露骨地袒露心机:

> 什么！让你向大家告发我？让你宣称我是个伪君子,一个诱惑者,一个强暴者,一个残忍、淫邪、背信弃义的怪物？不,不,不！我对自己罪过的严重性知道得很清楚；是的,你的控诉是完全正确的,我的罪行是太丑恶了！……我的良心承荷着我的罪恶,这使我对上帝的宽恕绝望了。

这部小说对欧洲文学的发展起到了一定的影响:如在霍夫曼和雨果的创作中可看到《僧人》的痕迹；《巴黎圣母院》中的修道院院长和《僧人》中的院长可以说是源于一母。但书中大量露骨的暴力和色情的渲染也给刘易斯带来了不少麻烦,使他差点上法庭,入监狱。当然,不管如何,这部小说都是哥特式小说的经典。

第二节 感伤主义小说鼻祖斯特恩

以自然和情感为主题的感伤主义文学出现于 18 世纪 20 年代末期。这一文学强调情感的宣泄,并通过自然景物、忧郁环境和人物的不幸遭遇,有意识地努力唤起悲伤之情,来加以分析、欣赏和享受。感伤主义小说是感伤主义文学中的主流。当时,出现了一大批优秀的感伤主义小说家,如劳伦斯·斯特恩、塞缪尔·理查逊、奥利弗·哥尔斯密(Oliver Goldsmith,1730—1774)等。其中,劳伦斯·斯特恩可以说是感伤主义小说的鼻祖。

斯特恩出身于一个军旅家庭,父亲是个下级军官,携妻子和孩子随军迁移,因此斯特恩从小就过着不安定的游荡生活,并且目睹了军队中一些粗鲁和不道德的现象。这段生活提供了他小

第四章 第一次工业革命时期的英国文学(18世纪后期)

说中有关军人和军事内容的素材,也在他的情趣和品位方面留下了痕迹。1731年,他的父亲因决斗负伤而亡,次年一位亲戚出钱送他去剑桥耶稣学院学习。三年后他领受神职,开始一面布道、主持弥撒,一面聚集放荡朋友一起寻欢作乐的生活。他们这一伙人成立了"魔鬼俱乐部",不时逃开妻子的约束,聚在一个城堡里饮宴,作歪诗,诵读一些作品中不堪入目的章节,并且拿当时的要人和著名作家取乐。这段生活中表现的玩世不恭和好开玩笑的态度进入了他的小说《商第传》,渗透在字里行间。他这样做牧师约23年,没有什么可以提及的大事,除了1741年他娶了伊丽莎白·朗姆利为妻,妻子带给他又一个教区牧师的职位及薪俸。1759年,斯特恩在46岁时开始写一些回忆录式的幽默杂记,这就是《商第传》的开端。翌年1月,《绅士崔斯特拉姆·商第的生平和意见》头两卷问世,大受读者欢迎。从此他便成了知名人士。他穿梭来往于家乡和伦敦之间,受到伦敦文化界和名流的热情接待,享受着当名人的种种快乐。不过,他的肺病此时已严重起来,常有恶性咳嗽。在给朋友的信里他提及自己不久就会躺倒,会死去。但是,斯特恩天性不甘寂寞,又极其热爱生活,只要病情稍有减轻,就欢快如旧。1761年1月,他完成了《商第传》第三、四两卷,1762年就携妻子和女儿去南欧调养身体。走之前,他把《商第传》第五、六两卷的完稿交给了出版商。1764年他只身返回英国,旅行中的一些见闻进入了《商第传》第七、八两卷。在他生命的最后日子里,斯特恩一边完成《商第传》第九卷,一边撰写了《感伤之旅》。1768年,斯特恩离开人世。

《商第传》是一部很独特的小说。这部小说中没有多少故事,主要是成年后的商第自叙的一些趣事。虽然并无惊天动地的内容,但它在形式、叙事技巧和风格等方面都堪称独树一帜、奇特而怪诞。

斯特恩在书中宣称这是一部有关崔斯特拉姆生平及意见的小说。然而,读完之后我们发现内容与标题并不相符,既没有崔斯特拉姆一生的故事,也不记录他的任何言谈。全书讲得最多的是托比叔叔的生平故事,而报道的看法和意见多是他父亲沃尔特·商第的高论。作为书名中的主人翁,崔斯特拉姆直到第三卷中才出现,而且在大多数章节里并不以书中人物出现。到小说结尾时我们只了解到崔斯特拉姆经过了多灾多难的童年后终于步入青年时代;他其貌不扬,身体也不健壮。全书结束前他到欧洲去旅行一遭。

在这部小说中,作者描述的最生动的人物是崔斯特拉姆的父亲沃尔特和叔叔托比。沃尔特是个乡绅,非常喜欢读经典和探讨某些理论。不管大事小事,他都喜欢一究到底;而且一旦产生了这样的想法,他就难以停下来,一定要找个人进行一番彻底的辩论,没有得出结论不罢休。甚至当妻子马上要生孩子的时候,他还在楼下与托比就某个问题进行激烈的争论。他最讨厌的是被人打断话语,而他最高兴的是在辩论中占上风。托比是个退役军人,曾经参加了很多战役。在其中一场战役(攻占纳莫的战斗)中受了重伤。养好了之后,他退役回家,但是始终很喜欢钻研军事知识,尤其对构筑工事碉堡和拟定作战方案非常迷恋。然而,这样一个热衷征战的军人却又是天下最最纯洁善良和富于同情心的好人,连只苍蝇也不忍伤害,其天真不亚于孩童。好争辩的沃尔特经常挑头争论,托比总是十分迁就哥哥,不能说服沃尔特时,托比就两手插在裤袋里吹起一支他最喜爱的曲子。但在嫂子同哥哥为在乡间还是在伦敦生崔斯特拉姆而发生分歧意见时,托比却体会到嫂子的忧虑而坚决站在她一边。沃尔特与托比手足情深,托比负伤住院期间沃尔特赶到医院,守候在他身旁。由于他相信伏卧在床、两手向两侧水平伸开是承受痛苦的最佳姿势,所以他就以这样的姿势伏卧在床,直到托比恢复过来。托比和他的军曹崔姆下士情同手足,两人又都热衷于构筑碉堡。这一主一仆总是有着很多的趣事。崔姆下士比较有演讲才能,他遇到正中下怀的演讲题目时,一般会把帽子向地上一掷,在弯腰鞠躬后开始滔滔不绝、绘声绘色进行长篇演说,谁听了都非常佩服,甚至对他刮目相看。沃尔特、托比和崔姆下士这三个人物是崔斯特拉姆讲述的主要对象,他们像唱三人转一样,将一场场好戏生动地演绎出来,幽默中带些伤感。

当然,书中的其他人物也都很有特色,如男仆奥布戴阿、女仆苏珊娜和助产士斯洛普先生。奥布戴阿和苏珊娜都是商第宅内的关键人物,他们终日忙碌,匆匆赶到这里,又突然冲到那里,在忙碌中败事多于成事。他们很老实、忠于主人,但脑子缺根筋,智商实在无法令人恭维。助产士斯洛普的名字 Slop(泥浆,泔水,不整洁的人)即可以说明其人的类别。他矮胖的身体呈正方形,行动迟缓,极其无能。沃尔特为了保证妻子在乡间能安全生产,特地请了斯洛普医士,因为他会使用先进的产钳。但他的妻子坚决不要男人接生,托比对嫂子的端庄和羞涩表示同情和支持。沃尔特只好同意雇用乡间的产婆,让斯洛普候补。不巧,临产前老女人不慎摔伤筋骨,结果接生的责任便全部落在斯洛普先生的身上。商第太太阵痛开始时,丈夫正在楼下客厅里向托比发表由该让谁接生引起的他对女人的高论。阵痛令全宅子大乱,打断了沃尔特的谈话,他命令奥布戴阿立即骑马去请斯洛普医生。男仆就跳上马冲出院子,但却在半途中遇见了去请的对象。

斯特恩是个幽默大师,他在奥布戴阿骑马去请斯洛普医生的这段使用了夸张手法,漫画般地刻画出骑着高头大马急驰而来的奥布戴阿与体重如山、骑着瘦小马驹在泥泞小径上缓慢爬行的斯洛普医士的强烈反差,以及医士不待马撞就自行失控而翻落泥塘的可笑景象,奥布戴阿的莽撞和愚蠢也淋漓尽致地表现出来,而斯特恩还不忘对当时流行的伪科学和荒诞的宗教教义做了辛辣的讽刺。

在小说的后半部,成年的崔斯特拉姆主要讲述他叔叔托比的故事,特别用了些笔墨来描述邻里的一位寡妇魏德玛太太如何用尽心计追求托比,其中不乏精彩的人物形象刻画和幽默讽刺。

《商第传》吸引读者主要是因为它幽默。人们一致承认斯特恩在幽默方面的技巧高超,并且很有独创性。他不同于 18 世纪多数小说家重道德说教,也不像斯摩莱特等人愤世嫉俗。他写作的主要目的是愉悦读者,动人之情,因此他千方百计,别出心裁地引得他们的兴趣,不致因叙述沉闷或千篇一律而读得疲乏。在行文中他有漫画式夸张的人物白描,有恢谐和反讽的评述,也有印刷和排版上的游戏,甚至讲了一些带有性暗示的双关玩笑。崔斯特拉姆从父母行房事怀上他开始,到鼻子被夹扁、名字被搞错,最后苏珊娜把他抱到窗台上撒尿时窗户的百叶板忽然坠落令他生殖器受伤等——这一连串故事对人体和人性的怪诞夸张使我们感到喜剧效果极强。此外,他的幽默带着温和的伤感情调,对人物持一种同情和宽容的态度,充满了淡淡的人情世道沧桑之感,是一种感伤和幽默的契合。例如,沃尔特是个狂爱理论的学究,最令他不能容忍的就是妻子的愚钝。他的妻子一生不动脑筋,也不知道什么叫动脑筋,一辈子问不出一个有意思的问题来。尽管沃尔特不止一次地给她讲解过,她到去世时"仍没搞明白这世界是转动的,还是一动不动地定在那儿的"。沃尔特和妻子显然并不幸福,两人终身无法交流思想感情,但崔斯特拉姆谈到他父母时却用温情又幽默的笔调建构了他们一生的悲剧性。斯特恩的这种感伤的幽默是有一定的原因的。斯特恩太了解生活的脆弱和短暂了,他知道自己病得很重,因此他十分依赖幽默和开心支撑自己,但是他的幽默中又难以掩饰内心深处的那种痛苦和酸楚。

《感伤之旅》是斯特恩思想和技巧更为成熟的作品。主人翁约里克牧师在《商第传》中与读者见过面,他像崔斯特拉姆代表斯特恩说话一样,实际在书中成为作者的声音。《感伤之旅》的内容简单,它记载了约里克穿行法国和意大利时的见闻和思想感情。这本游记实际不是以笔录见闻为主,它主要是因事而引起的情感抒发,其中不论写人物心理还是谈叙述者自己的心情,都描绘得准确、生动和细腻。有些小插曲写得尤其精细,动情之处就好像能感觉作者的心弦震颤。其中,常被选读或引为例子的是有关疯女孩玛丽亚的故事。玛丽亚是一个法国乡村的纯洁女子,因神父从中作梗她被心上人抛弃,以至精神失常,长期在外游荡,年迈的父亲忧伤而亡。她的故事在《商第传》中曾提及,那是年轻的崔斯特拉姆旅游欧洲后讲给约里克听的。在《感伤之旅》中约里克特意绕道去玛丽亚家乡,想探视这个不幸的姑娘。他在一片林间空地上发现了玛丽亚,独自坐在一条小溪边上,神志仍然不大清醒。约里克在她身旁坐下,关心地问及她病后的遭遇。他写道:

> 我靠近她坐下;玛丽亚由着我用手帕擦去她不断落下的眼泪——我擦了她的泪水就忙着用手帕擦自己的——然后又去擦她的——再擦自己——再擦她的——而就在我这样擦着眼泪的时候,我感到内心生出一种无以名状的感情,我敢说那是一种无法用任何物质和运动理论解释得了的感情。

斯特恩在这一段引文里很明显地强调了情感,即人类的博爱的重要性。作为一个基督教牧师,他不论多么玩世不恭,仍坚信在理性之上存在一个更高的法则。玛丽亚身着白色衣裙,像离群的小羔羊一样需要呵护,她与作者交谈时两人都眼泪如珠串不断落下,这些都是典型的感伤主义笔调,在这类描述中斯特恩确有诚挚的同情之心,但又时时不忘创作的虚构手法,因此造作之情难以避免。然而,他的尽情宣泄并非真正无控制,他利用了高超的技巧,有意识地操纵着情感的抒发,而且一直以思维为主。不过,可以确定的是,他追求感情经历能带来的愉悦,想从感情中得到精神的慰藉,在这点上他开了浪漫主义的先河。

第三节 浪漫主义诗歌端倪的出现

在18世纪后期,文学上盛行的以理性为纲的新古典主义逐渐衰落,而感伤主义和浪漫主义初见端倪。文学把注意力从关心人和社会的命运转向了思索生和死的意义,从探讨人性及认知等哲学问题转向了对大自然的品味和赞叹。最明显的表现就是出现了与以蒲柏为代表的早期诗歌截然不同的许多"自然诗人",他们之中以詹姆斯·汤姆逊(James Thomson, 1700—1748)、托马斯·格雷(Thomas Gray, 1716—1771)、威廉·科林斯(William Collins, 1721—1759)、罗伯特·彭斯(Robert Bums, 1759—1796)的成就最为卓越。他们的诗歌态度严肃、庄重，内容浪漫，都是从大自然中获取灵感，不再使用新古典主义诗歌习惯的英雄双韵体。诗人们有的采用弥尔顿喜爱的无韵体诗，有的选择斯宾塞诗节，也有的同莎士比亚一样写十四行诗。这些诗歌追求形式新颖多样，以抒发情怀为主，注重对生存和死亡意义的探索，强调对大自然的品味和赞叹。特别是格雷的几首颂歌体诗，可以说是19世纪浪漫主义诗歌大潮到来的先声。

一、托马斯·格雷的浪漫主义诗歌创作

格雷出生在伦敦，他的父亲是个自私、暴躁、专断的商人，与格雷母子关系非常恶劣。格雷早年就读伊顿公学时交了两位挚友，一位是霍拉斯·沃尔浦，当时辉格首相之子，后来成为著名作家；另一位是理查德·威斯特，大主教伯奈特之孙。1739年，格雷曾与霍拉斯结伴游历欧洲，在阿尔卑斯山他为壮丽巍峨的景色慑服，写信给威斯特描述雄壮美给人的美的享受，称阿尔卑斯山"没有一座峭壁、一道山洪，或一块岩石不是饱含着宗教和诗意"。格雷所表达的这种对巨大力量的敬畏和由此产生的震撼，以及他从中获取的美感，在当时是相当新的观念。它与18世纪中后期伯克的美学理论不谋而合，属于刚刚抬头的浪漫和感伤文学潮流。在游历途中，格雷与霍拉斯产生了分歧，于是半途分手，各自完成了旅行。1744年，格雷终于同霍拉斯和好，交往仍比较频繁，他还为霍拉斯淹死在鱼缸里的猫写过戏讽的诗《写爱猫之死》。1741年，格雷的父亲去世，他迫于经济紧张，曾回到家乡同母亲居住了一段时间。这年他写了《致春天》，并将它寄给威斯特。1742年，好友威斯特不幸早逝，格雷伤痛不已，写了名为《理查德·威斯特之死》的十四行诗，以为悼念。他的另两首诗《伊顿远眺》和《无知

第四章 第一次工业革命时期的英国文学(18世纪后期)

颂》(未完成)都是居家期间的作品。不久,格雷重返他就读的剑桥大学,结识了一帮文友,其中包括行为怪僻疯癫的诗人克里斯托弗·斯马特(Christopher Smart,1722—1771)和威廉·梅森(William Mason,1725—1797)。格雷从来不为出版而写作,他写了不少诗稿,落笔后便寄给了友人。就在这期间他寄给霍拉斯一篇早就给他看过开头,却刚刚结尾的诗。霍拉斯收到该诗之后便到处去传播,以至于最后为了保护版权,格雷不得不让霍拉斯立刻送交出版商发表。这就是使格雷流芳千古的名篇《墓园挽歌》,它于1750年完成,1751年发表。1753年,格雷的母亲去世,这对诗人是个沉重的打击。1754年后,格雷进入他创作的第二阶段,主要诗作是《诗的进展》和《诗人》。此时,格雷已被公认为英国最出色的诗人。1757年,桂冠诗人考利·锡伯去世,当局要把这个荣誉授予格雷,却被他轻蔑地拒绝了。1759—1761年,格雷对古老的诗歌产生了强烈的兴趣,并整天泡在大英博物馆里钻研英国诗歌史。在他最后的年月里,格雷花了不少时间研究冰岛和凯尔特诗歌,并尝试着写了他自己的"埃达"诗《致命的姐妹》和《奥汀的后人》。格雷死后,被埋葬在了他母亲的身边。

《写爱猫之死》是为纪念霍拉斯的宠物猫赛狸玛而作。格雷通过一只猫的悲剧写出了一则含义深邃的寓言。该诗包括7个小节,描述宠物猫如何受到诱惑、进而溺水而死的过程。一开始,猫安静、端庄、悠闲,趴在金鱼缸的边上注视着下面的"湖波"。接着,诗人描述了猫的体貌。它骄傲美丽,楚楚动人。然后,身着铠甲的水中精灵(金鱼)出现,闪着金光。这为后来猫失足落水埋下伏笔。在诗人看来,猫对鱼的欲望堪比人对黄金的奢求,并非都能取得成功。诗人还进一步把猫与女人相联系,联想到女人见到黄金都会动心。接下来,猫果然不小心滑入波澜,苦苦挣扎,却无人相救。诗人用"深渊""死神"来烘托猫的绝望,意指人要大胆,更要细心。最后,诗人借用猫的故事进行道德说教,教导人要明白"一失足成千古恨""闪光的不都是黄金"。

《墓园挽歌》是格雷最著名的诗歌。这首挽歌可以说在英国诗歌史上是独一无二的,在同类的悼亡诗中更是首屈一指。19世纪作家斯温伯恩就曾评论说,以悼亡诗而论,这首诗在今后的世世代代里将永远无可置疑地占据鳌头。就连对格雷存有总体偏见的约翰逊,对这首诗也赞不绝口,认为诗中"充满了能在人头脑中引起反响的意象,还能使每个人产生发自心底的回应"。

《墓园挽歌》写诗人在暮色中流连在乡村的墓园里,望着一座座平民百姓的墓石,他思考了许多。这些普通人默默无闻,劳作终生,死后埋在简陋的墓地里,他们生前也有过抱负,经历过悲欢和哀乐。回忆中,诗人对他们寄予深切的同情,对骄奢淫逸的权贵做了温和的批评,并哲理性地指出:不论生前多么荣华富贵,显赫于世,最终死亡对人人都是平等的。诗人感叹地指出荣耀的道路引向的也是坟墓。既然大家殊途同归,人们对待命运就应该持豁达的态度。

这首诗共有三十二节,每节由四行五步抑扬格诗句构成,以abab为韵律,格式仍继承了古典诗歌的格式。不过,从内容的忧伤和对自然的描述方面来看,它已显示出了感伤主义和浪漫主义的新特点。其中名句甚多,19世纪小说家哈代还从中选出"Far From the Madding Crowd"("远离尘嚣")这句诗作为他的一部小说的标题。

诗人在晚钟时分步入墓园:

> 晚钟响起来一阵阵给白昼报丧,
> 牛群在草原上迂回,吼声起落,
> 耕地人累了,回家走,脚步踉跄,
> 把整个世界留给黄昏与我。

开头这一段把平静的农村里天将黑时牧人赶着牛群徐徐入村,以及农人迈着疲乏的步履在劳作一天后归家的景象,有如风景画般生动地呈现在我们的跟前。但除了视觉上的感受,这四句诗还同时提供了宁静乡村傍晚的交汇声响:晚钟声在暮霭中深沉有力地回荡着,伴之以归家的牛群颈上挂铃摆动发出的清脆叮铃声,组成了和谐、舒缓,令人心宁神怡的交响乐。其中更值得提及

第四章 第一次工业革命时期的英国文学(18世纪后期)

的是格雷把夜的降临比作白天的死亡,从而引入诗人在墓园中冥思的下文。墓园里覆盖着杉树,幽静又肃穆。诗人在坟墓和碑牌中漫步,哀悼这些死去的农人——这些"身居农舍,没有文化的先人们",感叹他们再也不能享受生前那简朴无华,但充满亲情的生活:

> 峥嵘的榆树底下,扁柏的荫里,
> 草皮鼓起了许多零落的荒堆,
> 各自在洞窟里永远放下了身体,
> 小村里粗鄙的父老在那里安睡。

这些乡村居民难道生来就愚笨或无能吗?其实他们中有不亚于弥尔顿的诗才,也有强过克伦威尔的领袖人才,但是他们没有生在有条件的家庭里,没有获得造就的机遇和条件。在为他们面对泥土操劳的一生感叹之余,格雷笔锋一转,指出世上的名利只不过是过眼烟云,称赞这些默默无闻的人们不受诱惑,诚实劳作。

格雷通过前面简短的五段四行诗节,就动情地描述了一个农夫平凡的一生:日出即出,在大自然中劳作,直到有一天不能再继续时便无声无息地淡出画面,永远安息在墓园里。然而,格雷在这里没有忘记强调人生的痛苦。乡村生活虽平静如水,但它也有漪涟,那就是第三节中形容的"不安分的奇想"和"无望的爱情"等干扰因素。它们在农人的身心上留下了创伤。

在第93~116行,诗人对自己死后情景进行了设想:

> 有一天早上,在他惯去的山头,
> 灌木丛、他那棵爱树下,我不见他出现。
> 第二天早上,尽管我走下溪流,
> 踏上草地,穿过树林,他还是不见。
>
> 第三天我们见到了送葬的行列,
> 唱着挽歌,抬着他向坟场走去——

……

总的来说,作为从古典主义诗歌向浪漫主义诗歌过渡的最重要的英国诗人,格雷所写的《墓园挽歌》可谓世代传颂,具有持久的魅力。之所以这样,主要就在于它涵盖着深刻的人生哲理,以及溢于笔端的对劳动众生的博爱之情。

二、威廉·科林斯的浪漫主义诗歌创作

科林斯出生于契柴斯特,他的父亲是一个富有的帽商,曾两度任当地市长。1743年毕业于牛津,然后去伦敦企图成为一名诗人,但他秉性慵懒,健康不佳,且为债务所累,所以写作甚少。1746年薄薄的一册《颂诗集》出版,未能引起一般人的注意,但是颇蒙诗人汤姆逊的欣赏,格雷背后亦有好评。约翰逊也曾"一度和他谈话甚欢"。数年后得到一笔遗产约两千英镑,经济情形略见好转,而精神不甚正常,稍事旅游之后,由抑郁转而为疯癫,一度入疯人院。后来就由其姐姐照料,在契柴斯特度其余年,仅有几次短期的清醒,除了少数朋友之外可以说是完全被人遗忘,在疯病折磨之中死去。他享寿只有三十八岁,创作的时间没有超过十年。

科林斯的作品本来不多,还有几首已佚。1746年的《颂诗集》是他的唯一传世之作,共52页,包括12首颂,诗歌主要模仿了古希腊抒情诗人阿尔凯阿斯(Alcaeus)、安那克里昂(Anacreon)及沙乎(sappho)的作风。约翰逊批评他的诗:

> 他用字常陷于枯涩,笨拙而吃力,选择失当。他喜用偏僻古字,其实不值得引用;他用字又不按正常的顺序,误以为……不写散文便必是写诗。他的诗行经常是动作慢,被一丛丛的子音所拖累。不可爱的人往往可敬,同样的科林斯的诗之不大给人快感之处也时常不能不加以赞扬。

第四章　第一次工业革命时期的英国文学(18世纪后期)

这批评不是不中肯,事实上很能代表正统的18世纪的意见,但是他忽略了科林斯的优点。后人给他的估价较高,有几首诗是浪漫派所特别喜欢的。以下进行简要分析。

《夜晚颂》虽然短短的52行,但在英国抒情诗中有特殊地位,因为这是不押韵的抒情诗的几个个例之一。节奏的优美、母音及双声之巧妙的运用,以及"拟声"的点缀,使得这首诗自有它的声韵之美。这首诗的格局是两行十音节,紧接着两行六音节。这首诗通篇描写夜晚,情与景融合为一,其幽郁感伤的气氛与细腻深刻的描写近于格雷一派,也酷似以后济慈的趣味:

> 此际阒无声响,除了半盲蝙蝠
> 鼓着皮翅发出锐声短叫,
> 或甲虫吹起他的
> 微小的低沉的号角,
> 最温柔的夏娃,春天惯常
> 降下甘霖洗涤你的柔发;
> 夏天爱在你的
> 逗留的光线之下玩耍;
> 病黄的秋天把落叶堆满你的怀抱;
> 冬天在骚动的天空咆哮而过,
> 惊煞你的零落的仆从,
> 狂暴地撕破你的衣裳;……

《怜悯颂》与《恐惧颂》这两首诗的体裁不同,前者是每节六行,韵脚是aabccb,一二四五行各八音节,三六行各六音节。后者是十音节的双行押韵体与英雄四行体的混合,近似正式品达体的颂,但是很奇怪地把epode放在strophe与antistrophe之间。1744年,科林斯应一伦敦出版商之请为亚里士多德的《诗学》作评释,事未成,这两首诗是意外副产品,因为亚里士多德在他的《诗学》第六章里说悲剧之作用在于使观众发泄怜悯与恐惧的情绪。在《怜悯颂》里,科林斯赞美希腊的优利皮地斯,推许英国的奥特威为最后的伟大悲剧作家,并且期望英国于未来有更大的发展。

在《恐惧颂》里,科林斯推崇希腊的埃斯奇勒斯与沙孚克里斯,但是也提到英国的民间神话。最后还颂扬了莎士比亚。

第四节　戏剧大师谢里丹

18世纪下半叶,由于《戏剧审查法案》的限制,英国的新戏大大减少,两大特许剧院常以演传统剧目为主。新戏大多是感伤主义戏剧。戏剧界对感伤喜剧和风俗喜剧之间孰优孰劣有所争论,这种争论也反映在剧本创作中。感伤主义作为一种文学流派在18世纪上半叶就已出现,不论在喜剧还是悲剧中都成为一种日益明显的倾向。感伤喜剧和风俗喜剧是两种相互对立的喜剧,无论是对于社会生活的反映还是对待现实问题的态度,这两种戏剧都有着显著的差别。感伤喜剧对上流社会的丑恶现象,特别是贵族阶级的生活作风表示不满;然而,一般说来,这种戏剧缺乏尖锐的批判性。感伤喜剧作家力图以自己的社会理想和道德观念从正面教育观众,用编造的动人情节和剧中人的伤感悲怆的情绪打动观众,以此达到劝善惩恶的目的。这一时期曾涌现出很多感伤喜剧,有的也曾名盛一时;但它们中的绝大部分终因缺乏深刻性和艺术价值而很快被人遗忘。

随着反对感伤戏剧的呼声越来越高,强调道德教化和强调娱乐功能这两派之间的斗争越来越激烈,并趋于公开化,戏剧界出现了两大戏剧家——奥列佛·哥尔德斯密斯(Oliver Goldsmith,1730—1774)和理查德·布伦斯里·谢里丹。他们的喜剧反映生活和现实,含有丰富的、令人愉快的幽默和笑料,用以娱乐观众,也进行生动有力的社会讽刺和批判。当然,这种讽刺和批判的矛头并不指向当时的政治制度或社会重大问题,而只指向贵族、资产阶级生活方式和思想感情上的一些恶习。总之,他们的出现使英国戏剧的舞台开始大大改观。

作为18世纪英国最重要的喜剧作家,谢里丹写出了成就极

第四章　第一次工业革命时期的英国文学(18世纪后期)

高的剧作,给英国戏剧输送了大量新鲜的血液。谢里丹的父亲是一个演员出身的剧作家兼剧场经理。谢里丹小时候是十分讨厌戏剧的,一心向往着长大成人后能够进入政界。他先入哈罗中学,后学习法律。22岁的时候,他与一个漂亮的歌手私奔去了法国,甚至还为了他的心上人参加了两次闹剧性的决斗。结婚后,由于经济所迫谢里丹决心尝试撰写剧本。1775年,他的第一个剧《情敌》上演。该剧作使他一夜成名。同年,他又推出了一个闹剧《圣帕特里克节日》,同样受到欢迎。1777年,谢里丹又推出了两个剧:《斯卡巴勒之行》和《造谣学校》。后一个剧常常被称作谢里丹笔下最杰出的剧作,该剧为他带来了丰厚的收益。至1779年,谢里丹已经写了7部剧本。1776—1809年,他经营朱瑞巷剧院。1780年后,他主要从事政治活动。当过议员,并在外交部、财政部和海军内任过要职,拥护自由民主,反对不义战争,反对压迫平民。1816年7月,谢里丹去世。

　　喜剧《情敌》中的人物塑造非常成功,这在喜剧创作中是比较少见的。剧中的女主人公莉迪亚年轻漂亮,但是,由于受到她常读的小说的影响,她决心要选一个与自己的身份完全相反的男子作为丈夫。根据这一标准,莉迪亚爱上了一个自称为恩西恩·贝弗利的海军少尉。其实,这个年轻人是艾伯瑟鲁特爵士的儿子海军少校杰克·艾伯瑟鲁特。为了接近莉迪亚,他投其所好,把自己装扮成一个身无分文的海军下级军官,莉迪亚的姑妈马兰帕鲁普夫人则竭力反对这对年轻人的结合,因为恩西恩在给莉迪亚的信中把她称作母妖。马兰帕鲁普夫人自己爱上了一个堂·吉诃德式的爱尔兰人——卢西斯·奥特瑞格爵士。他们从未见过面,但一直以情书来往。其实,这全是一个女佣人玩弄的花招,卢西斯一直以为与他通信的是年轻的莉迪亚。杰克的朋友福克兰德在追求莉迪亚的表妹朱莉姬,但他总是有许许多多奇怪的念头,总是害怕朱莉姬不爱他。最后,连杰克和朱莉姬都对他无端的嫉妒感到厌烦。

　　艾伯瑟鲁特爵士突然宣布他已为儿子选好了未婚妻,并威胁说，如果杰克胆敢违背父命就要取消他的继承权。为了不失去自己心爱的姑娘，杰克准备站出来反抗了。其实，艾伯瑟鲁特爵士为儿子挑选的恰恰是莉迪亚。这一选择也得到了马兰帕鲁普姑妈的首肯，因为这样一来就可以使莉迪亚摆脱那个穷小子的纠缠，这是马兰帕鲁普夫人同意的主要原因。知道父亲的选择后，杰克马上改了口。结果这反而引起了父亲的怀疑。

当杰克不得不与父亲选中的未婚妻见面时，他才真正陷入了困境。第一次，他对莉迪亚说，是为了走进马兰帕鲁普夫人的家才谎称自己是杰克·艾伯瑟鲁特。但是，当他由父亲陪伴出现在莉迪亚面前时，一切谎言都不攻自破。莉迪亚决心彻底把杰克忘掉，只是到了莉迪亚的另一个追求者鲍勃要与恩西恩·贝弗利决斗时，莉迪亚眼中的杰克才突然改变了形象。她赶到决斗现场，这样一切误会都解除了。最后，莉迪亚接受了杰克的求婚，而杰克的朋友福克兰德也终于意识到朱莉姬的可贵。

这部剧作将喜剧的特色又一次带回了英国的舞台。在看惯了感伤主义喜剧之后，伦敦的观众似乎已经忘记喜剧中所特有的那种兴高采烈的场面，那些引人发笑的、颇有幽默感的角色。虽然谢里丹不想回到王朝复辟时期那些玩世不恭的风俗喜剧的老路上去，但他确实想重振英国的喜剧传统，他的剧采用英国文学中传统的心理上的现实主义手法。当时，虽然浪漫主义已在欧洲崛起，但谢里丹似乎有意选择了感伤主义和浪漫主义之间的一条道路，既不说教，也不完全现实。

在《情敌》这部剧中，谢里丹刻画了一个非常有意思的角色。其并不是剧中的男女主角，而是男主角杰克的好友福克兰德。福克兰德在追求朱莉姬的过程中所表现出来的那种过分敏感、无端猜疑常常逗人发笑，观众也很容易把他看作是剧作家嘲弄的对象。其实，福克兰德在剧中所起的作用是非常大的。他有力地衬托了女主人公莉迪亚。如果说莉迪亚是按照她读过的小说来生活的话，那么福克兰德则完全是按照他头脑中对于人间幸福不现实的一种遐想来设计他与朱莉姬的关系。福克兰德在生活中这

第四章 第一次工业革命时期的英国文学(18世纪后期)

种错位的情感正好与莉迪亚对艺术的那种错位的情感形成了一种对比，而谢里丹在剧中嘲弄的恰恰是他生活的那个时代里流行的矫饰、虚荣和多愁善感。

《造谣学校》被公认为谢里丹戏剧创作的最佳典范，甚至被认为是莎士比亚之后英国喜剧中最优秀的杰作。这部剧作塑造了一群以制造、传播绯闻为生的人物。他们把听到、偶尔听见、甚至错误理解的东西当作谣言的素材，然而，剧中的任何角色并没有在造谣的过程中犯下不可赦免的罪行。约瑟夫·萨费斯是一个十足的无赖，但是他诽谤哥哥查尔斯和诱骗蒂瑟尔夫人的企图都以失败而告终。彼得是个年老而又容易受骗的爵士，然而他最终并未被戴上绿帽子。这就是一个引人发笑的幽默喜剧。

谢里丹以"自然状态"的宗法道德和"文明的"上流社会的道德败坏相对比：老乡绅彼得爵士原想把自己出身卑微的年轻夫人带到伦敦去增长点见识，谁知她一进城就陷入以斯妮威尔夫人为首的一批上流社会的游手好闲、专事造谣诽谤之徒的"造谣学校"中，很快就学会了爱虚荣、挥霍、搬弄是非等上流社会的种种"时髦"恶习。

剧中的"造谣学校"设在斯妮威尔夫人的家里，一群热衷于制造和传播绯闻的女士们和先生们聚集在一起。在剧中，他们议论的中心是查尔斯和约瑟夫兄弟二人，以及彼得爵士和他的妻子蒂瑟尔夫人。查尔斯和约瑟夫都在追求由彼得爵士负责监护的年轻姑娘玛丽亚，但是目的却完全不同：查尔斯希望得到姑娘的爱，但约瑟夫却盯着姑娘的财产。为了达到自己的目的，约瑟夫告诉彼得爵士说，查尔斯经常挑逗他的夫人。其实，经常挑逗蒂瑟尔夫人的是约瑟夫自己。对于年轻人的挑逗，蒂瑟尔夫人并没有什么反感，只是由于嫉妒约瑟夫追求玛丽亚，她才拒绝充当约瑟夫的情人。

查尔斯和约瑟夫兄弟二人有一位富有的舅舅奥立佛，多年来一直侨居印度。这次回到伦敦后就向他的代理人罗利打听有关这两兄弟的情况。罗利讲起了彼得爵士的怀疑，但他指出如果有人向蒂瑟尔夫人调情的话,那人肯定是约瑟夫。由于这两兄弟从未见过奥立佛,因此他决定暂时隐姓埋名去拜访这两位年轻人,亲自判断一下谁有资格继承他的财产。

在查尔斯的家里,奥立佛自称是一个银行家,查尔斯很想向银行借一笔款,但是唯一可以作抵押的就是满满一屋子家庭成员的肖像。查尔斯说除了一幅肖像外他都愿意出售,这是奥立佛舅舅的画像,而这位老人对他很好。在约瑟夫的家里,奥立佛说自己是他母亲的穷亲戚,但约瑟夫拒绝提供帮助。当提起奥立佛舅舅时,约瑟夫说该人已经老了,而老人的通病就是贪婪。

在约瑟夫的家里,正在调情的约瑟夫和蒂瑟尔夫人被突然来访的彼得爵士打断了,情急之中蒂瑟尔夫人躲到了一个屏风的后面。彼得爵士把他对查尔斯的怀疑告诉了约瑟夫,同时,他一再声明他仍然深爱着他的妻子。听说查尔斯快到了,彼得马上藏到了屏风的后面,但发现那里已经藏了一个人,约瑟夫告诉他说,那是一个法国的女帽商人。

约瑟夫认为他的机会来了,可以在彼得爵士面前诋毁查尔斯的形象。他告诉查尔斯彼得爵士怀疑他与蒂瑟尔夫人有染。没承想,查尔斯列举了约瑟夫与蒂瑟尔夫人一系列幽会的时间和地点。当彼得爵士被愤怒的查尔斯叫出来对证时,他承认约瑟夫过去一直把自己伪装成一个圣人。为丈夫真诚的信任所感动的蒂瑟尔夫人最后也站了出来,说过去被约瑟夫的甜言蜜语所蒙骗,现在她已决心回到丈夫身边,做一个称职的妻子。这样,每个人都看清了约瑟夫的真面貌。彼得爵士认可了查尔斯与玛丽亚的结合,奥立佛也把查尔斯确立为他的财产继承人。

从情节来看,该剧并不复杂,但是,其中的有些片段写得相当精彩,成了英国喜剧的保留节目。例如,第四幕的第三场中的一个片段:

彼　得　……啊,查尔斯,如果你经常和你的弟弟在一起,人们就确实能够看到你的变化了。他是一个充满感情的人。在这个世界上,没有什么比一个感情丰富

第四章　第一次工业革命时期的英国文学(18世纪后期)

的人更高尚的了。

查尔斯　啐！他可是不那么道德。他那么担心他自称的好名声,我看他总有一天会把一个教士当作妓女带进他的家里。

彼　得　不,不——得啦,得啦——你错怪他了。约瑟夫不是一个放荡公子,但是在这方面他也不是一个圣人——[旁白]我真想告诉他——这样我们可以好好地嘲弄约瑟夫一番。

查尔斯　吊死他！他是个喜欢隐居的人,一个年轻的隐士！

彼　得　听着——你不应该辱骂他,他可能会听见的,我敢打票。

查尔斯　怎么,你不会告诉他？

彼　得　不,但是……这边来,——[旁白]天哪,我要告诉他了,[大声说]听着,你想不想把约瑟夫嘲弄一番？

查尔斯　这是我最想做的一件事。

彼　得　的确,我们会的！他发现了我,这样就可以把他摆脱了。[悄声说]我进来的时候,他有个女孩子。

查尔斯　什么？约瑟夫？你在开玩笑吧？

彼　得　嘘！——一个法国女帽商人——最有趣的是,她现在就在房子里。

查尔斯　她是个鬼吧。

彼　得　嘘！我告诉你。[指指那个屏风]

查尔斯　在屏风后面！太不可思议了,我们让她显个原形！

彼　得　不,不——他快回来了。不行,确实不行！

查尔斯　天哪,我们来偷看一下这个法国女帽商！

彼　得　无论如何也不行！约瑟夫不会原谅我的。

查尔斯　我支持你……
彼　得　啊,他来了!
[正当约瑟夫进来的时候,查尔斯把屏风推倒了]
查尔斯　蒂瑟尔夫人,太好了!
彼　得　蒂瑟尔夫人,完蛋了!

　　这部剧人物刻画生动,情节变化节奏快(特别是"屏风"一场),富于喜剧性;全剧结构缜密,喜剧冲突尖锐,语言犀利明快而俏皮,却没有王政复辟时喜剧的秽词淫句。谢里丹在该剧中仍旧运用了"姓如其人"的手法来增强讽刺的力度。特别是"造谣学校"的一伙人物:斯妮威尔夫人的姓 Sneerwell 英文原意为"善于讥讽",讥讽原是她造谣、诽谤别人的特别手段;她的同伙有柏克拜特(Backbite)——英文原意为"背后造谣诽谤",史内克(Snake)——英文原意为"蛇"或"冷酷阴险的人"等。总之,这部剧作一上演就立马轰动了伦敦的舞台。它给谢里丹带来了巨大的成功。

第五章　第一次工业革命时期的英国文学（19世纪上半叶）

19世纪上半叶，英国经济持续发展，工业革命带来工业资本的兴起。在工业资产阶级与贵族阶级之间发生矛盾的同时，劳资矛盾也日益突出，经济危机频频爆发。在这种社会背景下，英国文学界异常活跃，在小说、诗歌方面取得了令人瞩目的成就。本章将首先对英国浪漫主义时代的到来进行阐述，然后对"湖畔派"诗人的崛起、积极浪漫主义派诗人的爆发、世纪星辰奥斯汀、历史传奇和浪漫故事的繁荣、"勃朗特峭壁"的守望进行阐述。

第一节　浪漫主义时代的到来

在英国及欧洲的社会和政治历史上，浪漫主义时期是一个社会纷乱的阶段。在此之前，北美十三个殖民地脱离英国，在承认人的天生权利的基础上建立美利坚合众国。"人人生来平等"这一口号立刻流行而传遍世界各地。1789年，法国革命爆发。当时法国正在分崩离析，富有的阶层——贵族阶层——拒绝采取任何措施以改善局面。于是三个阶层——教会、贵族、平民——开始直接冲突，平民阶层自作主张开始行动，坚持自己组建议会。这种行为实际就是造反，但是国王只得默认。同年7月14日，人们对巴士底狱进行猛攻，释放关押在那里的所有政治囚犯，制宪议会批准通过《人权宣言》。当时人们都有一种强烈的感觉，即法国正在爆发一场革命，人们对国家事务将会拥有更多的发言权，将会过上更好的生活。人们在胸中郁积的不满情绪顷刻间全部宣泄出来。自由、平等、博爱等理想立即成为人们的战斗口号,激励人们展望更加美好的未来,憧憬一个全新的世界。这些给法国统治阶级带来极大恐慌。他们也清楚地预见到,更大的麻烦还在后面。1793年,国王路易十六被处死,雅各宾派上台当政,恐怖时期到来,人头落地,血流成河。法国军队出面帮助其他国家闹革命,这招致了欧洲各国统治者的愤怒和仇恨。之后,罗伯斯庇尔派上台,走中间道路的中产阶级接过政权。他们推翻雅各宾派,开始实行后来历史上所说的"白色恐怖",局面开始混乱,军队出面斡旋,最后导致拿破仑将军上台,自立为国家的独裁者;这标志着法国革命的共和阶段已经结束。拿破仑在开始阶段为法国革命的左翼势力效力,后来他逐渐掌握了越来越多的控制权,最终宣布自己登基为皇帝。长达十几年的"拿破仑战争"自此拉开序幕。1814年,法国军队在滑铁卢被以英国为首的欧洲神圣同盟的军队打败,拿破仑最终被发配到大西洋中的圣赫勒拿岛上。法国革命到此结束。从那时起,在一段漫长的时期里,整个欧洲陷入强力镇压的统治时期。

所有这些对英国的局势都产生了巨大影响。英国政府变得更加保守,对人民的镇压行动愈演愈烈。在这一时期的开端,世人已看清楚,18世纪的平衡格局已被打破,世界已经不再平安无事了。政治骚动已经出现,革命的思想在四处流传。此外,伦敦已不再是英国唯一的社会和经济活动中心。一场激烈的劳工冲突在国内发展起来。一方面,贸易及制造业繁荣发展,工厂体系获得全胜。工业化城镇在全国各地蔓延,诸如曼彻斯特、爱丁堡及利物浦等城市都开始大幅度地扩展。英国保持着治海权,统治了世界上近四分之一的人口,成为所谓的"日不落帝国"。它抢夺他国,聚敛了大量财富。另一方面,这些财富只给现存的贵族阶层及上升的中产阶级带来益处,给他们锦上添花,使他们更为富有。而与此同时,社会问题却变得更为严重和紧急。工人阶级没有受到保护,没有任何权利,人们越来越穷困,生活每况愈下。无产阶级在难以名状的悲惨环境中为生存而斗争。政府的自由贸

第五章　第一次工业革命时期的英国文学(19世纪上半叶)

易政策损害工人的利益。工厂主和经理们苦心孤诣地用最低廉的工资从工人身上榨取最多的利益。工人们长时间工作,每日长达16个小时,但工资却变得越来越低。女性劳工的工资更低。许多妇女还被迫卖淫。矿工所受到的打击最重,他们在极其恶劣的环境下拼命劳作。总的说来,工人阶级的生活状况呈现出持续下降的态势。工人阶级生活在贫民窟里,人民处于水深火热之中。

政府的镇压性统治日益严重。所有的法律都是按照中产阶级的利益制定的。滑铁卢战役后,英国开始陷入第一个现代经济萧条时期。小麦价格跌落。高压性的法律,如《谷物法》,获得通过,用以禁止谷物的进口。1819年,发生了人们后来说的"彼得卢屠杀"。这是英国历史上发生的一个非常可恶的事件。当时,约6万名贫民聚集到一个名为圣彼得的地方,吁请政府给予救济。政府感到极度恐慌,派出警察去逮捕演说者,随后爆发骚乱,许多人受伤或被杀。与此同时,人们明显地感到,变化在出现,世事在更新,一股强大的要求变革的能量在释放出来。人们开始努力着手解决当时所面临的问题。

这一时期与18世纪不同。18世纪是"向心"时期,所有力量都朝一个方向聚拢。它重视平衡、中间事物、中间阶层、理智、合理、常识、传统形式与价值、自然神论、克制。社会中最常见的用语是"我们""服从""合理"。当时存在着一种平衡的状态,这种平衡的基础从本质上讲在于经济方面。人们越来越富裕,稳定感越来越强,人们普遍觉得世道不错。18世纪的时代精神在当时的文学作品里清楚地反映出来。但是,浪漫主义时期是一个"离心"的时期,所有的力量都四分五裂,飞离中心。这是一个在多方面进行探索的时期,有些像伊丽莎白时期的情况。这一时期人们普遍认同的概念是"热情""直觉""崇拜""灵感"以及"我"这个代词。以"神权"为基础的英国与欧洲的同盟已被削弱,与此同时,一个新的、以个人和个体价值观念为基础的价值观在出现,取而代之。强调个人的价值与努力,成为新时期——浪漫主义时期——的主要特征。

这一时期的文学界异常活跃。首先,英国诗歌的成就达到登峰造极的程度,成为英国文学史上仅次于伊丽莎白时期的第二个重要时期。这个动荡的年代显示出诗坛存在的巨大能量。浪漫主义诗人们宛如"八仙过海",个个都显示出自己独特的、卓尔不凡的才华,在诗歌创作中都取得了宏伟的成就。

在小说创作方面,这个时期也人才济济,而且不拘一格。沃尔特·司各特(Walter Scott,1771—1832)声名最响,他早年写诗,后来转向小说创作。在两个重要的文学领域内,他都是佼佼者。他的想象属于典型的浪漫主义性质。和他同时、他给予很高评价的一个女作家——简·奥斯汀(Jane Austen,1775—1817)在小说创作中运用的却是典型的现实主义手法。她的故事动人肺腑,她的人物栩栩如生,她坚持了英国文学中的现实主义传统。

第二节 "湖畔派"诗人的崛起

湖畔派是 19 世纪英国早期浪漫主义诗歌的代表,主要诗人有威廉·华兹华斯(William Wordsworth,1770—1850)和塞缪尔·泰勒·柯勒律治(Samuel Taylor Coleridge,1772—1834)。由于他们曾经一同隐居在英国西北部的昆布兰湖区,因此被人们称为湖畔派诗人。本节将对这两位诗人及其诗歌创作进行阐述。

一、威廉·华兹华斯的诗歌创作

华兹华斯出生于英国坎伯兰郡的库克莫斯镇。1787 年,进入剑桥大学圣约翰学院学习,这段时间的学生生活,对华兹华斯后来思想和艺术风格的形成有很大影响。1795 年 9 月,华兹华斯与柯勒律治相识,两人互为知己,并合作写诗。1798 年,二人合著的《抒情歌谣集》出版。这部诗集在诗歌形式、语言、题材、格律等方

第五章 第一次工业革命时期的英国文学(19世纪上半叶)

面都有所创新,成为英国文学史上开创浪漫主义思潮的划时代的作品。之后,他接连创作了许多让他闻名于世的诗作。1843年,他被封为英国桂冠诗人。

华兹华斯既是"湖畔派"诗人中最杰出的代表,也是英国浪漫主义诗歌的奠基者之一。同时,他与挚友柯勒律治共同开辟了一条英语诗歌的革新之路,使英国诗歌的创作最终脱离了古典主义的理性的轨迹,进入了一个灿烂辉煌的时代。因此,他对英国诗歌的繁荣与发展做出的贡献是十分值得肯定的。

华兹华斯的诗歌以描写大自然和人性为主,而且文字朴素清新、自然流畅,一反新古典主义平板、典雅的风格。以其《早春咏怀》一诗来说:

> 我听着千百种融合的音调,
> 躺在小树林里,心满意足,
> 在那惬意的氛围中,愉悦的思绪
> 却让思想开始了悲伤的思索。
> 大自然把她美丽的杰作
> 联系起主宰我的人类灵魂,
> 而当我思考人类的作为,
> 我的心不禁感伤万分。
> 在报春花的枝叶间,在绿色的树荫下,
> 玉黍螺追随着自己的足迹,
> 而每一朵花,我相信,
> 都在尽情享受呼吸的空气。
> 我的身边,鸟儿们舞蹈嬉戏,
> 它们的思想我无法揣度:
> 但是它们的一举一动,
> 都显得舒畅欢愉。
> 萌芽的嫩枝舒展枝叶,
> 追逐着微风;
> 我真的觉得,全心全意的,

它们的世界无忧无虑。
如果这是上天的意愿,
如果这是自然的神圣安排,
人类的所作所为
是否我再没理由去感叹悲哀?

这是华兹华斯的一首非常有代表性的自然诗。在诗中,诗人运用对比手法,借景抒情,情景映衬,既表达了自己对自然的热爱之情,也反映了其对人类的关切。另外,诗中的语言朴实无华、通俗流畅,读来给人一种亲切之感。

华兹华斯在进行诗歌创作时,还特别强调诗歌应面向人民群众,而不应是封建贵族消闲解闷的工具或一部分文人雅士的专利;诗歌的内容应该是"普通生活里的事件和情景",而在对"普通生活里的事件和情景"进行表现时,应注意采用不寻常的方式,尤其是在创作过程中要使这些事件和情景变得生动有趣。因此,他在诗中从不表现威风凛凛的国王或叱咤风云的英雄,而是着力描绘湖区质朴忠厚的农民和读者熟悉的男男女女:有饱经风霜的老人,善良可爱的农家少女,天真无邪的儿童和信誓旦旦的情人。此外,华兹华斯认为诗人应竭力描绘山川田野的秀丽景色,热情歌颂大自然的纯洁与质朴,并充分揭示其永恒的魅力。在他看来,大自然本身就是一首最美好的诗歌,它不仅能够唤起人的激情,而且还能赐予人们智慧和力量。人只有在自然环境中才能保持自己的尊严和纯洁的心灵,与束缚自由、压迫个性的工业社会分庭抗礼。因此,田园风光和湖光山色便成为他刻意表现的重要题材之一。此外,华兹华斯对诗歌的语言和艺术形式进行了大胆的实验与改革。他强调要摒弃过去浮华炫丽和整齐刻板的诗歌风格,用自然、生动、朴实的语言来表达炽烈的情感,揭示大自然的美丽;主张诗歌的节奏与韵律应该尽可能同口语的语音和语调保持一致。他的作品大都用词精当,句子舒展,不但体现了诗歌的意蕴,而且还具有散文的风格和口语的特征。这在其代表作《抒情歌谣集》中有着极其鲜明的体现。

第五章 第一次工业革命时期的英国文学(19世纪上半叶)

《抒情歌谣集》既是华兹华斯的成名作,也是19世纪初英国社会剧烈演变和启蒙主义思潮备受冷遇的大背景下的一部具有重要历史意义的诗集。而且,这部诗集的问世不仅表明华兹华斯与古典主义和启蒙学派的诗学观念已经分道扬镳,英国诗歌已经彻底摆脱了古典主义的羁绊;而且为浪漫主义诗歌的语言和风格奠定了基础,标志着浪漫主义诗歌的真正崛起。

《抒情歌谣集》收入了许多华兹华斯的传世诗作。《丁登寺赋》就是其中最著名的一首作品。《丁登寺赋》集诗人关于大自然与诗歌的理论之大成,在他关于自然诗的理论中发挥着纲领性作用。

诗人曾于1793年游历时途经葳河之滨,5年后,即1798年,诗人和妹妹多萝茜又旧地重游,感慨良多,于是写下这首诗歌以兹纪念。诗中所描绘的景象是诗人在事后回忆和沉思时呈现在脑际的画面。诗歌的第1节(第1~22诗行)描写了静谧河谷的田园之美:潺潺的山泉、陡峭高耸的悬崖、深色的无花果树、农舍边的空地、果园里的泥灰岩、还未成熟的葱绿色水果、小树林及灌木丛、一排排的篱笆、轻烟缭绕的宁静的绿色农舍、寂寥空旷的河谷等,只有少数的几个流浪者寄居在没有房屋的树林里,或一个隐士独自坐在洞中的火堆旁。诗人的头脑深处大自然中,开始沉思默想。

诗歌的第2节(第23~48诗行)集中描绘大自然所呈现的这些美妙景观,强调大自然的重要性。这些形式产生出关爱、善良、慈祥、"甜蜜的感觉"、一种恬静而幸福的心绪,使人能存活下去,容忍生活所带来的嘈杂和寂寞、带有神秘感的重负以及沉重而令人烦闷的压力。华兹华斯赞美乡下人及其简朴的乡村生活,这种生活和腐化的城市生活形成对比:

> 这些美妙的景观,
> 并非因为许久不见,对我来说
> 就成为盲人看不到的风景一般:
> 反而时常是,当我一个人在屋里,周围

市井一片喧嚣，在心里烦闷的时候，
它们来给予我以甜蜜的感觉，
这些感觉我在血流里、在内心中感到；
甚至进入我更纯净些的心灵，
恢复我的平静；
不止这些，我觉得，
我可能从它们那里还收到另外一种礼物，
性质更加崇高；那种受到祝福的心境，
它减轻了神秘感加给人的重负，
它减轻了这个不可理喻的世界
所带来的沉重而烦闷的压力，
那种静穆而受到祝福的心境，
它让爱心轻柔地引领着我们向前。

接下来第43～48诗行阐述了华兹华斯的一个重要观点，即超验主义的观点。华兹华斯认为，当人和大自然完全和谐时，即可超越个人，能够"看透世事的来龙去脉"。

诗作的第3节继续阐明诗人的超验主义及神秘主义信念，反复强调大自然矫正人世失误的作用。诗人说，他常在黑暗里，在度过人世上没有乐趣的白昼的时候，当人世毫无益处的急躁行动以及世人追名逐利的狂热都让诗人感到心情沉重的时候，他的精神转向树木茂密的葳河。

第4节（第58～111诗行）继续说道，他现在处于思想混乱的时刻，站在河边，心目中的葳河形象重新显现在脑际，他感到无限的快慰，觉得不仅在当前，而且在未来的日月里，自己都有了生命和食粮。接下来，这一诗节强调描写诗人内心逐渐认识大自然的演进过程：最开始在5年前，他造访此地，那时他还年轻，处于"没有思想的少年时代"，充满对大自然的激情和狂热，但品位限于表面。他任凭大自然的牵引，仿佛一个逃避可怕事情的人，而不是在追求他的所爱。他的乐趣粗鄙，行动宛如动物一般。他爱大自然的外观，这些让他乐得发狂、激动得头晕目眩。但是他没有想

第五章 第一次工业革命时期的英国文学(19世纪上半叶)

过大自然内含的更遥深的魅力,没有看到超越肉眼所能见到的趣味。这是他对大自然认识的第一阶段,即低层次、无意识的阶段。

紧接下来的部分阐述诗人对大自然的认识发展的高级阶段。诗人重游旧地的心绪和5年前迥然不同。如果说一个少年对大自然的爱是出于本能、盲目的爱,那么,这时站在大自然景观之前的诗人,已经对大自然有了更深刻的理解,对大自然的热爱也更自觉。他虽然不再感到过去的头晕目眩般的激情,但是他毫不悲伤、毫无抱怨,因为他好似"失了芝麻却得到了西瓜"。他已经学会如何看待大自然。这时的他把大自然看作宇宙间的一种力量:它存在于万物之中,又推动万物演进。诗人认识到人的心灵的敏感性,人的耳目又做视听,又进行想象性创造。在这一节的末尾,诗人画龙点睛,勾勒出浪漫主义的一个精髓主题:

(我)很高兴地认识到
大自然和感知的语言
乃是我最纯净思想的寄托、我的
心灵的保姆、向导和守护神,我的
全部端正品行的灵魂。

第5节(第112~159诗行),即诗歌的最后一节,是诗人就如何与大自然相处对妹妹提出的忠告,实际上也是对所有像她一样的人、对所有读者的忠告。诗人第二次造访丁登寺时,妹妹陪伴在他的身边,他从她对自然美的天真发溢的激情中看到了自己年少时的影子。他反复强调大自然对人的积极影响,希望妹妹能深入大自然,让自己狂热的激情逐渐成熟,变为一种清醒的快乐,那时她的头脑将会成为包罗一切美妙景观的宅第,她的记忆将会成为一切甜美声音和协调的住处,当她感到孤寂、畏惧、痛苦和忧伤时,他的这一篇忠告将会发挥作用。他告诉她,当他不再陪伴在她的左右的时候,也要记住这次游历,记住他是大自然的热情而圣洁的崇拜者,记住他爱这些景物,"是为景物之美,也是为了你"。

总的来说,华兹华斯既是浪漫主义诗人的杰出代表,也是19

世纪英国文坛举足轻重的人物。他的诗歌不仅真实地反映了英国在工业革命和法国大革命时期的社会生活和风土人情,而且对英语诗歌的振兴与发展具有极大的促进作用。

二、塞缪尔·泰勒·柯勒律治的诗歌创作

柯勒律治出生于英格兰西南部德文郡的一个牧师家庭。8岁时,父亲过世,他被送到伦敦一家名为"基督医院"的慈善学校读书。后来他进入剑桥大学耶稣学院学习,开始诗歌创作,他的诗作最初发表在《晨刊》上。后来,他发表了《杂题诗集》及《诗集》,还办起了自由性政治杂志《警卫》。1798年,他发表了《忽必烈汗》。不久他结识了华兹华斯兄妹,共同出版了《抒情歌谣集》。1816年,由于身体的原因,他住到了吉尔曼医生家里,一住就是18年。1834年,在亲自勘定《诗集》最后版本后去世。

柯勒律治是湖畔派诗人中最具有浪漫主义气质的一位诗人。他认为,古典主义过于崇尚理性,一味强调辞藻的华丽和典雅,在创作上具有明显的保守主义和形式主义倾向。此外,古典主义诗歌往往因缺乏生动的题材而无法引起普通读者的共鸣。因此,他主张诗歌应质朴无华地反映平民百姓的真实情感和日常生活。此外,柯勒律治还指出,诗歌应"赋予日常生活新的魅力,并从习惯性的冷漠中唤起心灵的注意力,引导读者注意现实世界的可爱与奇妙之处,从而激发一种近似于超自然的情感";诗人应充分发挥自己的想象,并追求表现自然景色和超自然的幻境。

柯勒律治的诗歌可以说是英国浪漫主义时期最杰出的诗歌典范,其中最为著名的是《古舟子咏》:

> 有一位老水手
> 拦住了三人中的一人。
> "看你白发苍苍,两眼发光,
> 为何拦住我的去路?
> 新郎家的大门洞开,

第五章 第一次工业革命时期的英国文学(19世纪上半叶)

我是他的近亲,
客人已到,宴会已备,
你可以听到一片欢笑声。
老水手炯炯的目光留住了他,
参加婚礼的客人停住脚步,
像三岁小孩一样听得津津有味,
老水手使他身不由己。"
……

这首诗运用了歌谣体的形式,包括 7 个部分共 677 行。在诗中,诗人生动讲述了一位老水手在海上的冒险经历,而且对他从罪恶到忏悔的发展过程进行了深入的分析。在诗歌开头,老水手拦住了一个准备去参加婚礼的年轻人,绘声绘色地向他讲述自己在海上的冒险经历。老水手似乎具有一种神秘的力量,他的炯炯目光能产生一种神奇的催眠效果,使面前的年轻人身不由己地成为他忠实的听众。老水手对年轻人的反应置之不理,滔滔不绝地讲述自己的故事。在以后的各部分中,诗人向读者展示了一个个奇异的镜头和可怕的场面:一只可爱的信天翁被老水手杀害,众水手议论纷纷,莫衷一是。复仇的精灵暗中尾随帆船,伺机报复。海上狂风大作,继而又静得可怕。由于船上淡水耗尽,船员"一个个倒地死去"。在诗歌的第四部分中,诗人生动地描述了老水手极度的精神孤独和他在死亡线上苦苦挣扎的痛苦情景。"孤独、孤独、多么孤独,茫茫大海就他一人",精神上的折磨与肉体上的痛苦使老水手明白了这一系列灾难与不幸的原因,他对自己残害动物、乱杀无辜的行为后悔莫及。他的良心受到了谴责,于是便跪地祈祷。顷刻间魔力消逝,一股神奇的力量将船送回了老水手的家乡。在诗歌结尾处,老水手将故事叙述完毕,便独自离去。此刻,远处传来了婚礼上的欢闹声。这位年轻人对老水手的冒险经历感到惊诧不已,无心前往参加婚礼。"他将变得更为严肃,且更加明智。"由此,诗人成功地对主人公的精神世界进行了探索,并使一个水手的冒险经历具有无限的魅力和深刻的象征意义。

应该说,诗歌的主题是十分常见的,并无新颖独特之处,但诗人的叙述笔法与众不同,使作品具有无限的魅力和吸引力。同时,诗人在诗中营造了一种神秘的气氛,使作品充满了悬念和紧张场面,从而取得了极强的艺术效果。

总的来说,柯勒律治的浪漫主义诗歌创作对英国诗歌的繁荣与发展产生了极其重要的作用,而且其在当前的西方文坛仍然具有重要的地位。

第三节 积极浪漫主义派诗人的爆发

19世纪上半叶的英国诗歌不仅日益成熟,而且大有问鼎世界诗坛霸主地位的气势。乔治·戈登·拜伦(George Gordon Byron,1788—1824)、珀西·比希·雪莱(Percy·Bysshe·Shelley,1792—1822)、约翰·济慈(John·Keats,1795—1821)是积极浪漫主义的代表人物,他们的诗歌格调高昂、语言奔放。这里主要以拜伦和雪莱为代表对积极浪漫派诗人的创作进行分析。

一、乔治·戈登·拜伦的浪漫主义诗歌创作

拜伦出生于一个没落的贵族世家。父亲在他3岁时弃家出走,客死法国。拜伦的童年随母亲住在苏格兰的阿伯丁。10岁时,拜伦移居伦敦。1798年,他继承了叔祖父的爵位和财产。1801—1808年,他先后就读于贵族学校哈罗中学和剑桥大学。1813—1816年,他创作了《东方叙事诗》《异教徒》《阿比道斯的新娘》《海盗》《柯林斯之围》等诗歌。1816年,他离开英国,来到欧洲大陆进行游历。这段经历对他的诗歌创作产生了深远的影响。在这一时期,他陆续完成了《恰尔德·哈洛尔德游记》《唐璜》等作品。1824年,拜伦因染上热病去世,终年36岁。

与华兹华斯不同的拜伦常被称为"积极浪漫主义"代表,他在

第五章 第一次工业革命时期的英国文学(19世纪上半叶)

文学史上以尖锐讽刺抨击时政和黑暗现实并热烈讴歌鼓吹民主自由而著称。不过稍微留意可见他俩实则同出于一种情绪环境背景,仅仅采取了不同的情感投射方向而已。

《恰尔德·哈洛尔德游记》是拜伦的成名作,该诗采用斯宾塞体,每一诗段分为九行,前八行为五音部,最后一行为六音部,既用以隔断下一诗行,又在诗意上起到承前启后的过渡作用。主人公恰尔德·哈洛尔德是一位贵族青年,他厌倦了贵族生活,愤世嫉俗又无能为力。他不愿同流合污,但又骄傲自负,陷入了个人痛苦的深渊不能自拔,于是他决定出国游历。在第1诗章和第2诗章,恰尔德厌倦了他一直过着的浪荡生活。于是他告别家园,离开祖国,前往欧洲大陆。葡萄牙是他的第一站。在那里,他欣赏自然的美景,对自己和人类的罪孽进行反思和忏悔。第3诗章讲恰尔德和其他人集会,但发现自己不能融入人的社会。另外,这一诗章也讲述了他对大自然的热爱,体现出了浪漫主义的一个重要命题,即大自然是人的导师、医生和护理,它令人忏悔,洗涤罪孽,恢复人的精神健康。第4章篇幅最长,诗人对读者清楚地说明,他要亲自出来说话,这样他就可以公平地谈论一些话题。他站在威尼斯,感叹时间的流逝、威尼斯的永恒。诗人用意大利光荣的历史,激励意大利的爱国志士推翻奥地利的暴虐统治,实现民族的解放。在诗章的最后,诗人向读者和世人告别。总的来说,这首诗歌既是一篇描写欧洲大陆自然美景的抒情游记,又是一篇直接评议欧洲重大历史事件的政治抒情诗。

《唐璜》被文学评论界公认为拜伦的巅峰之作,这是一首气势恢宏、缤纷多彩的长篇叙事诗,对现存社会制度的种种弊端进行了强烈讽刺。不过,这首长诗最终未能完稿,拜伦生前只写了16章,共16 000多行。尽管如此,拜伦所创作的部分已使其成为英国文学中迄今为止篇幅最长、艺术最辉煌的诗歌之一。

在这首诗作中,诗人向读者叙述了一个引人入胜而又耐人寻味的故事。因此,这部作品与其说是一首长诗,倒不如说是一部诗体小说。诗中的主人公的名字和国籍来自西欧的一个古老传说,唐璜原是西班牙一个荒淫无度的花花公子,然而拜伦笔下的主人公是一位生活在 18 世纪末的西班牙贵族青年,虽风流倜傥,却是一个热情潇洒、勇敢正直的英俊青年。这位具有鲜明浪漫主义特征的西班牙青年在国外的冒险经历构成了长诗的基本内容。唐璜幼年受母亲严厉管教,16 岁时与街邻一个名叫朱莉娅的已婚女子私通。丑闻败露后,他被迫离开西班牙出国漫游。不久,航船在海上遇险沉没,唐璜漂流到希腊群岛的海滩上,被海盗的女儿海蒂所救。这对青年男女虽萍水相逢,却一见钟情。正当他们沉浸在甜蜜的爱情之中时,海蒂的父亲返回海岛。由于他坚决反对他俩的婚事,这对恋人被迫分手。然后,唐璜连同一批奴隶被送到土耳其市场上出售。他男扮女装进入土耳其后宫,被王妃看中,成为妃嫔。唐璜在宫中的风流韵事使王妃醋意大发,欲置他于死地。唐璜被迫逃离王宫,并加入了攻打土耳其的俄国军队。由于他英勇善战,屡建战功,受到俄国女皇凯瑟琳二世的青睐,立刻成为她的宠臣。不久之后,唐璜受女皇之托去英国处理外交事务。他在英国经常出入上流社会,并准备筹划新的冒险行动。但是,新的冒险行动因诗人赴希腊战场而中断了。

在这首诗中,拜伦从各个角度对欧洲各国的社会生活进行了生动描绘,向读者展示了一幅幅生动而又真实的生活画面,并借主人公之口对封建社会的种种弊端与邪恶进行了辛辣的讽刺和严厉的鞭挞。因此,从某种程度上来说,这首长诗对整个时代与整个欧洲进行了真实反映。在诗歌前六章中,诗人先是描写了唐璜的身世、他对生活的热爱以及他在土耳其后宫的经历,接着对西班牙贵族的婚姻观念进行了无情的嘲弄;在诗歌的第七章到第九章中,诗人通过主人公之口向读者描述了 18 世纪末的"俄土战争"给人民带来的巨大创伤与痛苦,并明确指出这是一场为了争夺荣誉和权力的争斗,而不是一场为争取自由和独立的战争;在诗歌的后六章,诗人向读者展示了英国的社会生活,充分反映出诗人对英国社会局势的深切关注和对祖国命运的担忧。它借主人公在逗留之际无情地揭露了一幕幕政治丑闻,以讽刺的笔触描述了上流社会的寄生生活,同时也表达了他对金钱统治的蔑视。他一针见血地指出,金钱已成为主宰社会的力量,金融寡头实际上是国家的真正统治者:

> 谁操纵着世界?谁操纵着
> 忠君派或是自由党国会?
> 每一笔贷款不只是一种投资,
> 而是坐镇国家、推翻王位的本钱。

纵观全诗便可以发现,讽刺是贯穿全诗的一个主要基调。在近两千节的诗歌中,欧洲的君王、大臣、将军、绅士、教会、法律和一切被视为天经地义的道德观念统统成了诗人无情嘲弄的对象。而且,诗人拜伦在诗中不断插入鞭辟入里的议论和评说,一再讽刺和抨击英国的封建贵族、贪官污吏和金融寡头。

这首叙事长诗从艺术形式上来看,是十分独特的。它效仿了意大利中世纪骑士传奇故事那种既严肃又诙谐的创作方式,用庄严的诗体来表达可笑的题材,集崇高和荒唐于一体。全诗每节八行,押 abababcc 韵,结构严谨,语调平稳,节奏缓慢。在形象塑造上,拜伦从《格列佛游记》《商第传》和《汤姆·琼斯》等经典小说中找到了人物的样板。然而,拜伦并未完全沿袭传统文学的创作模式,而是充分发挥自己丰富的想象力和独特的艺术才华,使《唐璜》成为雪莱所说的"全新的而又与时代相吻合的作品"。另外,这首长诗充满浓厚的浪漫主义情调,基调是积极的,代表了浪漫主义诗歌的最高成就。

总之,拜伦的诗歌风格自然流畅、激昂振奋、诙谐幽默,对欧洲文学乃至世界文学都产生了重要影响。

二、珀西·比希·雪莱的浪漫主义诗歌创作

雪莱出生于英格兰萨塞克斯郡。1810 年,他进入牛津大学学习,后因发表《无神论的必要性》被开除,不久到都柏林参加爱尔兰人民的民族独立运动,发表《告爱尔兰人民书》和《人权宣言》,

提倡民族独立，宣扬自由、平等。1813年，他出版了第一部长诗《麦布女王》。1817年，雪莱完成了著名的长诗《伊斯兰的起义》。1819年，雪莱完成了两部诗剧《解放了的普罗米修斯》和《钦契》，另外他还有大量优秀的抒情诗和讽刺诗。在雪莱的抒情诗中有很大一部分是描绘自然的，如《西风颂》《云雀颂》等。这些以自然为题材的抒情诗往往用一种梦幻式的笔调，以种种神奇的比喻，尽情地抒写诗人梦寐以求的、美好的未来社会。1822年，雪莱在渡海途中遭遇风暴，不幸溺亡。

雪莱不仅是英国诗歌史上最著名的浪漫主义诗人之一，为英国积极浪漫主义文学道路的开拓做出了重要贡献，而且是世界文学史上为数不多的最出色的抒情诗人之一。

雪莱代表作《西风颂》写于1819年，其时他在佛罗伦萨附近亚诺河畔树林里散步，天气突然狂风大作，傍晚下起了暴雨、冰雹，此情此景激发其创作灵感，他当即构思，随即完成初稿。诗歌描述萧瑟秋风扫落叶的肃杀，但他不像华兹华斯那样伤感凄凉，他以远见卓识乐观识透秋风的创造保护力，独具慧眼知道秋风保护种子，酝酿迎接春回大地。这正是雪莱匠心独运之处。

在《西风颂》中诗人以天才预言家的姿态向全世界宣告（以第5节为例）：

> 以我为琴，如用森林抒情：
> 尽管我树叶如森林枯谢！
> 你那气势磅礴和谐之音，
> 我和森林鸣响秋歌深切，
> 甜美而悲怆。你精神勇敢，
> 永驻我心灵！我像你猛烈！
> 把我枯槁思想吹散宇宙，
> 似摧枯拉朽促绿叶新生！
> 凭借这单调如咒语诗歌，
> 如余烬未灭壁炉的灰烬，
> 火星将我诗句播撒人间！

第五章　第一次工业革命时期的英国文学(19世纪上半叶)

　　用我嘴唇唤醒沉睡人们，
　　吹响预言号角！西风吹啊，
　　若冬天已来,春天会远吗？

　　诗歌前3节写"西风"。诗人用优美蓬勃的想象刻画西风形象入木三分,气势恢宏的诗句和强烈震撼的激情把西风推陈出新的精神勾勒得一览无余。后两段应和西风,"我倒在生活荆棘上,我流血了!"这令人心碎的诗句是血泪的控诉,道出不羁的心灵屡受伤痛。但诗人仍愿沐浴西风,愿将逝的生命在被撕碎的瞬间感受西风的荡涤;诗人愿奉献一切为春天引吭高歌。西风象征无坚不摧和无处不在的宇宙精神,诗人自诩为除旧迎新的西风精神,表达其坚定生活信念和破旧立新的决心。结尾庄重预言——"若冬天已来,春天会远吗?"

　　《云雀颂》也是雪莱的代表作。他赞美云雀,透露与云雀若即若离的自我及美学思想和艺术抱负,体现诗论精神。全诗21节,前面4个短句,每句5~6个音节;如第2节6个音节,节奏明快跳跃,第5句是12音节长句为每节总结,韵律abahb。全诗从赞美开始以感叹告终,层次井然结构有序。此诗写于1820年夏的一个黄昏,他在莱行郊外散步,耳闻云雀啼鸣有感而发。第1节赞美云雀:"欢乐精灵"歌声"来自天堂","以质朴艺术倾诉你衷情"表达诗人如前辈一样的信念:好诗是由衷的思想、激情、音响和形象。第2节继续联想想象,描述云雀欢快跳跃边飞边唱。第3、4节描写云雀凌空飞翔迎接朝阳欢快明朗。

　　随后诗人把云雀喻为星光利箭、明月清辉和彩霞降下的美雨,给人美妙的视觉形象和听觉感受。第8节更直接将其喻为诗人:

　　如诗人悄隐匿
　　于思想光辉中,
　　不禁歌唱吟诗
　　赢普天下同情,
　　唤醒那已忽略的希望和惊恐。

最后重申神圣使命：诗人更敏感，感受最细致而想象最丰富，能揭示常人熟视无睹或未察觉的真理。他深爱人类而无知音，故抑郁借诗抒情，把鸣唱的云雀喻为火云或晶莹流光，只闻其声不见其形，表明不求闻达。从第13节到15节探讨美的根源证其主张：诗人若无高尚思想情操则不能创作精美艺术作品。第15节揭示艺术与自然的关系——艺术即生活"惟妙惟肖的再现"，想象源于生活。他万分感慨自然风光、人间暴政、战争惨状和人类文明："我从这些源泉汲取诗歌营养。"可见绚丽的浪漫主义之花植根于现实生活土壤，借诗抒情寄托理想。

该诗第17节涉及"死亡"——敏感令人忌讳的主题，这表现其异于常人的生死观，因为他是无神论者，无所畏惧心地坦荡。他认为理性之人造福人类体现价值，高尚灵魂千古流芳，能回归其本源和宇宙精神合一。

不朽的诗人创造不朽的诗篇，因为它们启发人们于无声处听惊雷，给社会带来光明和希望，唤醒沉睡的民众，这正是浪漫主义诗歌的崇高价值。让诗歌服务于社会政治，从文学的自由主义到追求政治民主自由，这使浪漫主义诗歌比文艺复兴时期诗歌更胜一筹，这也是英国社会与诗歌发展的必由之路，对其他国家不无启迪。

第四节　世纪的星辰：奥斯汀

在英国浪漫主义文学时代，奥斯汀可以说是一个十分独特的存在。她被誉为"女性中的莎士比亚"，是世界女作家中最受学术界关注、拥有读者最多的作家之一，同时，她也是19世纪英国女作家中承前启后的一位作家。

简·奥斯汀出生于英国南部汉普郡斯蒂汶顿村的一个中产阶级家庭。在家庭环境的熏陶下，奥斯汀大约从12岁开始写作，大多是滑稽夸张的模拟之作，但其喜剧才能和机智的嘲讽已初见

第五章　第一次工业革命时期的英国文学(19世纪上半叶)

端倪。奥斯汀一生笔耕不辍,其创作的六部长篇小说大致可分为两个时期:前三部即《理智与情感》《傲慢与偏见》《诺桑觉寺》,为作者在家乡斯蒂汶顿村所作,属于前期;而《曼斯菲尔德庄园》《爱玛》和《劝导》为作者迁居乔登后所作,属于后期创作。前后相隔近十年之久。这里我们重点分析《理智与情感》《傲慢与偏见》《曼斯菲尔德庄园》《爱玛》四部作品。

《理智与情感》原名为《埃莉诺与玛丽安》,是奥斯汀小说中最早问世的一部。小说以婚姻为主题,主人公为达什伍德夫人的两位性格迥异的女儿。姐姐埃莉诺重理性,有判断力,懂得怎样克制情感;妹妹玛丽安则重感情,较为冲动,听任情感去支配行为。两位小姐都有情人。由于两姐妹的父亲去世后遗产按当时惯例归他前妻所生的儿子约翰,她们和母亲不但经济拮据,还得摆脱寄人篱下的生活。后来,她们终于在德文郡一座乡间别墅内安了家。这样,埃莉诺和她爱上的青年爱德华(她嫂嫂范妮的弟弟)分了手,而玛丽安在乡间邂逅并迷恋上的威洛比也突然有事去了伦敦。当埃莉诺听到另一位姑娘露西私下说她与爱德华私订终身已有四年之久时,她硬压制住感情,把失恋的痛苦藏在心底。玛丽安终于遭到威洛比的拒绝,精神大受刺激,几乎病倒。埃莉诺竭力安慰妹妹,帮她振作起来。爱德华的母亲、富孀费勒斯太太反对出身低微的露西,硬要儿子和莫顿爵士的独生女结亲。爱德华不愿,她竟剥夺其继承权,把财产传给次子罗伯特。这时埃莉诺的心胸还是那样宽阔,她受人之托,通知爱德华可以得到一个牧师的职位,这样就有条件和露西成婚。哪知露西弃贫爱富,转而去追求交上了好运的罗伯特并和后者结了婚。埃莉诺与爱德华在经历一番磨难之后终成眷属。威洛比玩弄了玛丽安的真挚感情,娶了一位富家女。玛丽安至此才彻底意识到自己的愚蠢,认识到早该拿姐姐做榜样,慎重处理恋爱和婚姻的问题。这时她想起了早就爱上她的心地善良、品格高尚的布兰顿上校,并嫁给了他。理智就这样在两姐妹的心中都占了上风,全书以喜剧告终。

《理智与情感》以英国当时乡间体面人家的婚姻大事为题材，作者最关心的女主人公常常是体面人家的小姐，她们经济上未必富裕，往往没有丰厚的陪嫁来完成婚事。奥斯汀把笔下的女主人公放在当时社会的财产制度和道德观念中加以考察。在那个社会中，人的价值建立在财产所有权上。由于财产都由男继承人所得，女性一开始就处于不利地位，只能从属于男人。身处这样一个严峻、苛刻并带有敌意的世界中，女主人公应如何通过婚姻来获得个人幸福？奥斯汀的告诫是应用理智来控制情感。在交男友的过程中，她们应审慎处事，不能轻易动情，任性行事。她认为情感往往是女性行为危险的向导，如果遇到一个条件优越但用情不专的男子来追求就以身相许，其后果常常是灾难性的。男方往往不是由于本人的喜新厌旧，就是由于家长的反对而另择条件更好的对象。在这种情况下，如果女方感情用事，就将受到极大的精神创伤，难以自拔。作者在书中展示了两姐妹性格的对比，从姐姐的人生观、伦理和社交观念出发，叙述大部分故事，从而塑造了一个"明事理的凡人"，这是她心目中的"理想女性"。在该书中，奥斯汀的语言才华和运用反讽的能力也得到了充分的显示。

《傲慢与偏见》是奥斯汀的代表作，深受学者和读者的推崇。它的情节说来简单中透着复杂。说它简单，因为它只讲一件事——爱情和婚姻。说它复杂，是因为书里有那么多人物，那么多不同的性格、不同的感情表现。小说的故事很吸引人。它讲的是一个英国乡绅家庭设法把女儿嫁出去的有趣过程。小说开篇的两句已经成为常被人们引用的格言警句："凡是有钱的单身汉，总想娶位太太，这已经成了一条举世公认的真理。这样的单身汉，每逢新搬到一个地方，四邻八舍虽然完全不了解他的性情如何，见解如何，可是，既然这样的一条真理早已在人们心目中根深蒂固，因此人们总是把他看作自己某一个女儿理所应得的一笔财产。"作家开门见山，干脆利落地道出了小说的中心：婚姻是小说中人们关心的头等大事。这本小说主要描写贝内特一家的日常琐事。贝内特夫妇有五个女儿，没有儿子。按法律规定，一旦贝

第五章　第一次工业革命时期的英国文学(19世纪上半叶)

内特先生去世,全部财产即归一个男性远亲柯林斯所有,女儿无权继承,所以夫妇俩都为女儿的婚事操心,希望她们及早找到有钱的配偶,嫁入朱门。一位年轻富有的单身汉宾利搬进了贝内特家附近的一所住宅,贝内特夫人大为激动紧张。在舞会上,贝内特家几位小姐见了宾利,宾利对貌美而性格善良的大小姐吉英颇感兴趣,以后友谊日增。当时宾利的一位贵族朋友达西对这乡绅一家不屑一顾,聪明活泼的二小姐伊丽莎白大为不悦,觉得达西非常傲慢。在以后的接触交往中,达西渐渐爱上了机智可爱、富有个性的伊丽莎白;但伊丽莎白对他却没有好感。由于听信一些不利于他的流言,她对他还抱有成见;再加上种种误会,成见愈来愈深。因此当达西傲慢地向她求婚时,她怒气冲冲断然拒绝。在发生了一系列饶有趣味的事件后,误会终于消除。达西不像过去那么傲慢了,伊丽莎白也不再对他存有偏见。达西再次向她求婚,她欣然接受,两人终于喜结连理。

这部小说使我们看到了当时妇女争取自由独立的精神,伊丽莎白向达西的挑战其实是当时妇女对婚姻制度、门第观念等一系列陈腐的社会现象的抗议,是当时妇女要求人格独立、争取平等权利的呼声。这本小说的一大成功是出色地塑造了一位聪慧、机智、勇敢、可爱的女性伊丽莎白,使作品至今仍富有魅力。

《曼斯菲尔德庄园》为作者的第四部小说,仍以爱情婚姻为主题。女主人公范妮出生于一个贫寒的下级海军军官家庭,10岁时由姨父托马斯爵士收养。在这个贵族家庭里,她得到了温饱和舒适,却难免有寄人篱下之感。大表哥和两个表姐对她的侮慢使她深觉自己的卑贱,唯有二表哥埃德蒙对她关心尊重,向她灌输美德与知识。这对表兄妹从小推心置腹,结下特殊的深厚情谊。他们成年后,埃德蒙一度爱上牧师夫人的妹妹克劳福特小姐,而小姐之弟又单方面热烈追求范妮,这都使范妮痛苦万分。她觉得这姐弟俩感情虚浮浅薄,于是她以温和而坚决的态度维护自己的信念和爱情。随着时间的推移,克劳福特姐弟逐渐暴露出低劣的人格。范妮的大表哥和两个表姐则因贪图享乐、轻视道德而自食其果。埃德蒙转而向范妮求婚,使她得遂夙愿。托马斯爵士欣然同意两人成婚。他从事实中得出了一个教训:合理婚姻的标准不是财产门第,而是男女双方的真挚感情。

在《曼斯菲尔德庄园》中,奥斯汀的思想变得更为严肃。她似乎不再认为愚蠢、自欺、失职、浅薄以及缺乏自知之明仅仅是滑稽可笑的,她用喜剧语言有礼有节地表达了对这些品质的憎恶。她开始关注社会正义,其观察客观现实的目光也变得更为锐利。小说深刻研究了住在庄园里的人们的生活准则,以及按这些准则生活的结果。小说的中心人物范妮是举止恰当、行为得体的代表,体现了作者本人的准则。作者对范妮离家十余年后重返娘家探亲这一段的描述,最为明显地表现出她对现实的辨识力。范妮怀着深切的渴望回乡探望母亲,她发现自己置身于一片毫无生气、令人筋疲力尽的贫困与污秽之中,整整这一段堪称是现实主义描绘的精品:

> 对范妮这样身心柔弱的人说来,在这种从不停息的喧哗声中生活简直是一种灾难,……在曼斯菲尔德,听不到一点争执和提高的嗓音,听不到丝毫粗鲁的咆哮和猛烈的脚步声,一切都按照令人愉快的常规秩序进行;每个人都有自己恰当的位置,每个人的感情都受到顾及。……在这里,每一个人,每一个声音都是喧闹的(也许她母亲的声音除外,她的声音与伯特拉姆太太柔和单调的声音相似,只不过已被磨得只叫人一味发烦)。人们不管需要什么都大喊大叫,仆人们也从厨房里高喊着对不起,房门砰砰作响,楼梯上脚步声不断;没有一件事不是在混乱中完成,没有一个人端坐不动,没有一个人能集中精力地听他们讲话。

这段描述使我们感到范妮正正视着眼前的现实,难以回避她母亲的实际情况,而她对其父母家庭现实情况的了解促使她有了进一步的自知之明。让女主人公获得自知之明经常是奥斯汀作品的主题。整部小说写得完美动人,成功有效地表现了这一

第五章　第一次工业革命时期的英国文学(19世纪上半叶)

主题。

《爱玛》为读者讲述了一个幼稚天真、自以为是的小姐乱点鸳鸯谱的故事。女主角爱玛·伍德豪斯是位富家女,并且漂亮、聪明、伶俐,但是从小被惯坏了,很自以为是,自鸣得意。除了照料她多病的老父亲之外,爱玛无所事事,在烦闷之余,便以过问别人的事为消遣。她虽出于善意,却一再弄巧成拙。她教唆哈丽特——一位天真无邪的十七岁私生少女拒绝一位年轻农夫马丁的求婚,要她高攀年轻的牧师埃尔顿为偶。从埃尔顿的态度来看,爱玛相信他已经爱上了哈丽特,然而埃尔顿趁爱玛独自一人时竟然向她求婚,爱玛这才意识到自己办了件蠢事。后来埃尔顿从外地仓促娶了一位自命高雅的讨人嫌的女性。爱玛又指导哈丽特去亲近弗兰克·邱吉尔,但弗兰克私下和另一女子订了婚。哈丽特又把情感转向爱玛的一位亲戚奈特利先生,后者是一位四十岁左右的律师,坦率慷慨,是能看出爱玛错误的少数人之一。爱玛自己对奈特利也有好感,当她得知哈丽特是有情于他而不是邱吉尔时,爱玛突然明白了她自己的处境。原来她自己爱着奈特利先生。经过一番周折之后她终于嫁给了他。哈丽特也终于接受了马丁的求婚。所有的人都按照他们的身份结了婚,这是他们真正幸福的先决条件。

爱玛与奥斯汀其他小说中年轻女性渴求婚姻和经济保障的情况不同,她是唯一一个不受经济问题困扰的女性,也是唯一一个对爱情浑然无知的女性。也正因如此,《爱玛》的喜剧气氛弥漫全书,基调远比《理智与情感》和《傲慢与偏见》来得轻松欢快。

当奥斯汀写《爱玛》时,她在个人艺术上已达到娴熟阶段。整个故事以女主角爱玛为中心,其他角色有时上场,有时退场,但爱玛总是能在台上抓住读者的注意力。她的个性不断在发展,渐渐成熟,而其他人物也各有个性,各有自己的世界。例如,喜剧人物老处女贝茨小姐无知且愚蠢,以几乎是用意识流的方式闲扯不休,但其语言妙趣横生,富于戏剧性,提供了其他人物及全书背景的有关材料,借以推进整个故事的发展进程,并使作者所描绘的小镇及镇上居民显得更加真实可信,亲切感人。

奥斯汀不但在人物描写上很成功,并且小说的结构精微巧妙,同时又顺乎自然。故事从开头到结尾充满了有趣的情节,叫读者去猜度,去判断,喜剧的气氛弥漫全书。读者的猜度往往是错中生错,意趣盎然。整部小说是一幕"错误的喜剧",显示了作者高超的戏剧性的技巧。

奥斯汀的小说堪称以小见大的典范。她无意于宏大叙事,小说故事平淡,情节平常,人物平凡,既无磅礴气势又无奔放情感,既无政治寓意又无神秘象征。但她以严肃的道德感和内在的喜剧感,以高超的叙事方式和精练活泼的语言,从一个侧面写出了人与人、人与现实的复杂关系,表现复杂的人性内涵,提供了有关社会与个人、理智与情感、表象与真实关系的探索和丰富启示。她以批判的眼光和讽刺的方法,分析了她那个时代的人物,特别是中产阶级妇女,指出了她们所面临的社会与道德问题。她虽然受到一定历史条件的限制和生活环境的局限,但她的刻画是精确真实的。她的取材也许比较狭隘,但她写出了她所熟悉的东西,其观察力之敏锐,表现力之丰富,未必在她以前的作家之下。在英国小说相对来说不甚景气的浪漫主义时期,奥斯汀却能通过真实可信的人物和事件表现出人与人之间的真实关系、人的生活现实和人的内心世界。从而反映出一个社会阶层的面貌,为后世留下了宝贵的文学遗产。由于有了奥斯汀,18世纪勃然兴起的现实主义小说和19世纪中后期登上顶峰的批判现实主义小说之间才不致显得脱节。

第五节　历史传奇和浪漫故事的繁荣

19世纪上半叶是英国浪漫主义诗歌的鼎盛时期,但是在当时历史传奇和浪漫故事却是最为畅销的读物,其读者群之广仅次于报纸。其中,最著名的代表人物是沃尔特·司各特,本节将对司

第五章 第一次工业革命时期的英国文学(19世纪上半叶)

各特的历史传奇创作和其他几位有一定影响力的作家及其作品进行阐述。

一、沃尔特·司各特的历史小说创作

司各特出身于爱丁堡的一个律师家庭。司各特从小喜爱苏格兰古老歌谣故事,在从事律师事务的全部业余时间发掘研究苏格兰民间文学。1802—1803年,司各特的第一部重要著作《苏格兰边区歌谣集》出版,获得成功。他早期的重要诗作还有《玛米恩》和《湖上夫人》,这两部长诗的问世奠定了他在英国文学史上的地位。

1814年起,司各特转向历史小说的创作。他是一位多产作家,共写了三十部长篇及一系列中、短篇故事。此外,他还写过德莱顿、斯威夫特和拿破仑的传记。司各特还经营出版业。1826年,他的合股出版商因经营不善而破产,司各特债台高筑,被迫大量写书,以稿费偿债,以致造成这一时期作品质量下降。后因积劳成疾,于1832年9月去世。

司各特对英国文学的主要贡献是历史小说。他的历史小说大体可分为三类。一类是以苏格兰为背景的小说;另一类是以英国历史为题材的作品;还有一类是关于欧洲其他国家的历史小说。除了历史小说外,司各特还创作了唯一的一部关于他自己时代生活的小说《圣罗南之泉》。下面我们对他的一些作品进行阐述。

《中洛辛郡的心脏》是司各特最重要的作品之一,记述18世纪上半叶一位苏格兰农民的两个女儿珍妮和爱菲的遭遇。主人公姐姐珍妮是一位纯朴、正直、勇敢、坚定的姑娘。妹妹爱菲与贵族子弟斯唐顿私生了一个婴儿,婴儿随即失踪,按苏格兰法律,爱菲被判杀婴罪。珍妮坚信妹妹是无辜的,不惜千辛万苦从爱丁堡步行到伦敦向王后请求赦免。小说的另一条线索是与爱菲的冤狱同时发生的1736年爱丁堡市民反抗英国当局的一次声势浩大的暴动。司各特将两条线索紧密联系在一起,使爱菲的个人悲剧和整个苏格兰民族反对外来压迫的历史运动汇合起来,展现了苏格兰和英格兰之间的民族矛盾,显示出人民群众的巨大力量,同时也透露了下层劳动人民受到的阶级压迫和剥削。

这部作品不仅有错综复杂的情节和统一构思的结构,而且形象生动地刻画了从帝王、显贵、地主到管家、仆役、市民、农民、盗贼等不同社会阶层的人物形象,将18世纪前期苏格兰及英格兰的政治、宗教、社会生活的现实、风土人情以至大自然的景色都栩栩如生地呈现在读者面前。同时,小说抛弃了让王侯将相和贵族绅士扮演主人公的通常做法,第一次让一个平常的苏格兰女子珍妮担任主角,通过描绘她的正直坚定、纯朴善良和勇气超人的品质,弘扬了苏格兰民族的健康精神。

《艾凡赫》是司各特最出名的小说,也是他描写中世纪生活的历史小说中最优秀的一部。小说以12世纪末英国封建主义全盛时期复杂的社会矛盾为背景,表现了诺曼统治者和撒克逊贵族之间的斗争及他们达成的妥协。小说深刻反映了撒克逊农民的苦难境况和他们的反抗精神。小说里最生动的形象是民间传说里为民除害的英雄人物罗宾汉,司各特以饱满的激情刻画出他强烈的反叛性格。小说对受歧视的犹太民族也表达了深切的同情。作者一反前人和同时代人对犹太民族所持的偏见和鄙薄心理,以充满同情的笔触细致入微地刻画出一个柔中带刚的可爱的犹太女子蕊贝卡。此外,农奴葛尔兹、小丑汪巴等来自民间的普通人物也都塑造得血肉丰满,而罗宾汉及他手下的绿林豪杰们更是作者塑造得最成功的农民英雄群像。

在小说中,浪漫主义与现实主义同时并存,作者既描绘了一些富于浪漫勇武色彩的比武、决斗等场面,也揭露了封建贵族和僧侣们的腐化堕落。作者通过人物性格的冲突揭示重大的社会矛盾和斗争,并使用铺开描写的手法,具体细致地再现了那一个历史时代的生活图景和风俗习尚,将富于生活气息的历史场面写得绘声绘色,精彩纷呈。全书用三分之一以上篇幅描绘围攻妥吉尔司东堡的战斗情景,充满了激烈壮观的场面。

《肯纳尔沃思堡》取材于英国历史上的宫廷秘闻。伊丽莎白一世女王的宠臣莱斯特一时权倾朝野,为保持女王的宠幸并进而达到与女王结婚、共享王权的目的,他隐瞒了诱拐爱梅并与她秘密结婚一事。爱梅原来的未婚夫在女王的另一宠臣、莱斯特的死对头萨塞克斯伯爵的支持下,向女王告御状,后由莱斯特的侍从瓦尼出面冒充爱梅的丈夫,才骗过女王。最后,在女王幸临肯纳尔沃思堡的一次盛大宴游中,这一秘密逐渐被揭露出来,女王与莱斯特感情上的冲突随之达到了高潮。小说最后以宫廷斗争中的牺牲品爱梅被害和凶手瓦尼死于狱中而告终。作品细腻地展示了伊丽莎白一世女王性格的各个方面,写尽一个有作为、有权谋、威慑群臣而又雍容华贵、仪态万方的女王的威仪和风采,写尽一个以王国大任为重而又未断儿女之情的君主的神情心态,功力不凡,独具匠心。

《昆廷·达沃德》的故事发生在 15 世纪的欧洲。小说的中心人物法国国王路易十一是司各特笔下最鲜明的历史人物之一。他自私、迷信、残忍、狡诈。司各特肯定了他打击诸侯割据势力和加强中央集权在历史上的进步意义,也谴责了他为达到这个目的而采用的卑鄙无耻的欺骗手段。

《圣罗南之泉》的故事发生在上流社会人士的休养胜地圣罗南温泉。司各特以讽刺的态度对上流社会作了忠实的描写。他们的腐败恶习毒染了这个小地方宁静平和的宗法式的生活,女主人公克拉拉·毛伯雷成了这个冷酷无情的社会的牺牲品。为了恢复这个小地方以往的和平生活,克拉拉的哥哥捣毁了温泉。这部小说清楚表明了司各特对于自己时代上层社会的批判态度。

作为英国诗人和著名的历史小说家,司各特在他的历史小说中通过对社会矛盾和民族矛盾的描写,展示了一幅苏格兰、英国乃至整个欧洲的声势浩大、波澜壮阔的历史画卷。他的小说能够把个人命运和重大历史事件结合在一起,并对人物形象进行了具体而生动的描绘,给人以深刻的印象。他的优秀小说,尤其是以苏格兰历史为题材的优秀小说,对人民的现实生活和斗争也有所反映,流露出作者强烈的民族感情和对受压迫的苏格兰农民的深切同情。司各特的历史传奇小说中孕育着现实主义的因素,显示出从浪漫主义过渡到现实主义的迹象,因而对 19 世纪英国、法国和俄国的现实主义产生了相当大的影响。

但是,司各特的出身和他的政治观点决定了他对历史发展所持的贵族阶级的保守观点。他在小说里往往用调和与妥协的办法来解决激烈的矛盾。小说在艺术上也未能摆脱"才子佳人"或"英雄美人"的俗套,常常生造出"大团圆"的结局,影响了作品的艺术价值。他虽然是个多产作家,但作品质量参差不齐,这也影响了他日后的声誉。相比之下,与他同时代的女作家简·奥斯汀,在世时远不如司各特声名显赫,但她却显示出更长远的价值和更持久的魅力。

二、费雷德里克·马耶特的历史小说创作

费雷德里克·马耶特(Frederick Marryat,1792—1848)出生于伦敦。父亲约瑟夫是一位银行家,母亲夏洛特·冯·盖耶是美国的一个亲英分子的女儿。1806 年,马耶特进入皇家海军,在科克伦勋爵手下服役。

漫长的海军生涯使他经历了无数次的冒险,也给他带来了很高的威望。他曾十几次跳进水中救人,其中有两次是在浩瀚无垠的大西洋之中。服役期间,他有九年亲自参加战争,经历了一次又一次严峻的考验。这些不平凡的冒险经历几乎都成了他小说的素材。退役以后,他同样十分忙碌,结交了许多朋友。此后不久,他变成一位风度翩翩的绅士,侍奉苏塞克斯公爵,即乔治三世的第六个儿子。接着,他又成为王室侍从。告别王室以后,他离开伦敦,到诺福克做起乡间地主。1837 年他去美国交涉有关国际版权问题,又从美国辗转到加拿大,留下了一段不平凡的冒险故事。后来,他把这段经历整理出版,取名为《美洲日记》。

第五章　第一次工业革命时期的英国文学(19世纪上半叶)

所有这些经历,特别是在海军服役时的丰富阅历,为他的小说创作提供了极好的题材。退役之前他就已经开始了创作,比如《海军军官》《国王自己的》。随后,他又写出《牛顿·福斯特》。这些作品虽然显得稚嫩,没有引起读者的特别注意,但为作者今后的创作奠定了坚实的基础。《彼特·辛普》就是在这个基础上创作出来的第一部比较成功的作品。小说以作者的亲身经历为基础,记述了一个年轻人的成长过程和适应海军生活的方法。小说中没有什么浪漫的情调,却栩栩如生地展现了英国海军大将霍雷肖·纳尔逊率领下的海军舰队生活和鏖战经历。特别值得一提的是小说中的人物,可谓个个生动,有血有肉。次要角色查克斯就是一例。评论家们一致认为,他是英国19世纪小说史上形象最生动、刻画最成功的次要角色之一,可以和任何一位伟大的水手形象如狄更斯笔下的卡特尔船长相媲美。可以说,凡是作者根据自己经历写出来的人物形象都有较强的艺术感染力,如《忠诚的雅各布》中的斯特尔普顿、《斯纳莱奥》中的斯莫尔本斯以及《雅弗寻父》中的阿拉马西娅等。

马耶特最著名、拥有读者最多的是冒险传奇小说《米德希普曼·伊西先生》。同他绝大多数作品一样,这部代表作也是取材于他自身的经历。故事发生在拿破仑战争期间的地中海和欧洲沿海领域。作者详尽而生动地描述了英国军舰在海外屡战屡胜的精彩而又艰险的场面。通过这些战争,作者试图表现人物性格中最优秀的品质,展现他们最勇敢、最光辉的形象。伊西一心想当海军。可登上战舰后,他却发现一切并非那么浪漫。他冒死同西班牙军舰作战,英勇无比,既博得了上司的赏识,又赢得了美女的芳心。退役后,他和心爱的女人回到英国,过着幸福的生活。

《米德希普曼·伊西先生》是一部充满各种打斗场面的海洋冒险小说,在许多方面都反映出作者的反民主思想。马耶特站在保守主义的立场上,把海军描写成英国社会的一个缩影。伊西把海军看成是自由和平等的天堂;直到入伍以后,他才发现情况并非如此。他渐渐地领悟,在海军里如同在广阔的社会中一样,人的命运是注定的,才能也是天生的,他们在社会结构中所占的位置,早就确定了。除了这些宿命论和社会偏见外,马耶特的宗教思想也带有很大的偏见,小说自始至终暴露出他反对天主教的倾向。马耶特对妇女的看法更是保守。综观全篇小说,女人出现的次数加起来只有十几页,而且她们都是一个模式,缺乏个性。她们在小说中充其量不过是给故事情节增加一点浪漫的气息,为男主人公选择配偶作准备罢了。尽管这部小说妙趣横生,引人入胜,但他的保守主义立场和宿命论思想难以唤起现代读者对他作品的兴趣。

马耶特晚年写了不少儿童作品。它们虽然不像《米德希普曼·伊西先生》和《彼特·辛普》那样充满强烈的感染力,但也着实吸引了无数的小读者。现代读者对马耶特知之不多,人们只记得他的小说《米德希普曼·伊西先生》和一些儿童作品。尽管如此,马耶特在英国海洋冒险小说方面所做的贡献确实是不可磨灭的。

三、罗伯特·路易斯·史蒂文生的浪漫主义小说创作

罗伯特·路易斯·史蒂文生(Robert Louis Stevenson,1850—1894)生于苏格兰的爱丁堡,童年时身体十分虚弱,患过肺结核,并一生受此煎熬。他对文学的兴趣很浓,阅读了大量文学作品,如蒙田、查尔斯·兰姆、威廉·黑兹利特等人的散文,并加以模仿,特别是仿效他们的风格。史蒂文生最后形成的对话体风格就是受上述作家影响的结果。

史蒂文生是继司各特之后又一浪漫传奇小说大师,在这一体裁的小说创作领域内,后世作者往往只能望其项背,很难再有人能够超越他的成就。他的主要成就是在小说方面。史蒂文生把毕生的精力都献给了文学艺术,被人们誉为浪漫传奇小说大师。迄今为止,很少有人在这一体裁上超越过他。他聪慧过人,想象力丰富,叙述故事常常是娓娓动听,使读者不知不觉地跟着他经

历了一个又一个惊心动魄的冒险。

《金银岛》是一部深受青少年读者喜爱的冒险传奇小说。作品基本上以第一人称的语气记述了少年吉姆经历的一连串冒险故事。据作者自己介绍，这部小说是他看了一张水彩地图后突发灵感创作出来的。那张地图是他自己画的，内容是关于一个想象中的金银岛。

海盗比尔投宿吉姆父亲的客栈。他白天观察行人，晚上住在客栈里，饮酒唱歌，讲述故事。比尔藏有一张已故弗林特船长隐藏财宝的地图，而他以前的同伙们也正在寻找这张图。比尔意外死后，吉姆取得地图，并交给利夫西医生和特里劳尼老爷。他们发现这是一张藏宝图后决定立刻备船寻宝。他们乘坐的"伊斯帕尼奥拉号"起航不久，厨师西尔弗便和部分船员密谋造反。吉姆在岛上碰到当初和弗林特船长一起藏宝的本恩。本恩是三年前被流放到那里的。造反者和忠诚的水手们打了起来，经过一场激烈的肉搏战后，暴徒只剩下一个人，逃入丛林，而另一边也仅剩下特里劳尼、医生、船长和吉姆四个人。

吉姆借用本恩的小船进入堡垒，发现堡垒里全是海盗，伪装成厨师的西弗尔获得藏宝图后率海盗——即造反的水手寻宝。他们找到藏宝的暗窖，财宝却不翼而飞。原来是本恩搬走了财宝。最后，在本恩的帮助下，特里劳尼老爷取得了财宝，并与忠诚的船员平分。西尔弗也得到了一袋金币。

无论是评论界还是读者均一致公认，《金银岛》是史蒂文生最富代表性、最出色的小说，是世界文学史上的经典之作。小说的叙述栩栩如生，情节扣人心弦，充满了悬念，始终给人一种紧张、刺激的感觉；许多场景令读者既兴奋又害怕，主人公们的危险境地更是令人忐忑不安。尽管读者心里明白，主人公最后都能化险为夷，但他们还是带着一颗悬着的心去阅读，去探究主人公究竟采取什么办法摆脱困难，逃脱危险。这正是这部小说经久不衰、魅力不减的真正原因。

为了激发读者丰富的想象力，史蒂文生在小说中隐去了故事发生的准确时间和地点。小说由一个接一个的冒险场面连接而成,叙述节奏很快,一环紧扣一环,紧紧地抓住了读者的好奇心。

　　作为一部充满悬念的冒险小说,作者无疑把主要精力投放在情节的描写上,人物的刻画相对来说要逊色一些。主人公吉姆本来过着平静、正常的生活,可是一夜之间,他陷入了危险的境地,一个又一个冒险接踵而至。他凭借自己的机智、勇敢和智慧,每次都能化险为夷。作者用吉姆这个少年形象作为主人公,并且用第一人称叙述,给青少年读者营造出一种身临其境的感觉。作者虽然把吉姆当作主人公来描写,但实际上,真正成为中心人物的还是要推西尔弗。这是一个充满矛盾的人物。一方面,他野心勃勃,贪婪成性,心狠手辣,善于耍弄两面派手法;另一方面,他又宽宏大量。若不是因为他的宽容和相助,吉姆早就被海盗杀了。史蒂文生本人也非常喜欢这个形象。正是有了这样的人物,《金银岛》才不流于枯燥无味,才能经得起时间考验,引起读者的共鸣。

　　小说的另一个特点是成功地渲染了气氛。为了加强悬念效果,作者营造了一种浓厚的神秘感和紧张感。这一点在第一部分表现得尤为突出。脸上刻着刀疤、手上提着箱子的水手比尔神秘地出现在小酒店里。他惶惶不可终日,一方面害怕别人找到他,另一方面又害怕别人偷他的箱子。此时正值隆冬,万物萧瑟。夜晚外面伸手不见五指,狂风夹着暴雨吹打着窗子,不远处还传来巨大的海浪拍岸声。这一切无不给人一种毛骨悚然的感觉。人物的名字和相貌也令人生畏。"黑狗"掉了两个手指,皮尤是个瞎子,比尔脸上刻着刀疤。这副长相让人一看就畏惧三分,更何况他们还是海盗。

　　《金银岛》是一部瑰丽奇异、充满浪漫色彩的冒险传奇小说,但它的中心主题则在于揭穿人类对物质和金钱的贪婪欲望。在人们不知道藏宝图之前,大家平静相处,一切相安无事。但自从有了它,世间的一切骤然发生了变化。为了得到金银财宝,人们丧失了道德,丧失了理性,更丧失了人性。他们尔虞我诈,相互残杀。在众人的眼里,特里劳尼等人可能要比海盗们高尚,但在对

第五章　第一次工业革命时期的英国文学(19世纪上半叶)

财富的追求方面,他们和海盗没什么区别,绅士和海盗都为金银财宝而疯狂。

《金银岛》问世前,英国儿童小说几乎被人遗忘了。一大批文坛宿将,如狄更斯、萨克雷、特罗洛普等相继去世,英国小说似乎失去了它的活力和流行性。19世纪80年代的小说要么描写上流社会的阿谀奉承,要么是机械地模仿左拉的自然主义。在这种背景下,《金银岛》无疑犹如一股春风,推动了英国小说的发展。

《诱拐》是史蒂文生创作的又一部比较成功的冒险传奇小说。它情节简单,但十分生动,人物形象丰满,具有广泛的代表性,人物性格的发展也合情合理。作品全称为《诱拐:大卫·鲍尔弗1751年冒险回忆录》。小说围绕大卫·鲍尔弗在父亲去世后与叔父之间的遗产纠纷而展开,描述了他被诱拐到海上的冒险经历。同司各特一样,史蒂文生在这部冒险传奇小说中也以1745年雅各宾人爆发的起义为背景,从侧面反映了苏格兰人民反对乔治王,拥戴斯图亚特家族统治的历史过程。

同《金银岛》一样,《诱拐》也是以一个少年为故事的叙述者和主人公,以他的天真无邪和丰富的想象吸引了广大的青少年读者,因此也属儿童冒险传奇小说。这部小说之所以具有很大的吸引力,主要是因为情节具有浓郁的冒险色彩。史蒂文生历来十分重视小说的情节,常常为此倾注极大的心血。他认为,小说的目的是愉悦读者,把读者从枯燥乏味的日常生活带进一个他们从未经历过的世界,去冒险、去体验快乐和兴奋。要做到这一点,栩栩如生、引人入胜的情节至关重要。为了实现这个效果,史蒂文生在这里把令人惊叹的事件和日常琐事融为一体,使故事有虚有实,有张有弛。例如,他一方面描写大卫被诱拐、艾伦逃跑、轮船触礁沉没等紧张恐怖的事件,另一方面也不忘穿插一些诸如家庭不和、水手醉酒等琐事来舒缓读者紧张的神经。这种描写使小说显得既有传奇色彩,又富有生活气息。

史蒂文生重视情节,并不等于说他忽视对人物的塑造。相反,这里的人物如大卫和艾伦均刻画得十分出色。大卫来自苏格兰低地,灵活、精明;艾伦来自苏格兰高地,傲慢、豪放。两个人在政治观点、价值观念等许多方面都截然不同,但作者却成功地让他们结伴为伍,使他们成为亲密朋友,患难与共,彼此忠诚。除此之外,作者还把大人物与小人物、富人与穷人、绅士与恶棍相互映衬,个个描写得活灵活现,真实可信。由于情节引人入胜,人物栩栩如生,读者自然爱不释手。

史蒂文生一生身体虚弱,虽英年早逝,却依然创作出许多优秀的文学作品,十分难能可贵。他和司各特、爱伦·坡、麦尔维尔、康拉德一样,为世界文学中的冒险传奇小说做出了巨大贡献。他丰富了英国文学的遗产,英国文学的遗产同时也丰富了他的创作。

第六节 "勃朗特峭壁"的守望

在英国文学史上,世代书香或一家之内名流辈出的并不少见,但来自一个普通教士家庭勃朗特姐妹的人生和创作格外引人注目。生活在 19 世纪上半叶的勃朗特三姐妹夏洛蒂·勃朗特(Charlotte Bronte,1816—1855)、艾米丽·勃朗特(Emily Bronte,1818—1854)、安妮·勃朗特(Anne Bronte,1820—1849)都颇具艺术天赋,虽然生活简单清贫,精神却异常丰富,都不约而同地走上了文学创作之道,成为名垂青史的小说家。勃朗特三姐妹几乎同时横空出世,被称作"勃朗特峭壁"现象。她们以具有洞察力的批判视角审视社会和人性,将凡俗的人生经历转化为感人至深的艺术作品,在短暂的人生里共创作了七部各具特色的优秀小说及众多诗歌,写就了英国女性小说史上一个"诗人之家"的动人传奇。勃朗特三姐妹的小说同狄更斯和萨克雷的现实主义作品一样深刻地揭示了 18 世纪英国的社会现实。然而,勃朗特姐妹的不同之处在于她们从女性的角度来刻画英国妇女的形象,她们以本人的亲身经历和女性特有的目光向读者描述了英国妇女的生活状况和种种困惑,公开表露妇女要求自由平等的呼声。此外,她们的现实主义小说与当时的同类作品相比具有较为浓郁的浪漫主义色彩。

一、夏洛蒂·勃朗特的小说创作

夏洛蒂的小说具有19世纪批判现实主义的许多显著特征。她自称是萨克雷的追随者,但她的小说无论在主题或形式上都更接近狄更斯的现实主义作品。同狄更斯一样,她也追求表现普通人和小人物的命运和遭遇,讲究作品的故事情节和印象效果,并且对社会的邪恶势力和不公道现象予以严厉的鞭挞。夏洛蒂·勃朗特一生致力于长篇小说的创作。在她短暂的文学生涯中,她一共创作了四部长篇小说:《教师》《简·爱》《雪莉》《维莱特》。其中《简·爱》不仅是英国现实主义小说的杰出典范,而且也是驰名世界文坛的经典力作。

《简·爱》成功地将现实主义和浪漫主义融为一体,并注入了新颖的题材和真实的情感,使其出版后立即在读者中引起强烈的反响。《简·爱》具有很强的自传性。女主人公简·爱所经历的一些事,作者大都也经历过。小说以女主人公简·爱的第一人称叙事,讲述孤儿简从少女到成人的人生故事,心理描写细腻感人,语言风格强劲有力。作品结构严整,以简的成长和经历为经,以她的思想和情感为纬,编织出19世纪一个平凡而又个性鲜明的女性的人生故事。小说涉及简在五个不同环境中的生活:舅妈家、洛伍德寄宿学校、桑菲尔德庄园、圣约翰家以及简作为归宿的家。孤儿简在盖茨海德府舅舅家过着寄人篱下的生活,舅舅去世后,她备受虐待。之后被赶出家门,送到生活条件恶劣、管理严厉的洛伍德寄宿学校。在那里,简唯一的安慰是善良的老师坦布尔小姐和虔诚柔顺的同学海伦。然而,前者嫁人离开了,后者死于虐待。简经受了身心的考验,顽强地生存下来。毕业后,她来到桑菲尔德庄园做家庭教师,爱上了主人罗切斯特先生。尽管两人地位悬殊,生活背景大相径庭,简始终不卑不亢地面对生活,履行自己的职责。罗切斯特深深爱上了这个身材矮小、貌不惊人的女教师,并向她求婚。然而就在婚礼前,简得知罗切斯特的疯妻伯莎·梅森仍健在并且被囚在家中的真相。简拒绝沦为情妇,痛苦地出走流浪,昏倒在荒野沼泽里,碰巧被表兄圣约翰和两个表姐妹营救收留。后来,简意外获得叔叔的两万英镑遗产,还得到圣约翰请求为完成其宗教使命而请她合作的求婚。然而,简拒绝了圣约翰,重返桑菲尔德,却发现庄园已被伯莎点燃的大火烧成废墟,罗切斯特也因为试图搭救伯莎而双目失明,并且失去一只手臂。在小说结尾,简毅然与罗切斯特结婚。后来,他们的儿子诞生,罗切斯特的一只眼睛终于恢复光明。作者极其生动地描写了简·爱在冷酷无情的环境中的辛酸、悲愤和自尊,使读者充分领略了女主人公细腻与真挚的情感。

《简·爱》的另一个重要主题是暴露男性统治的社会中妇女的地位、爱情和婚姻问题。这无疑是作者向压制女性的英国社会提出的一个强烈的挑战,同时也是这部小说的社会价值和历史意义所在。简·爱在富翁罗切斯特家当家庭教师的经历构成了作品最重要的情节,同时也是女主人公成长过程中的一个新阶段。简既无财富、又无姿色,却偏要逆社会潮流而动,追求平等的地位。尽管她深深地爱着罗切斯特,但当她在举行婚礼之前发现了他发疯的妻子时便毅然离去。简·爱以强烈的自尊心和高尚的人格取得了精神上的胜利。

《简·爱》不仅揭示了十分深刻的社会主题,而且也成功地塑造了一个崭新的妇女形象。作者通过对女主人公的高尚人格的描绘向同时代的读者宣传了男女平等的思想,歌颂了崇高的爱情,同时也谴责了以金钱、门第或姿色为基础的婚姻观念。小说的结构严谨,形象生动,情节感人,是英国小说史上不可多得的一部经典力作。

二、艾米丽·勃朗特的小说创作

作为一名诗人,艾米丽无疑是勃朗特姐妹中最出色的一位。作为一名小说家,她同样具有不同的风格和非凡的气质。《呼啸山庄》是艾米丽·勃朗特一生中创作的唯一的一部小说。这部具有强烈情感、带有一点野性甚至有些怪诞的作品刚问世时并未引起评论界的关注,直到20世纪才获得了正确的评价。尽管这部小说依然体现了英国19世纪现实主义的许多特征,但它在创作技巧和艺术风格上却更接近18世纪的浪漫主义小说。然而,令人惊讶的是,作者的某些表现手法仿佛又与20世纪现代小说的风格颇为相似。

《呼啸山庄》的情节并不复杂,但故事却引人入胜。它所叙述的是居住在偏僻山区的两个对称的家庭与一个外来者之间的故事。一个是富裕的恩肖家庭。恩肖先生同他的妻子、儿子欣德利和女儿凯瑟琳住在偏僻阴森的呼啸山庄。另一个是更加富裕的林顿家庭,同样包括四个家庭成员:林顿夫妇,他们的儿子埃德加和女儿伊莎贝拉,他们住在离呼啸山庄不远的一个山谷里。一天,恩肖先生进城谈生意,在街上遇到了一个无家可归的小男孩。出于同情和怜悯,他将流浪儿带回了山庄,并为他起了个名字叫希斯克里夫。从此,这两个对称的家庭便失去了平衡,日子不再平静。希斯克里夫皮肤黝黑,性格倔强,行为粗野。当他长大之后,恩肖夫妇已经相继去世,他与恩肖的女儿凯瑟琳产生了爱情。但她的哥哥欣德利则依然将希斯克里夫看作奴仆,于是从中作梗,百般阻挠。凯瑟琳最终经不住门第和金钱的诱惑,放弃了希斯克里夫,与邻居阔少爷埃德加结婚。深受打击的希斯克里夫愤然离去,并开始实行他的报复计划。几年后他以富翁的身份返回了呼啸山庄。此时,凯瑟琳已死于难产,生下女儿凯茜。希斯克里夫设法使欣德利成为一个酒鬼和赌棍,并赢了他所有的家产,于是欣德利的儿子哈洛顿成了希斯克里夫的奴仆。随后希斯克里夫又与情敌埃德加的妹妹伊莎贝拉结婚。他不仅肆意虐待妻子,而且连伊莎贝拉为他生的儿子也不放过。当伊莎贝拉去世后,他的儿子、凯茜和哈洛顿均已长大成人。希斯克里夫又设法使自己病危的儿子与凯茜结婚,待儿子死后,他便独霸了凯茜从父亲处继承的那笔财产。希斯克里夫在完成了他的全部报复计划后便失去了生存的理由,最终绝食而死。

《呼啸山庄》在表现手法上别具一格,充分显示了作者的艺术匠心。这部小说的成功至少体现在三个方面。首先,作者塑造了鲜明的人物形象。她笔下的几个主要人物都有血有肉,生动逼真,使读者感受到他们鲜明的个性和强烈的情感。希斯克里夫的残忍,欣德利的骄横,埃德加的软弱,凯瑟琳的自私和伊莎贝拉的傻气均被作者描绘得栩栩如生,跃然纸上。其次,作者采用了生动的场景来渲染作品的气氛。呼啸山庄作为小说故事发生的地点具有奇异的地域色彩。山庄位于草木丛生、冷落偏僻的山坡上。每当天色灰暗、北风呼啸时,山庄便显得更加阴森可怕。特别是凯瑟琳的幽灵在黑夜中呼喊时更是增添了作品的恐怖气氛。总之,作者对外部景色的生动描绘进一步渲染了小说的主题,增强了作品的神秘主义色彩。最后也是最重要的是作者别出心裁的叙述笔法。她采用的一系列第一人称的叙述并不完全按照直线型的时间顺序进行。小说开局,恩肖先生的房客洛克伍德来山庄看望房东,他从女佣内莉口中得知山庄的许多怪事。此刻,小说已接近尾声,而希斯克里夫的报复计划也已基本成功。读者便急切地想知道其中的秘密和各种复杂的原因。作者在小说中还让凯瑟琳和伊莎贝拉用第一人称叙述,从各自的角度向读者诉说一部分事实真相。然后,洛克伍德又重返山庄,惊讶地发现这里的重大变化,并再次从女佣内莉口中了解到事情的来龙去脉。这种叙述笔法无疑使情节更加富于悬念,使故事更加引人入胜。显然,艾米丽的叙事手法具有极强的艺术效果,在英国19世纪的小说中是极其罕见的。

艾米丽·勃朗特是英国文学史上一位不可多得的女作家。

她非凡的智慧和杰出的才华全部融汇在她的经典力作《呼啸山庄》之中。她对人性的刻画入木三分,对善与恶的表现精彩无比,常常令读者赞叹不已。

三、安妮·勃朗特的小说创作

安妮·勃朗特在三姐妹中文名较平,但是她表现出诚实的社会批判态度以及细腻的写实主义风格,以自己温婉坚毅的人格和艺术魅力感动着读者,成为"勃朗特传奇"的一部分。她的文学成就除了1846年三姐妹联合发表的诗歌外,还有两部小说:《阿格尼斯·格雷》和《怀尔德菲尔楼的房客》。

《阿格尼斯·格雷》直接取材于作者做家庭教师的经历。小说共有25章,采用第一人称女性视角叙事。故事背景在19世纪中叶的英国,阿格尼斯·格雷是一个国教派牧师的次女,在英格兰北部度过无忧的少女时代。当阿格尼斯成人后,父亲生意失败,血本无归。为补贴家用,阿格尼斯不顾父母的反对,决定去做家庭教师。带着天真的乐观想法,她来到富商布鲁姆斯菲尔德家任职,负责照料和教育四个孩子。布鲁姆斯菲尔德夫人的冷漠傲慢以及孩子们的粗野和自私令阿格尼斯精神十分痛苦。一天,夫人的小儿子汤姆残忍地折磨一窝小鸟,善良的阿格尼斯毅然杀死了小鸟来阻止男孩的暴行。为此,她开罪了主人,很快被解雇。之后,她来到贵族乡绅穆瑞家为四个孩子做家庭教师,仍然受到主人的歧视怠慢。在苦闷中,阿格尼斯认识了这里的副牧师爱德华,很快爱上了这个真诚质朴的青年。阿格尼斯的父亲去世后,阿格尼斯回到家中,与母亲一起成功地开办了自己的学校。大约一年后,阿格尼斯在海边邂逅已成为教区牧师但清贫依旧的爱德华,他们成婚,建立了幸福的家庭。这是一部女性成长小说,艺术地表现了主人公从天真单纯走向成熟的人生经历。小说以严肃的批判态度对维多利亚社会的许多问题进行了冷峻的探讨,内容涉及道德意识、阶级平等、家庭教育,妇女的地位和出路等,尤其对当时泛滥的物质主义以及维多利亚虚伪腐朽的家庭观念予以无情的审判。

安妮的第二部小说《怀尔德菲尔楼的房客》以现实主义的手法大胆触及了堕落放纵、酗酒吸毒、婚姻失败等敏感题材。这是一部书信体小说,由一个简单的编辑前言和分为三部分的53章书信、日记构成。叙事由男主人公吉尔伯特写给朋友的信以及女主人公海伦的日记组成。前15章是吉尔伯特写给朋友哈夫德的信件,讲述他们怀尔德菲尔楼新来的神秘房客格雷厄姆夫人。她带着一个孩子,身份貌似寡妇,吉尔伯特开始对她深为反感,但是逐渐了解并爱上了她。然而,他看到夫人在深夜与房东劳伦斯进行私密谈话,又对她产生误解,并殴打劳伦斯。夫人约吉尔伯特见面,把自己的日记给了他以澄清真相。小说的第16到44章是格雷厄姆夫人的日记,交代了她的身世和失败的婚姻。原来她叫海伦,曾爱上英俊有才的亚瑟·亨廷顿,并不顾家庭反对与之结合,婚后,海伦才发现丈夫品德不佳,堕落放荡,沉溺酒色。海伦努力拯救丈夫,却均告失败,于是在绝望中带着儿子离家出走,入住怀尔德菲尔楼。第44章结尾到第53章又回到吉尔伯特的书信叙事,记叙了他获知事情真相后发生的事件:海伦得到丈夫病危的消息,不计前嫌,返回家中护理照顾他,直到他去世。最终善良的海伦和吉尔伯特缔结良缘。

作品大胆涉及了性别平等问题,有鲜明的妇女解放思想,被认为是最早的女性主义小说之一。女主人公海伦的人生和个性在当时具有反传统的性别革命色彩。这也是一部有真切体验的成长小说,既有女主人公海伦的女性经历记录,也有男主人公吉尔伯特的心路历程。小说采用的书信和日记形式在叙事上具有直接和私密的特点,能够很好地体现男女主人公的内心世界和人生态度。小说的叙事结构与《呼啸山庄》有相似之处,也采用两个叙事者,首先营造秘密,设置悬念,然后逐步揭开谜底。

第六章　第二次工业革命时期的英国文学（19世纪下半叶）

19世纪下半叶的英国在维多利亚女王的统治之下，处于维多利亚时期（1837—1901），社会发展较为稳定，虽然期间发生了多起经济危机，农业受到致命打击，但是整体相对稳定，为文学创作提供了良好的发展空间。这一时期涌现了一大批优秀的诗人、小说家、戏剧家等，他们共同创造了19世纪下半叶英国文学的辉煌。现实主义文学具有强烈的批判性，这将第一次工业革命中的各种弊端全盘暴露出来。与第一次工业革命不同的是，英国在第二次工业革命中失去了领头羊地位，逐渐被美国和德国所赶超。而拥有着广袤海外殖民地的大英帝国资本家们不思进取，满足于原有的生产方式，放慢了求新求变的脚步，由此工业革命中的弊端就愈发显得醒目，反映在英国现实主义文学作品中，则刻画得入木三分。

第一节　现实主义诗风的崛起

19世纪30年代，一股现实主义之风在英国刮起，这不仅促使了英国现实主义小说的繁荣，也对这一时期的诗歌创作产生了深刻的影响。这一时期的诗歌与19世纪上半叶的浪漫主义有本质的区别，它们更多的是陈述资本主义发展时期的新的民族意识与道德观念，讲究客观的描述，偏重理性的因素。正是在这样的思想的影响下，阿尔弗莱德·丁尼生（Alfred Tennyson，1809—1892）、罗伯特·布朗宁（Robert Browning，1812—1889）、伊丽莎白·芭蕾特·布朗宁（Elizabeth Barrett Browning，1806—1861）等创作了不少优秀的诗篇,为英国文学的历史增添了新的一页。

一、阿尔弗莱德·丁尼生的诗歌创作

丁尼生是英国19世纪下半叶最优秀的诗人。他出身于一个牧师家庭,从小生活在恬静、优雅的环境中,并在父亲的帮助下学习语言和文化。1827年,他与哥哥查尔斯共同发表了他的处女作《哥俩集》。1828年,他进入剑桥大学读书,期间因发表诗歌《蒂姆巴克图》而荣获学校的奖章。1830年,他于离开剑桥之前发表了诗集《抒情诗篇》。1832年,丁尼生又发表了一部诗集,但他的作品遭到一部分保守的评论家的贬斥。在以后的十年中,他甘于寂寞,勤奋创作,孜孜不倦地追求完美的艺术风格。1842年,他发表了两卷本《诗集》,并获得成功,终于在英国诗坛赢得了声誉。

丁尼生步入中年之后对诗歌创作更是锲而不舍,其作品的艺术质量也不断提高。1850年,他发表了沉痛哀悼剑桥挚友哈勒姆逝世的著名长篇挽诗《悼念》,由此名声大振,从而进一步确立了自己在英国诗坛的领导地位。同年,杰出的浪漫主义诗人华兹华斯去世,丁尼生被英国王室封为桂冠诗人,并获男爵称号。1892年,丁尼生因病去世。

丁尼生的诗歌创作跨越了半个世纪的历程;前期作品大都以抒情短诗为主,而后期作品则以长篇叙事诗为主。这些作品不仅题材广泛,而且风格多样,其中有的表达了诗人对生活中酸甜苦辣的感受,有的反映了他对往事的回顾与追思,也有的陈述了人生的普遍哲理和作者对人类命运的深刻思辨。

《公主》是丁尼生创作生涯中期的一首长篇叙事诗,是一首长达三千二百余行的无韵体叙事诗。它刻画了一个为提高妇女社会地位而奋力抗争的新型女性形象。公主认为妇女有和男子同样的智慧,应该有同等的社会地位和受教育的权利。她拒绝嫁给一个门当户对的邻国王子而只身逃出,创办了一所女子大学,对

第六章 第二次工业革命时期的英国文学(19世纪下半叶)

长期受歧视的妇女进行启蒙教育,使她们掌握知识,认识世界,摆脱奴性心理,做自己的主人。公主虽然认识到妇女受压迫、被欺侮的不平等的社会现象,但她没能够找出其真正原因,错误地把男女对立起来,不加区别地把所有男子作为妇女斗争的对象。她不允许她的学生与男人接触,即使是偶尔看到男人也要受到重罚。这种单纯依靠妇女力量所进行的解放斗争最终失败了。在王子的启发下,公主认识到只有男女联合起来斗争,妇女才能获得解放。最后,她和这位王子在互相了解、真正相爱的基础上结合了。这首诗作是诗人对当时社会上进行的关于妇女作用的辩论所做出的一种反应。作品的第七诗章写出了王子在历经沧桑之后所得到的观点。根据王子的想象,社会会逐渐改变,男人和女人在保持自己的独立立场的同时,对于对方的长处都会渐渐地相互了解和同情。王子认为,女人的事业也是男人的事业,男女一起沉浮消长,荣辱与共,一起享受自由或做奴隶。男人不能改变和左右女人,否则美丽的爱情会被毁灭,女人和男人不同,男女之间最紧密的连接不体现在二者的相同里,而存在于他们的不同当中。他们在常年生活中一起成长,男人会变得更有感情、更精神高尚,女人会变得更豁达、更持家有方。男女人格独立,而又相互尊重。这样,人间才会再见到一个更加宏伟的伊甸园,人类才能尽善尽美:

> 亲爱的,但让我们现在把这些浇铸在我们的生活中,让这个骄傲的"平等"口号永存;各把对方视作自己的一半,在真正的婚姻里不存在平等或不平等;一方弥补对方的缺陷,在思想、目的、意愿上,男女一起成长,成为唯一的纯洁与完美的动物,两颗心脏一起充满生力地跳动。

这里所表现的是一种高度现代化的观点。之所以称其为"高度",是讲它已经超越了妇女运动的反对父权、伸张自我的阶段,而到达人的认识论的最高阶段,即两性平等而和谐相处的阶段。这个观点出现在19世纪中期,实在令人拍案称奇、嗟叹不已。

《悼念》是丁尼生的代表作。这首诗不仅充分表达了作者对亡友哈勒姆不幸逝世的深切哀悼,也全面反映了作者的人生观和价值观。

这部组诗共由 131 首长短不一的抒情诗组成,是一个规模宏伟,谨严完整的艺术整体。第一首从内容和格调来看像是全诗的"序曲",反映诗人在经过痛苦的思想危机之后,信仰的重新确立和对知识的强烈追求。组诗中提到的三个圣诞节基本上标志着诗人思想发展的三个阶段。第一个圣诞节笼罩着感伤的色彩,朋友的病逝使诗人感到孤寂和忧伤。哈勒姆曾是他的良师益友,他的政治观点和生活观点的形成都受到了哈勒姆的重要影响,朋友的逝世使他失去了精神上的支柱。同时地质学、生物学、天文学领域里的新发现,动摇了传统的思想体系和宗教信仰,更加深了诗人对人的价值和人生意义的怀疑。组诗的前面部分以低沉灰暗的笔触,描写自然的凄凉暗淡和人生的变幻莫测。在严重的思想危机中,诗人陷入深沉的思索,第 54、55、56 三首诗反映诗人的痛苦思考的心境。直到第 78 首,即第二个圣诞节,诗人还在探讨发问。但第二个圣诞节已透出信仰的新声和希望的微光。稍后的抒情诗以较轻松明快的笔调描述诗人信仰的重新确立和精神的再次复活。在第 104 首诗中——第三个圣诞节,钟声像一个陌生人的声音唤醒了一切。诗人也从痛苦中振作起来,对未来,人生又充满了希望和信心。《悼念》的成功在于将诗人对个人悲伤的表达转为对生活本质和人类命运的思索。因此,读者听到的不只是丁尼生对亡友的悼念,还有为对人类的博爱、对苦难的同情和对未来的憧憬,这就使这首挽诗有了深度和广度。

二、罗伯特·布朗宁的诗歌创作

罗伯特出身于伦敦郊区的一个中产阶级家庭。幸福的家庭环境使罗伯特从小接受良好的教育。少年时代,他曾在一所寄宿学校就读,后来一度成为伦敦大学的学生。他在家庭教师的辅导

第六章 第二次工业革命时期的英国文学(19世纪下半叶)

下不仅学习外语和音乐,而且也学习拳击和马术。此外,他还游览了意大利和俄罗斯等国。这种不寻常的教育为他后来的诗歌创作提供了丰富的素材。后来,布朗宁与比他大6岁的英国著名女诗人伊丽莎白·芭蕾特产生爱情并走入婚姻,这对他的诗歌创作产生了重要的影响。在意大利生活期间,他的诗艺更趋成熟,技巧更为老练。1861年,伊丽莎白不幸去世。布朗宁怀着极度悲痛的心情与儿子离开意大利,返回伦敦继续从事文学创作。1864年,他发表了以现代社会生活为题材的诗集《登场人物》,获得了好评,从而使他加入了英国诗坛明星的行列。

罗伯特赞成现实主义创作手法,反对把神话直接用作创作题材。他的诗歌创作清楚地表明,他尝试着从心理角度运用神话。在《和杰拉德·戴·莱里斯的谈话》一诗的创作中,诗人在构思时,思考着把两个故事合并在一起讲述是否会取得更好的艺术效果:这两个故事,一个是重复古老的希腊神话故事——朱欧帕因给孩子摘鲜花而受到严惩的故事,一个是讲述在现实里发生的英国女孩采摘自家种的苹果的故事。罗伯特想冒险尝试一下采用双重视角的效果。他在《和杰拉德·戴·莱里斯的谈话》中说,我们已把古希腊人超越过去,现代诗人不应换汤不换药。罗伯特的这种双重视角引导20世纪的文学创作回归到了神话传统。罗伯特的许多诗歌,如《莱里斯》《阿维森》,甚至全部《谈话录》,只有在象征主义和神话方法的框架内才能得到最完美的理解。

叙事史诗《戒指与书》是罗伯特后期最重要的作品,也是他一生的代表作。全诗分12章,长达20 934行,用无韵诗体写成。第一章介绍故事的来源与梗概,最后一章是诗人的议论,与第一章相对应。中间的十章是关于案件审理的过程。作者没有按照事件的发展顺序来组织情节,而是让诗中人物通过独白,从不同的立场和角度来叙述自己对案件的看法。在所有人物的独白基础上,读者可以进行串联分析,了解案情的全过程,得出自己的看法。人物的身份教养不同,他们的思维方式和语言表达方法也有一定的差别。如第二、三、四章是三个罗马市民的叙述。他们的思维比较简单,看法显得肤浅和片面,使用的语言相当粗俗。而这三个人又分别代表了对此案持不同态度的三种罗马市民;第八、九章是辩护律师的发言。他们学识渊博,发言时满口拉丁文,引经据典,条理分明,显示出较高的文化教养。在人物进行独白时,布朗宁着重让他们暴露自己的行为动机。通过对心理动机的把握,表现人物性格,揭示案件的原因。如圭迪是长诗中的主要人物,在审讯开始时,他气势汹汹,不可一世,但当案情明朗时,他不得不用大段的独白解说自己的犯罪心理,这有力地表现了他那自私冷酷而又阴险毒辣的性格,同时也使案情的真相大白。

《戒指与书》揭示了多重主题,这其中包括诗人对真理的本质和人类认识可靠性的探讨。人对事物的看法常常因人而异,对同一事物存在着多种观察视角和相互矛盾的评论。这就决定了一个认识论事实,即真相不易被发现。罗伯特基于这种认识,在长诗里展现多种视角,以充分表明假象常常掩盖真相的道理。同时,这部作品还展示了那个时代所具有的一些价值观念,包括强调家庭观念和孝道、重视婚姻和相互忠贞不贰、宣扬母爱,等等。

三、伊丽莎白·芭蕾特·布朗宁的诗歌创作

伊丽莎白是罗伯特·布朗宁的妻子。她出身于富裕家庭,从小体弱多病,长期卧病在床。与那一时代的其他女性不同,她不仅有幸在其兄弟的家庭教师的辅导下学习拉丁语和希腊语,而且在家中博览群书,阅读了大量的文学、历史和哲学著作。她从小醉心于诗歌创作,13岁时便发表了她的第一部诗集。伊丽莎白39岁时遇上罗伯特,两位诗人志同道合,情趣相投。但是,她的父亲坚决反对他俩的婚事。伊丽莎白因此离家出走,同罗伯特结婚后去了意大利,并在那里度过了自己的余生。

伊丽莎白的许多诗歌都表现出社会的、道德的和政治的色彩。可以说,伊丽莎白是通过诗歌实现了个人与政治的平衡。在她早期的宗教性诗歌中就已经明确地表现出一位诗人的责任感,

而在她的以家庭、国际问题和性别为主题的诗歌中,她作为诗人的责任感表现得更为充分。她关心英国社会情况,关注社会中存在的不平等现象,对英国社会对矿山童工的压迫给予严正的批判。《孩子们的哭声》就是其中代表性的作品。这首诗是在她的一个朋友霍恩(R. H. Home,1803—1884)写的关于英国工厂和矿山雇用童工的情况报告的启发下写成的。伊丽莎白在诗中描写了当时孩子们所遭受的痛苦,批判了在工厂和矿山所存在的剥削和压迫。她指出了孩子们被剥夺了童年,只能以死来摆脱痛苦的真正原因,同时表达了她对上帝的不信仰,以及对国家的现在和未来的深切忧虑。

伊丽莎白还在诗歌中对奴隶制进行批判,《移民点逃跑的奴隶》和《希腊奴隶》都表达了对奴隶的同情。伊丽莎白在诗中反对任何形式的奴隶制。在她眼里,不论是在世界的哪个角落,不论是哪个国家,不论是哪个人,只要是赞同奴隶制,就应该遭到批判。她批判自己的父母,因为他们的家庭都有过奴隶。她甚至写了一首《大卫·里恩》,认为自己因为用过奴隶而应该受到谴责。在这首诗中她不仅提到了奴隶主和奴隶的关系,也提到了父亲和女儿的关系。伊丽莎白认为她的父亲对待孩子们就像对待奴隶一样。

伊丽莎白用诗歌暴露社会的弊端,表达进步的理想,使诗歌深深地扎根于现实生活的土壤之中,因此她的诗歌具有炽烈充沛的感情和动人心弦的力量。

第二节 人间画面的温情描绘者:狄更斯

查尔斯·狄更斯(Charles Dickens,1812—1870)是英国19世纪最伟大的小说家,也是批判现实主义的杰出代表。他的小说不仅真实地反映了整整一代人的生活经历,而且生动地揭示了19世纪中叶整个英国的社会现实,其深度与广度远远超过了同时代的任何文学作品。

狄更斯出身贫寒,父亲是英国海军部门的一位小职员,薪水微薄,常常入不敷出。狄更斯10岁那年,他父亲因债台高筑无力清偿而被关进伦敦的一个债务拘留所。由于家中一无所有,根据当时的法律,他母亲和孩子们也一起搬进拘留所居住。这时,狄更斯刚满12岁,被认为已到"自立"的年龄,因而被送进一家黑皮鞋油作坊当童工,整天从早到晚洗刷玻璃瓶,并在瓶上粘贴鞋油商标。狄更斯在贫困与痛苦中度过了自己的童年。后来,他的一位亲属去世,他父亲得到了一笔遗产,从而还清了债务并获释出狱。狄更斯本人也有幸进入一所私立学校就读。15岁时,他又因家庭经济拮据而不得不中途辍学,到伦敦的一个律师事务所去当办事员。这项工作不仅使他学会了速记,而且还使他有机会走遍这座城市的大街小巷,同形形色色的人接触,充分体验社会各阶层人士的生活。与此同时,他靠自学来充实自己的教育,经常在伦敦的图书馆内博览群书,孜孜不倦地学习与吸收人类的智慧与艺术精华。几年后狄更斯担任了一家报社的采访记者,经常在英国议会中列席采访,目睹了议会政治的肮脏内幕。1833年,青年狄更斯开始从事文学创作。出于职业的兴趣,他最初采用新闻特写体创作,并以波兹的笔名陆续发表了描绘当时英国社会生活的幽默作品,受到了读者的青睐。1836年,他出版了两卷本《波兹特写》。同年,狄更斯发表了他的第一部长篇小说《匹克威克外传》。尽管这部作品在艺术上并不成熟,但它以夸张的手法和讽刺的笔触描绘了英国社会各阶层形形色色的人物,形象滑稽,内容风趣,在读者中引起了强烈的反响。从此,狄更斯名声大振,成为当时最受欢迎的作家之一。

在以后的三十多年中,狄更斯振笔疾书,笔耕不辍,以惊人的毅力创作了一部又一部长篇巨著。他的创作范围是当时整个英国社会:有负债人监狱及法庭、新警察势力、议会选举、政府机关、济贫院、童工以及各种社会弊端。这是一个充满形形色色的不同种类人的世界,书中包括来自各阶层的人物:被剥夺继承权的孤

第六章　第二次工业革命时期的英国文学(19世纪下半叶)

儿、无家可归的孩子、扫烟囱的孩子、狡猾的骗子和盗贼、冷酷无情的雇佣者、虚伪的慈善家与福音布道者、像葛雷庚一样冷酷无情的人(《艰难时世》)、像匹克威克一样乐善好施的人(《匹克威克外传》)、处于自我发现和改变过程中的人如斯克罗奇(《圣诞颂歌》)、没有一点儿良知的非常邪恶的人、没有性格缺陷的非常善良的人,以及非常幽默风趣的人如邦布先生(《雾都孤儿》)和密考伯一家(《大卫·科波菲尔》)。这个世界使读者能够鸟瞰当时英国社会的全貌:伦敦交通、大雾、公共马车、泥泞的道路、马戏团、蜡像馆、小旅馆、杂货店、泰晤士河上的汽船、铁路、工厂、贫民窟、宪章运动,以及宗教骚乱。他的作品反映出他生活的英国的各个时期的状况。人们如果以十年为一个阶段,从19世纪20年代到60年代的几十年,在他的作品中都有描述,并为他的作品提供了历史背景。《艰难时世》的基调贯穿了整个维多利亚时代,《双城记》以法国大革命时期为背景,《匹克威克外传》写维多利亚时代早期的生活。《小多丽特》显现出19世纪20年代的特征,《董贝父子》显现出19世纪40年代的特征,《埃德温·德鲁德的秘史》显现出19世纪50年代的特征,《我们共同的朋友》反映出19世纪60年代的特征,等等。狄更斯以艺术典型化的技巧生动地、成功地揭示了英国广阔的社会图景。

　　狄更斯一生致力于长篇小说的创作。在他发表的近二十部小说中,他始终以英国的现实生活为题材,生动地刻画了资本主义社会的真实面貌。狄更斯的批判现实主义小说不仅对英国文坛的统治长达半个世纪之久,而且对世界文学的发展产生了巨大的影响。

　　《奥利弗·特威斯特》是狄更斯早期文学生涯中一部很重要的社会小说,它首次确立了作者在创作中的批判现实主义倾向。狄更斯在这本小说中将视线转向了英国贫苦儿童的悲惨命运,对揭示社会的阴暗面产生了浓厚的兴趣。小说向读者反映了一系列严重的社会与道德问题,并揭开了英国慈善机构虚伪的面纱与假象。

主人公奥利弗一出生就成了孤儿,被放进了孤儿院。他曾在济贫院做童工,跟人当学徒,因不服师傅管教被痛打一顿,一气之下去了伦敦。快到伦敦时他被道奇带到教唆犯费金的贼窝。费金教他如何扒别人的钱包。一次行窃时他被抓进了警察局。被偷的老人布朗洛先生十分仁慈,把他带回家中。布朗洛惊奇地发现,奥利弗的长相和家里画中的一位年轻女人十分相像。费金对奥利弗的出逃十分恼火,把他抓回贼窝后又迫使他去偷窃。奥利弗被枪击伤,苏醒后爬到附近的一幢房子前,被梅利夫人收下,精心照顾。费金伙同奥利弗的同父异母的哥哥蒙克斯千方百计要把奥利弗培养成罪犯,以便蒙克斯独吞遗产。仁慈的布朗洛认出蒙克斯是他以前一位朋友的儿子,他设计抓住蒙克斯,迫使后者交代了一切秘密。警察捣毁贼窝,费金被判处绞刑,一切阴谋诡计和秘密都昭然于天下。布朗洛先生收养了奥利弗。蒙克斯逃到美国,重操非法行当,结果被判终身监禁。

在这部小说中,作者生动地描述了主人公在济贫院、贫民区和贼窝的生活经历,同时也对牧师助理本博尔和盗窃集团头子费金等反面人物作了漫画式的讽刺。狄更斯十分注重对人物个性的描写,用极其细腻的笔触来刻画人物的特征,给读者留下了深刻的印象。在作者的笔下,主人公奥利弗既是黑暗社会和邪恶势力无辜的受害者,又是盗窃集团的成员。狄更斯十分确切地把握了这个具有两种截然不同身份的人物的性格,极其巧妙地处理了两者之间的矛盾,使奥利弗的形象在其本身的清白与环境的邪恶之中得到充分的展示。作者对小说主人公的同情与肯定是显而易见的。他千方百计使奥利弗在罪恶的环境中依然保持一份清白。此外,狄更斯还成功地刻画了一系列反面人物的形象,以巨大的艺术表现力来描绘他们的性格,显示出强烈的现实主义感染力。

《大卫·科波菲尔》是作者创作中期的作品,也是狄更斯个人最喜爱的小说,它具有浓厚的自传色彩,尤其是主人公的早期生活与狄更斯的亲身经历几乎如出一辙。

第六章　第二次工业革命时期的英国文学(19世纪下半叶)

小说主人公大卫是个遗腹子,继父摩德斯通性格粗暴,心狠手辣。倔强的大卫被赶出家门,送入寄宿学校。校长也是一个性格残忍暴躁的暴君。大卫年仅10岁就被送进伦敦的一所仓库做工,常常要干成人的重活,而且时常吃不饱,始终处在半饥饿状态。这期间他唯一的乐趣就是和性格开朗的米考伯先生交上了朋友,并寄宿在他家。后来无依无靠的大卫投靠他唯一的亲戚贝特西姨婆,到坎特伯雷上学。大卫住在姨婆的律师威克菲尔德先生家里,与律师的女儿阿格尼丝建立了深厚的感情,这对他今后的人生道路产生了极其重要的影响。大卫17岁进入一家律师行,经过多年努力之后最终成为一位知名作家。经过一番波折,他如愿以偿地娶了一直深爱着他的阿格尼丝。

狄更斯在这部小说中塑造了许多家喻户晓的著名人物,如乖僻却善良崇高的贝特西姨婆,潦倒而快活的米考伯先生,貌似谦卑却野心勃勃的希普,永远也长不大的"娃娃妻"朵拉,等等。他刻画的人物性格不一定深刻复杂,但鲜明生动,显示出对人性的深刻洞察,令人过目难忘。狄更斯主要是通过外部特征来描写人物的,不过他很少静态地详尽描画人物肖像服饰,而是抓住人物外表、语言或行为的典型特征,予以强化和夸张,如希普将身体扭得像鳝鱼的动作和双手黏湿、阴冷的特点,米考伯太太"我决不抛弃米考伯先生"的口头禅,米考伯先生有爱写咬文嚼字、言过其实的信的癖好,写人非常传神,效果极为强烈。小说在叙事过程中把这些人物并列、比较,以智慧和"接受调理"为标准对他们做评断,以此将人物划为界限分明的两大阵营。大卫和希普各自的奋斗道路因为他们道德上的对立而形成鲜明的对比,而人物命运的好坏与他们道德品行的高下紧密联系在一起。狄更斯笔下的这些人物逼真、实在,读者通过想象很容易进入书中的角色,这正是狄更斯文笔的高明之处。此外,《大卫·科波菲尔》的社会批评非常明显。它翔实地描绘了伦敦的城市景观,针砭了财大气粗、固执、传统的中产阶级,揭露和批评了维多利亚时期社会上存在的许多其他问题。这些包括妇女缺乏工作机会问题、负债人监狱里的不公平现象、学校的专制、童工的痛苦、娼妓问题以及对精神病人的人道主义待遇问题。狄更斯针对这些问题提出的对策是采纳狄克的自发性智慧、米考伯的真诚以及佩格蒂的简朴的执着。

《荒凉山庄》是狄更斯创作生涯后期的一部重要作品。小说背景是19世纪中叶的英国,素材取自于法院审理的一桩真实案件。小说的故事情节非常复杂。它的主要人物是埃丝特·萨默森。年轻的埃丝特是约翰·贾迪斯先生荒凉山庄的女管家,她幼时受到已故教母的虐待。在"贾迪斯控告贾迪斯"的官司中,贾迪斯先生的一位律师塔金霍恩获得了有关埃丝特的生母的线索,最终查到她的生母是戴德洛克夫人。这位夫人年轻时爱上霍顿,生下私生女埃丝特。在查明这件事的真相的过程中,有许多人被牵涉进去。其中有一位外科医生——伍德考特——爱上了埃丝特。后来埃丝特患病。当年老的贾迪斯向她求婚时,她主要出于感激而接受了他的要求。塔金霍恩最终被谋杀,著名的调查官巴克特迅速地解决了这个案子。戴德洛克夫人亲自把全部真相告诉埃丝特。她后来被人发现死在埋葬霍顿的教堂的墓地里。当贾迪斯发现埃丝特真正爱的人是伍德考特时,他给予她自由。这两个年轻人结合在一起,从此以后过着幸福的生活。"贾迪斯控告贾迪斯"的官司最终结局是家族财产在诉讼过程中全部被耗空。

狄更斯在《荒凉山庄》中也塑造了一批令人难忘的人物形象,如爵士夫人,她是狄更斯笔下刻画得最出色的女性形象之一。她的形象具有浓厚的悲剧色彩。她一直生活在煎熬和折磨之中,惶惶不可终日,总害怕自己的秘密被人揭穿。实际上,她的丈夫已经知道她的秘密,而且依然爱她如初。她死后不久,他也跟着去了,表明他是多么爱她。作为埃丝特的母亲,她不能认她,和女儿只有一次幸福的相聚。狄更斯在这里运用原罪的规律处理她的命运。他安排埃丝特的父母双双离开人世,以向世人表明:年轻时一旦失足,必将导致终身的灾难。在叙事手法方面,《荒凉山庄》尤为特别,由作者第三人称全知视角叙述与小说人物埃丝特——一个身世不幸但品行高尚的理想女性与第一人称回顾性

第六章　第二次工业革命时期的英国文学(19世纪下半叶)

叙述交叉进行,建立了客观和主观、男性和女性双重视点。前者用现在时态,俯瞰式表现事件,不时做出评点批判,使用狄更斯擅长的夸张、幽默和讽刺手法,并显得更为成熟。后者在故事发生七年后回忆往事,用过去时态,采用主观限知视角,语调温和。两种视角和叙事语调互相补充又显出差异,既广泛地反映社会生活,又能深入到人物内心,而且多角度地刻画了人物形象。戴德洛克夫人的形象由于不同视角的观照,呈现不同色彩。如此,使得小说意义更丰富,有助于营造小说所揭示的神秘感和混乱感。此外,作者在小说中成功地采用了象征主义的手法来烘托作品的主题。小说中一个最引人注目的形象是灰蒙蒙的雾,它象征着贵族阶级的腐朽和社会的阴暗。在小说中,大雾弥漫,无孔不入,它不仅渗透进荒凉山庄,而且也笼罩着伦敦和泰晤士河,强化了作品的忧郁和神秘的气氛,对渲染小说主题起到了极为有效的辅助作用。总之,这部小说无论在艺术形式还是创作技巧上都别具一格,不愧为英国批判现实主义文学的上乘之作。

《艰难时世》是狄更斯最重要的社会小说,篇幅大大短于他的其他小说,结构紧凑。小说带有道德寓言性质,以批评边沁的功利主义和曼彻斯特派经济学家的理论为出发点,宣扬情感和爱的力量。

小说中,斯蒂芬是邦德比纺织厂的工人,爱上了工友雷恰尔。他的妻子酗酒成性,他要离婚,可《议会法案》规定,只有富人才能离婚。路易莎在父亲格拉德格林德的坚持下嫁给邦德比。她的弟弟汤姆此时在邦德比的银行里工作,依仗姐姐是老板娘,整日游手好闲、放荡不羁。邦德比的工厂里工人组织工会,斯蒂芬因不愿参加而受到排挤。邦德比向他打听工会情况,他依然为工会说话,结果被解雇。不久,斯蒂芬又中汤姆的奸计,成为盗窃银行的嫌疑犯,邦德比到处悬赏捉拿他。邦德比的管家以为一位老妇人是斯蒂芬的同伙,把她抓去见主人。不料,老妇人竟是被邦德比遗弃的母亲。这个从穷光蛋变成富翁的吹牛大王顿时名声扫地。人们终于发现真正偷钱的人是汤姆,但他被抓住以后,在别人的帮助下又逃跑了。最后，邦德比解雇了管家，指责她管得太多，损害了他的婚姻和名誉。小说结束时，每个人都在一定程度上遭受了损失，只有马戏团依然如故。

坚持人的情感，以爱去战胜机器，是《艰难时世》的基本主题，例如：流浪卖艺的马戏团显示了健全人性和天然情趣，与病态丑陋的焦煤镇形成对照；出身马戏团的西丝所代表的仁爱和温情战胜了焦煤镇的冷酷、麻木不仁。狄更斯用近三分之一的篇幅直接描写了工人所遭受的不人道的待遇，反映了宪章运动时期尖锐的劳资矛盾。但他对宪章运动的"暴力派"持否定态度，同情和赞美信奉和平、守义务尽责任、具有宽容谅解精神的工人斯蒂芬。象征手法在这部小说中运用得十分成功。科克镇犹如石块堆砌起来的一片丛林，单调沉闷、黑暗弥漫，令人窒息。散发刺鼻气味的工厂就像丛林中的大象，而浓烟酷似阴险的毒蛇，儿童好比需要盛满的容器，时刻在嗷嗷待哺。这一切都是十分形象的象征。

《双城记》是狄更斯创作生涯中一部全面而深刻地揭示国际性主题的现实主义小说。这部发表于作者文学生涯巅峰期的历史小说以法国大革命为背景，通过法国医生梅尼特、贵族子弟达奈、革命者德华吉夫妇和见义勇为的青年律师卡尔顿等人的生活经历，生动地描述了当时伦敦和巴黎暴风骤雨般的阶级斗争和危机四伏的社会局势。

《双城记》主人公梅尼特医生在巴士底狱服刑十八年，洛里同医生的女儿露西去找他。经过多年的折磨，梅尼特已是未老先衰，丧失了记忆，境况十分凄惨。在英国教书的法国人达奈与律师卡尔顿长相酷似，而且两人都为露西的美丽所倾倒。卡尔顿喜欢酗酒，自认配不上露西，但愿意为她献出生命。最后达奈与露西结为夫妻。1789年法国人民发动起义，攻打巴士底狱，焚烧贵族庄园，暗杀或囚禁统治者。1792年，正当法国大革命进行得如火如荼的时候，达奈感到应该返回故土承担自己应尽的责任。他瞒着妻子回到法国，但立刻就被抓进了监狱。露西带着女儿，在父亲的陪伴下来到法国。梅尼特医生曾在巴士底狱坐过牢，人们因此把他视为革命的英雄。在他的请求下,达奈被无罪释放。然而,革命领导人德华吉夫人出于个人恩怨,又一次把达奈抓了起来,第二天就判他死刑。梅尼特医生绝望至极,旧病复发。卡尔顿此时来到法国,设法进入达奈的牢房,用药将他灌昏,然后换上他的囚服。由于他俩长相酷似,卡尔顿成功地代替达奈走上断头台。达奈和妻子及岳父安然逃出法国。为了爱情而自愿献身的卡尔顿在被斩首前,朦胧间感到一个美好的社会即将来临。他觉得自己将永远活在达奈一家人的心中,便面带胜利的微笑镇静自若地走向死亡。

《双城记》是狄更斯处于艺术生涯高峰时期的作品,因此它在谋篇布局和创作手法上都颇具特色。使读者印象最为深刻的是作者别出心裁的语言风格。狄更斯以极其精彩的语言生动地描述了骄横的侯爵坐在马车上横冲直撞轧死穷人孩子的镜头,德华吉太太满怀仇恨编织仇人名字时的情景以及巴黎人民攻打巴士底狱时轰轰烈烈的场面。诸如此类的描写在小说中比比皆是,在读者心中留下了难以磨灭的印象。尽管《双城记》在一定程度上也反映了作者的历史局限性和对革命运动的矛盾心理,但这部作品对我们了解当时英法两国的社会局势和现实生活具有一定的参考价值。

狄更斯把英国小说的创作推向了前所未有的高峰,他的小说代表了英国批判现实主义小说的最高成就。他以其独特的艺术手法,讽刺、幽默、夸张,乃至漫画式的笔触,塑造了一群栩栩如生、令人难忘的人物形象,全景式地展示了维多利亚时代的生活画面。小说情节复杂、气势宏大,充满了激情,具有强烈的艺术感染力。

第三节 冷眼俯看名利场:萨克雷

威廉·麦克皮斯·萨克雷(William Makepeace Thackeray, 1811—1863)是英国19世纪又一位杰出的批判现实主义作家。

由于他的小说当时在国内盛极一时,因而他曾一度同狄更斯在文坛上平起平坐,处于分庭抗礼的地位。

萨克雷出生于印度的加尔各答,祖父和父亲都是英国东印度公司的官员。他6岁丧父,7岁时被送回英国读书。他先在查特豪斯学校就读,后到剑桥大学的三一学院学习了一年半。在剑桥学习期间。萨克雷觉得能获取的想要的知识不多,于是决定离开,在游历中进一步学习。1834年,他决心到巴黎去学习艺术而自立。两年后,他成为一家报纸驻巴黎的记者。在这里他和爱尔兰一个军官的女儿、19岁的伊莎贝拉·肖相遇,1836年他们结婚。他们婚后度过了4年的幸福光阴。之后,萨克雷夫人开始出现精神病症状,此后一直恶化。1837年,他们回伦敦定居。萨克雷开始认真从事新闻工作,在多年里为生计奔波。他同时还进行文学创作,《英国的势利眼》成为他的第一部成名作。1847年1月,《名利场》开始以每月一期的形式出版,到次年7月结束时,他获得"英国一流小说家"的美名。1848—1850年,萨克雷的自传性最强的小说《潘登尼斯》问世,他的声名得到进一步加强。1851年他开始讲演,在伦敦做系列讲座,谈论18世纪英国幽默作家。1852年,他到达波士顿、纽约、费城、巴尔的摩、里奇蒙德、查尔斯顿、萨瓦纳等地,受到热情招待,结识了许多朋友。1855年,他再次横越大西洋到美国进行讲座,题目是《四个乔治》,同样取得巨大成功。与此同时,他写完了《纽卡姆一家》。1857年,他以牛漳城的代表身份竞选议会议员,高票落选。萨克雷回到文学创作上来,于1858—1859年发表了《弗吉尼亚人》。从这部小说开始,人们感到他的作品质量开始下降。1860年,他担任《康希尔杂志》的编辑,在这家杂志上他发表了他的散文集《漫谈文书》。但是他多年来积劳成疾,身体一直欠佳,已经不能胜任编辑的工作。1862年,他辞去编辑工作。1863年12月24日晨,萨克雷离世。

萨克雷一生著作颇丰,他的现实主义小说深刻地揭示了英国资产阶级的恶德丑行,并向读者展示了一幅幅上流社会生活的讽刺画卷。萨克雷作品的一个最显著的艺术特征便是他的幽默和

第六章　第二次工业革命时期的英国文学(19世纪下半叶)

讽刺。这位批判现实主义大师凭借自己对英国上流社会生活多年的观察，着力描绘了贵族资产阶级的虚伪和庸俗，对他们的种种丑行进行了无情的嘲弄。在他后期的作品中，作者的讽刺色彩和批判锐气有所减弱，取而代之的是他对现实社会的怀疑态度和感伤情绪。尽管如此，他的一部分作品在英国文学史上仍具有重要的影响，成为广大读者热情推崇的经典力作。这其中最为经典，也最能反映萨克雷作品特色的要数《名利场》。

小说的题目是"名利场"，副标题是"没有主人公的小说"。对于这个题目，普遍认同的解释是：小说既然没有主人公，它的内容就是关于大千世界。它主要表明作家对人世的态度。"名利场"这个词语引自17世纪作家班扬写的经典著作——《天路历程》。《天路历程》里描写了一个市场，在那里买卖的不只是名和利，还有许多其他东西，如国家、妻子、丈夫，包括灵魂在内，都标价上市出售；一切丑恶，包括盗窃、奸淫等，都应有尽有。《名利场》所描绘的也不只限于名利两项，它描绘了人类世界里形形色色的人和事，矛头所指的是人们整日忙碌，尔虞我诈，盲目地挣扎和拼搏，徒劳无益，浑浑噩噩，到头来细想，终究"落了个白茫茫大地真干净"的命运。

这部现实主义小说通过两条并行不悖的故事线索集中描述了两个性格不同的女主人公的生活经历：一个是穷艺术家的女儿丽贝卡·夏普，另一个则是富商的女儿阿米莉亚·塞特笠。丽贝卡出身低微，尝够了贫困的滋味，因而求富心切。为了跻身上流社会，她利用姿色和骗术，并以阿米莉亚同学的身份出入塞特笠家庭。她起初勾引阿米莉亚的哥哥乔斯，试图同他去印度享受荣华富贵。然后，她又来到克劳莱爵士家当家庭女教师。在博得克劳莱爵士欢心的同时，丽贝卡又与他的次子罗登打得火热。当克劳莱爵士在其太太去世的那天向丽贝卡求婚时，她由于急于求成而过早地嫁给了罗登，从而失去了当爵士夫人的机会。不过，丽贝卡作为罗登太太依然能自由出入上流社会，并继续与其他贵族勋爵勾勾搭搭。萨克雷通过丽贝卡的种种欺诈行为和道德丑闻将英国上流社会的腐败与虚伪描绘得淋漓尽致。

《名利场》的另一条重要线索叙述了阿米莉亚的生活遭遇。这位富商的女儿纯洁善良,与丽贝卡形成强烈的对照。阿米莉亚的父亲因经商失败而宣告破产。不久,阿米莉亚与年轻军官乔治·奥斯本相爱。乔治的父亲老奥斯本原来很穷,靠阿米莉亚的父亲塞特笠的帮助发了财。然而,当塞特笠破产之后,老奥斯本不仅竭力反对儿子的婚事,而且还投井下石,恶毒攻击塞特笠。作者将势利鬼老奥斯本的丑恶面貌和资产阶级社会中人与人之间赤裸裸的金钱关系作了极其生动的描绘。阿米莉亚一家的生活每况愈下,家境日趋贫寒。这时,她得到了乔治的同事杜宾少校的无私帮助。尽管杜宾深深爱着阿米莉亚,但他依然鼓励乔治振作精神,并帮助他俩成婚。不久,滑铁卢战役爆发。乔治在一次战斗中阵亡,但在此以前他曾与丽贝卡在布鲁塞尔勾勾搭搭,行为不轨。小说的后半部分主要描述了丽贝卡在上流社会厮混的经历和阿米莉亚与杜宾少校的爱情故事。

萨克雷在其他作品中曾指出,整个英国社会全给财神崇拜者弄糟了,上上下下所有的人都巴结、奉承和献媚,同时又在吓唬和鄙视别人。这段总结可谓是《名利场》的基本主题。为了深化主题,作者塑造了一系列个性鲜明、性格丰满生动的人物形象。虽说小说副标题指出故事没有主人公,但是萨克雷在描述过程中,还是有主次之分、着墨多少之别。丽贝卡可谓是真正意义上的女主角。她的身上具有许多时代特征,可以说是自由竞争时代的典型产物。她搔首弄姿、出卖姿色,使得一个又一个花花公子和达官贵人拜倒在她的石榴裙下,成了她的摇钱树。与此同时,她处心积虑地把自己打扮成一个良家妇女的模样,试图赢得一个有口皆碑的好名声。她奉行"适者生存"的原则,顺应堕落和虚伪的社会。因此,她是社会的产物,是当时社会道德习俗和风尚的真实体现。与丽贝卡形成鲜明对比的是阿米莉亚。她没有丽贝卡那种热情,更缺乏那种心计。杜宾真心爱她,她却痴心等待早已将她冷落的丈夫。丈夫所做的一切错事,她都视为自己的过错,甚

第六章 第二次工业革命时期的英国文学(19世纪下半叶)

至连他战死疆场,她也认为自己有责任。她逆来顺受,任凭命运摆布,让人感到可怜之至。作者从另一个角度表现了社会造成的不幸。她不像丽贝卡那样是受社会的影响走向堕落,而是由堕落的社会把她逼到了不幸的边缘。除了上述两位女性角色以外,萨克雷还塑造了一系列贵族形象,以批判社会,深化主题。斯坦恩勋爵就是一个典型。他是上流社会的头面人物,却道貌岸然,装腔作势,其爵位是靠赌博赢来的。他终日徜徉在酒色之中,就是这样一个人物,死后却受到人们的广泛颂扬,真是滑稽至极。作者通过他把表面上体面、实则肮脏不已的英国贵族的腐朽、堕落刻画得惟妙惟肖。

在创作手法方面,萨克雷认为,小说的艺术是表现自然,最大限度地传达真实。他对维多利亚时代的真实表现,可谓达到了19世纪英国现实主义文学的顶峰。作为一部优秀作品,《名利场》不仅具有深刻的主题和鲜明的人物形象,而且还有许多突出的艺术特色和创作技巧。

首先是情节方面。这部小说人物众多,情节复杂,而且作者时常撇开情节,独自发表议论,使得结构不易把握,然而,小说的发展一方面始终紧扣主要情节,即个人的社会奋斗;另一方面又紧紧围绕主题,即名利场中的芸芸众生为了金钱和名利尔虞我诈、招摇撞骗。小说的基本脉络清晰,表现了作者驾驭结构的高超技巧。

其次是背景。小说背景广阔。从地理角度看,它涉及的区域从伦敦到布赖顿,到欧洲大陆的巴黎、罗马、布鲁塞尔以及德国的小镇,从城市到乡村;从社会角度来看,它从贵族庄园到巨商富贾的宅邸,从王宫到监狱,全方位地展现了这座名利场;从历史角度来看,它展示了拿破仑战争、英国对印度的殖民统治等。然而,这一切背景的设置都是为了一个目的,即表现人们如何为金钱、权力和地位所伤、所累、所死。

作者还十分成功地运用了讽刺、幽默的技巧。这种技巧是通过各种方法体现的。人物的署名就是一例。小说中有些名字具有象征意义,有些则明显是为了讽刺效果而设计的。勋爵斯坦恩同"污点"的英文发音完全一样。他住在"岗特宅邸"(Gaunt House),而 Gaunt 意为"荒凉"。他富有、荣耀,但内心倍感空虚和无聊。他不停地追求生活刺激和快乐,但依旧空虚,就像"Gaunt"一词所表现的那样。又比如人物个性,乔治·奥斯本这个富家纨绔子弟,他一方面是堕落成性,一方面在战场上又英勇作战。作家对他作这样的描绘,绝不是说他大事不糊涂,而是在其中隐含了一种微妙的讽刺:在这个世界上,所谓"名誉"实乃荒唐至极。他在说到道德与金钱的关系时,通过蓓基的口,讽刺当时所谓慈善家们的本质。蓓基大言不惭地说:"如果我一年有五千镑的进项,我就能成为一个好女人。"对于资本主义的金钱经济和道德伦理,这句话可谓一语破的。

萨克雷的另一部批判现实主义小说《潘登尼斯》也有较高的艺术价值。同《名利场》一样,萨克雷在《潘登尼斯》中也采用夹叙夹议的手法表达自己的思想。他竭力歌颂真、善、美,批判自私自利、阴谋诡计,讽刺和批判资产阶级的势利以及中产阶级如何处心积虑地攀附贵族阶级。该主题通过大、小两个亚瑟·潘登尼斯形象表现得淋漓尽致。

这部小说主要讲述主人公亚瑟·潘登尼斯在成长中和几个女人的交往。亚瑟是一个外科医生的儿子,母亲海伦是一个心地善良的女人。亚瑟 16 岁时父亲去世,他离开学校,和一个女演员艾米莉·科斯提根恋爱。艾米莉的父亲科斯提根上尉是一个爱尔兰人,他曾认为亚瑟是富家子弟,后来听亚瑟的叔父潘登尼斯少校说了实情,他勃然大怒,切断了年轻人间的联系。亚瑟进入大学后,由于既懒惰又奢侈,很快背上一身债务,后来在劳拉·贝尔的帮助下才得以脱身。劳拉的父亲是亚瑟的母亲以前的情人。劳拉还帮助亚瑟在伦敦开始他的文学生涯。亚瑟在伦敦和乔治·华灵顿为室友,乔治对亚瑟的成长产生了积极影响。亚瑟的母亲希望他和劳拉要好,然而由于两个年轻人之间亲如手足,所以当亚瑟三心二意地遵照母亲的旨意向劳拉求婚时,劳拉拒绝了他。此后,亚瑟和克拉弗林夫人前夫的女儿布兰琪小姐关系紧密。布兰琪小姐表面优雅、多才多艺,但是内心却是一个自私的小泼妇式女人。亚瑟的叔父知道布兰琪小姐的生父是罪犯,而且还活在世上,但他还是坚决赞成这桩婚姻,因为这样可以让侄子得到钱财和地位。布兰琪小姐的生父伪装成一个校官,对克拉弗林爵士进行敲诈。后来有一段时间,亚瑟又和一个酒店店员的女儿调情,劳拉和曾受到婚姻伤害的乔治·华灵顿恋爱。亚瑟险些和布兰琪小姐结婚,但最终和劳拉走到一起。

通过主人公的经历,萨克雷讽刺和批判了资产阶级社会唯利是图、自私势利、敲诈勒索的种种行径。此外,《潘登尼斯》这部作品不仅在一定程度上反映了萨克雷本人的生活经历与真实感受,而且也体现了法国伟大现实主义作家巴尔扎克的小说对作者的影响,因为读者不难发现,《潘登尼斯》一书与巴尔扎克的《人间喜剧》中的《幻灭》之间存在着某些共同的艺术特征。

总的来说,萨克雷的小说较为全面地反映了19世纪英国社会的道德沉沦和资本主义文明的危机。同狄更斯一样,他对社会上的腐败风气、势利习俗和其他各种丑恶现象深恶痛绝,在小说中对其采取了极其严厉的批判态度。同时,他对现实生活和未来前途充满了忧虑和怀疑。他的阴郁和感伤情绪在其晚年作品中日趋明显,而批判的锋芒也有所减弱。但萨克雷的叙事手段和谋篇布局技能在同时代的作家中是出类拔萃的。嘲笑与讽刺是他最显著的艺术特征之一,读者往往从作品讽刺和嘲笑的口吻中感受到作者对现存社会制度的否定态度。此外,萨克雷的小说不仅揭示了较为深刻的社会主题,而且也体现了很高的艺术水准。以上种种都表明,萨克雷无疑是一名杰出的小说家和伟大的现实主义者。

第四节 "女性莎士比亚":爱略特

在维多利亚时期才华横溢的女作家中,学识渊博的乔治·爱略特(George Elliot,1819—1880)可谓独树一帜,她的小说以精辟的哲理思考、深厚的道德内涵和细腻的心理分析著称,英国小说到了爱略特手里,才成为一种严肃的文学体裁,成为一种分析人性、解释社会和宣扬道德的手段。爱略特在世的时候即已蜚声文坛,被称为"女性莎士比亚"。当她去世的时候,更被誉为"在以往的女性历史上无人能与之相提并论的女性"。

爱略特是其笔名,她的真名叫玛丽·安·伊文斯(Mary Ann Evans),出生于英格兰中部沃克郡的阿波里庄园。她的父亲在庄园当代理人,政治观点保守,宗教思想浓厚。爱略特从小受到严格的宗教和道德教育,笃信福音教。乡村里的自然风光、风俗习惯等影响了爱略特整个童年,也为她今后的创作提供了不少素材。少女时代,她先后就读于两所女子寄宿学校,直到17岁时因母亲病逝,才回家帮助父亲主持家政。在这一时期,她学习了宗教、文学、历史、自然科学等课程,还掌握了拉丁语、希腊语、法语、意大利语等多种语言,表现出卓越的学习天赋。1841年,她随退休的父亲迁居考文垂,在那里结识了具有自由思想的商人查尔斯·勃雷一家以及他的姻亲汉纳尔一家,受到他们反对教会正统的怀疑主义思想的影响,毅然抛弃了伊文斯家族传统的保守立场。1842年初,她宣布不信奉上帝,不再去教堂。表面上,爱略特的态度异常决绝,反对表面的、形而上的、脱离人的宗教,可是她的内心深处依旧对宗教有着深厚的感情。她接受了孔德实证主义"人类宗教"——一种以"人道"代替上帝的、"以爱为原则,秩序为基础,进步为目的"的宗教观,而且对于那些真挚虔诚的宗教情感,她依旧表示支持。这从她的很多作品中都能够看出来。

爱略特不仅是自由思想的接受者,还是一位重要的传播者。1846年,她匿名发表了自己翻译的德国思想家施特劳斯的《耶稣传》——一本具有无神论思想的高等批评学著作。此后又翻译了荷兰唯物主义哲学家斯宾诺莎的《神学政治论文》。1851年,爱略特来到伦敦,在当时激进的《威斯敏斯评论》编辑部任助理编辑和撰稿人,结识了一些在知识界声名显赫的作家、思想家、评论家。

第六章　第二次工业革命时期的英国文学(19世纪下半叶)

1854年,她又将德国人本主义哲学家费尔巴哈的《基督教的本质》译完后以真名出版。因为学识渊博、见识广阔,所以对于社会和人性,她总是有着深刻而又科学的认识,她的翻译著作也因此准确而形象,影响了英国思想界,而她的小说也因此内容深刻。

除了与官方教会的决裂,爱略特生活中发生的另一件大事是与著名评论家乔治·刘易斯的结合。她与博学多才的刘易斯志趣相投,但后者已有妻室,尽管这桩婚姻已名存实亡。1854年,爱略特与刘易斯开始公开同居,此举冒犯了当时的社会习俗,招致家人、朋友的疏远。爱略特承受了巨大的社会压力,与刘易斯度过24年的共同生活。她接受了刘易斯所信奉的实证主义思想的影响,也是在他的鼓励下开始小说创作。

爱略特的写作生涯长达30年,并且卓有成效,她先后创作了七部长篇小说和众多中短篇作品。此外,她还涉猎诗歌和散文创作领域,匿名发表大量的文学、艺术评论,成为19世纪英国最多产的作家之一。在小说创作中。爱略特大胆尝试了多种题材和叙事技巧,在读者接受和阐释上经常是众家纷言。评论界一般根据爱略特小说的主题和艺术特色,将她的创作分为前期和后期两个阶段。

爱略特的前期作品主要是关于家庭生活的小说,她描写了她所熟悉而还未受到现代机械文明腐蚀的英国乡镇生活。对于这方面的题材,她挖掘得更深,表现得也更有力。她在平凡的人物和事件中发掘人性,展示了当时的社会风貌和道德伦理,并且显示出一种幽默的力量。

1858年,爱略特首次以乔治·爱略特这个笔名发表了《教区生活场景》,这部小说由《阿莫斯·巴顿牧师的不幸遭遇》《吉尔菲尔先生的恋爱史》《珍妮特的忏悔》三篇组成。第一篇描写一位平凡的副牧师,既无学问,又无手腕,人缘不佳,薪水微薄。他因为丧失了一位温柔美丽的妻子而赢得了教区民众的同情。爱略特以后所写的小说大部分都以描绘平凡人物为主,但是她在这些平凡人物中发掘普遍的人性,常显示她独有的敏锐观察和独到的见解，读来使人感到亲切。第二篇《吉尔菲尔先生的恋爱史》情节比较紧张，近似闹剧。吉尔菲尔是巴顿的牧师，他喜欢柴佛瑞爵士收养的一个意大利歌女提娜，但爵士的继承人、浅薄自私的威伯劳也对她频献殷勤，两情相悦。后威伯劳转而追求富有的艾希小姐，提娜伤心欲绝，吉尔菲尔却爱莫能助。威伯劳的突然去世使提娜终于嫁给吉尔菲尔，但婚后不久她就死了。第三篇写宗教与反宗教的冲突。特莱恩牧师来到一个漠视宗教的工业城市，他遇到了重重阻力，而最大的麻烦来自于酗酒殴妻的律师邓伯斯特。邓伯斯特的妻子珍妮特被迫借酒浇愁，终于不堪虐待而向特莱恩求助，特莱恩指导她戒酒。后来，邓伯斯特死于酒精中毒，珍妮特终于脱离了苦海。这三部中篇都立足现实主义的平民题材，采用全知叙事，并夹杂有叙事者的插入性评价，这些艺术特点在爱略特随后的长篇小说中也有重要体现。此外，这些作品的语言富有情感，人物塑造夸张、浪漫，在爱略特后来的创作中较少看到。总的来说，《教区生活场景》对日常生活挖掘的深度令人难忘，作为爱略特小说创作的开端，虽然还有稚嫩之感，但已经展示了作者的创作潜力。

《亚当·比德》是爱略特第一部长篇小说，也正是基于这部作品，爱略特在小说家中才占据一席之地。小说男主人公在一定程度上是以作者的父亲为原型的。木匠亚当·比德爱上了农家姑娘海蒂，海蒂漂亮而爱慕虚荣。被庄园主的孙子亚瑟所诱骗。亚瑟离家后，海蒂与亚当订婚。不久，海蒂发现怀上了亚瑟的孩子，不得已去寻找亚瑟。途中分娩。她将婴儿丢弃在丛林中，因而以谋杀婴儿罪被判处绞刑。亚瑟为她奔走，获得赦免令，免除死刑而被流放国外，亚当最后与卫理公会布道士黛娜结婚。《亚当·比德》展示了18世纪与19世纪交接时期英国乡村生活的真实画面。爱略特以非常依恋的心情刻画还未受到资本主义工业文明影响的宗法式农村社会的气氛，以极大热情描写了普通人的生活，并在普通人中塑造出她小说中形象丰满的主要人物。小说采用全知视角，将社会伦理训诫和宗教说教结合，用强烈的道德判

第六章 第二次工业革命时期的英国文学（19世纪下半叶）

断操纵着叙事语气。其素材来自爱略特的姊姊塞缪尔的亲身经历，热心宗教的塞缪尔曾经到牢房里劝导一个犯有杀婴死罪的女囚认罪伏法，终于让后者怀着真诚的忏悔之心走向刑场。在小说第45章，牢房中感化劝诫的场景成为爱略特着意表现道德训诫的高潮部分。这部作品的基调蕴含着悲剧色彩，再现了道德迷失以及理想与现实冲突的故事，表现出女性作家中少有的"男性视野"。在小说结尾，亚瑟离家九年后重回故乡，对亚当说："有一种错误是你永远无法弥补的。"它是小说人物一句沉痛的忏悔，也是对小说训诫主题的总结，是爱略特传递其道德伦理观念的意味深长之言。《亚当·比德》在技巧上很有建树。首先，小说总的叙述框架虽然是第三人称，但是作家又直接以第一人称出现（如小说第1段），建立和读者间的亲密关系，也加强了情节的真实性。其次，小说对人物进行了详细的心理分析。比如亚当的母亲对儿子过于宠爱和依赖，唯恐他的女友或朋友把他从自己的手里抢走。又如亚当和亚瑟二人所经历的"灵魂的斗争"，以及对海蒂的动机的翔实分析，等等，都使这部作品成为西方文学心理分析传统的最早代表之一。另外，爱略特在作品中显示出精湛的现实主义功力，其人物塑造、对话呈现和环境描写都别具特色。她使用了大量的人物对白，尤其是淳朴村民的乡俚村言，展现他们的生活、情感和性格特征，精彩纷呈。亚当的语言简单质朴，喜欢用木工的行话；黛娜的语言则充满幻想色彩，与亚当谈情说爱的言辞都是典型的"圣经体"；勃艾色太太言语尖刻，充满夸张的比喻，从而使泼辣能干的村妇形象跃然纸上。但是，这部小说也有一些缺陷，例如在小说结尾，富有同等美德的男女主人公结合，却产生了"反高潮"的效果，没有给读者留下太多想象的余地，从艺术效果来看，不算是上乘选择。

《织工马南》是爱略特小说中最短但也是备受推崇的作品。小说描写了爱的力量，具有寓言的性质。地主卡斯家的大儿子高德弗雷和织工马南的故事交叉进行，既彼此对立又互相补充。高德弗雷年轻时生活放荡，与下层女子莫莉结合而不愿承担责任，导致莫莉在饥寒交迫中死去。后来他隐瞒过去的经历,与心上人南希结婚,但一直生活在罪孽和负疚中,连亲生女儿爱蓓也不敢相认。马南则是个"生活堪作楷模,信仰又很虔诚的青年",却被好友诬告偷窃。小镇上的教徒们通过神鉴定了他的罪,马南失去了清白的声誉、未婚妻和对人的信任。他流落他乡,15年来只以把玩辛勤积攒的钱币为乐。一次外出,卡斯家的浪荡子邓斯坦把他所有积蓄给盗走了。金币被盗的沉重打击,使他万念俱灰。圣诞节前夜,马南僵直地站在敞开的房门口,这时高德弗雷的私生女爱蓓从他的脚下爬进了他的小屋。收养了爱蓓后,马南开始与邻里交往,终于又感受到人生的爱和温暖。当高德弗雷前来认领女儿时,爱蓓拒绝了,宁愿与收养自己的马南终身相伴。爱略特批评了迷信愚妄的传统宗教信仰,冷酷、虚伪的宗教戕害人的心灵,只有人间的真情才能治愈精神创伤。无论写"死而复生"的马南,还是写自私懦弱、永远卸不下心理重负的高德弗雷,爱略特均表现出对人物内心世界的洞察和刻画功力,作品获得了"心理现实主义"的称号。

《织工马南》是爱略特最具特色的一部代表作,这部小说没有华丽的辞藻和绚丽的技巧,它以清晰的脉络将故事呈于人前,小说中的人物行为举止也与当时的社会风俗习惯等息息相关,显得生动而又接地气。全书谋篇布局和立意造境都是匠心独具,处处显出作者是一个善于观察、体验、分析生活的能手。作者按照她通常的写作技巧,一上来就将主人公马南的来龙去脉和身世现状交代清楚,不拐弯抹角,也没有多余废话,清晰简单地阐明了马南背井离乡的原因。作者抽丝剥茧地将人物的内心一层一层地摊开来,步步相扣,环环相连。在小说的开头,作者是这样描写的:

> 在本世纪初叶,就有这样一个叫赛拉斯·马南的亚麻布织工。他住在一间石砌的小屋里。以织布为生。石屋就在拉维罗附近的坚果树丛中,与久已荒废的石坑相距不远。

这就像一篇寓言的开头,而全文结尾是:

第六章　第二次工业革命时期的英国文学(19世纪下半叶)

"啊,爸爸,"埃比说,"我们的家多美！我想谁都比不上我们快乐。"这似乎更近似一个童话的传统结尾——他们从此幸福地生活着。

小说中的关键事件发生在马南丢失金子不久。在他的小屋里出现了一个小女孩(她的母亲死在雪地里)。昏昏沉沉的马南还以为他的金子失而复得了:

> 他往炉边那只椅子坐下,弯身想把两块木头拨拢。这时候,他那模糊的视力,仿佛看见炉前地上有一堆黄金。黄金！——他自己的金币——像被拿走时那样神秘,又送还给他了！他觉得他的心开始猛烈地跳了起来,有一会儿工夫,他竟不能伸出手去,攫住那堆失而复得的财宝。那堆金子似乎在他激动的眼光下闪闪发光,变得更大了。他终于俯身向前,伸出手去;可是,他的指头碰到的并不是有着熟悉的硬轮廓的钱币,而是柔软暖热的卷发。赛拉斯非常惊讶地跪下去,低头仔细看着这个奇迹:原来是个熟睡的小孩——一个滚圆的,漂亮的小东西,满头柔软的黄色卷发。

这一段描写充满了象征意义。在这样一个场景中,马南发生了显而易见的变化,他放弃了对金子的喜爱,反而对小女孩表现了无限的疼爱,他甚至愿意为了这个小女孩去做一些自己以前从没做过的事情。是她改变了他的人生观,使他感到了生活的意义,并与周围的人们建立起一种崭新的关系——他试着去接触并了解他们,与他们沟通,不再像以前那样只知干活攒钱,过着单调乏味、与世隔绝的生活。他像新生的婴儿一样开始了新的生命。

在作者笔下,马南早年的坎坷困顿是一种虚伪、邪恶的客观因素造成的,但马南依靠"人与人之间纯洁的、正常的关系"治愈了精神创伤。从这里可以看出作者的伦理观,正是这种伦理观贯穿了整个故事。同时,作者通过马南被诬害栽赃这一不幸遭遇,为马南鸣不平,愤怒揭穿教会的虚伪。这种明显的自由思想和正直的道义倾向在当时是十分难能可贵的。

爱略特后期作品与前期作品一个明显的不同,是后期作品不再具有作者的自传成分。然而,除了《米德尔马契》以外,后期作品与前期相比,无论是艺术技巧还是吸引人的程度,均大为逊色,这主要是因为她所写的内容不是她所谙熟的事物。

《米德尔马契》是爱略特的社会小说中最富于现实主义特色的一部,随着它的出版,爱略特的声望也达到了顶点。《米德尔马契》有两条主线——一条是富有理想的少女多萝西娅的灾难性婚姻与理想破灭的故事;另一条是青年医生利德盖特同样灾难性的婚姻和事业上的失败。此外,还有费瑟斯通遗嘱的风波、银行家布尔斯特罗德的盛衰史以及庄园代理人、老式人物高思一家的命运的变迁,其中还交织着许多次要人物的生活故事,构成了一幅完整的人生图画。爱略特在小说中创造的各色人物使读者感受到真实生活中人物所特有的复杂性。针对不同人物及所处的不同环境,她还不时变换语调,表达了一种嘲讽与同情相混合的情感。她既不失时机地发表自己的独到见解,又给读者留有作出判断的余地,使读者不由自主地关心书中各色人物的命运,为他们的喜怒哀乐所感动,并发出了深深的共鸣。

小说触及当时的政治、社会、家庭、婚姻问题,揭露议会改革的虚伪性,讽刺议会竞选,揭穿所谓维多利亚时代繁荣兴旺、家庭幸福的神话。全书充斥着各式各类的失败和一生一世阴差阳错的遗恨,弥漫着一种生不逢时的迷茫的、幻觉的、受挫的、幻灭的情绪。

正如小说的副标题"外省生活研究"所示,这是一部"研究"之作。它以恢宏的笔法和历史的反思意识再现了维多利亚时代充满危机和困惑的社会现状,表现处于社会变革中的人们的精神状态和心理反应,描写他们的失落与追求、困惑与感悟,富有悲剧色彩。

作品虽沿用平民题材,但是在技巧上挑战了传统现实主义小说创作的极限。它采用多角度聚焦的全知叙事,将多个故事线索错综交织,形成复杂的网状叙事结构。它以众多生动但并不紧凑的零碎片段构成宏大的社会场面,像一个"充满细节的宝库",具有类似史诗的叙事风格。这种整体布局呈现出的弥散结构形态,在叙事上造成一种断裂感。此外,作品并不注重累积戏剧冲突的情节设计,与当时常见的现实主义小说大相径庭。另外,这部小说具有其独特的统一性,那就是它不动声色的"反讽的阴暗色调",弥漫于语言风格、人物塑造及主题传递等不同层面,使作品具有沉郁的悲剧气质。尤其是叙事者见缝插针的评议文字,凸显了幻灭感。"序言"里的一段文字,可以说是对小说主题的有力总结:

> 许多特蕾莎降生到了人间,但是没有找到自己的史诗人生,无法不断地将具有深远意义的理想付诸行动。也许她们只能得到一种充满谬误的生活,承受着伟大的精神与低下的人生际遇格格不入的后果。或许她们只能是悲剧的失败者,得不到诗人的崇高咏赞,只能在孤寂中被遗忘。她们在复杂的人生中,曾企图借助模糊的启迪,寻找出一条思想与行动一致的高尚之路,但最终在世人眼中,她们的种种努力都不过是名目不清且半途而废之举罢了。

第五节 "喧嚣尘世"的绝望诉说者:哈代

托马斯·哈代(Tnomas Hardy,1840—1928)是19世纪最后十年中的一个伟大英国作家,他的小说继承了维多利亚小说的现实主义精神和传统的艺术形式,又昭示着现代小说新的思想和艺术特征。

哈代生于多斯特郡的伯克汉普顿镇。父亲是一名泥瓦匠,同时也是当地的建筑承包商。母亲接受过良好的教育,在他8岁上小学之前一直负责他的教育。哈代16岁时结束求学生涯,开始在当地建筑师约翰·希克斯的手下当学徒。哈代在这个时期的生活目标是成为一名建筑师。1862年,哈代到伦敦,就读于伦敦大学国王学院。在学期间,他曾获得过包括英国皇家建筑学院和建筑协会颁发的许多奖项。同时,他开始文学创作。1869年,哈代正式结束自己建筑师的学徒生活,完全投向文学创作。此时,他已创作出第一部小说《穷人和贵妇》。尽管这部处女作未获成功,他却因此得到了当时的文学大师梅瑞狄斯的指点,从而改变了创作方式,并逐步取得成功,确立了作为小说家和诗人的地位。1896年,哈代发表小说《无名的裘德》。由于小说猛烈抨击了资产阶级制度中的种种弊端,哈代受到了各方面的批评和指责,最后不得不转向诗歌创作。作为诗人,哈代同样显示出非凡的艺术才华,发表了大量作品。1904—1908年,他成功地创作了史诗《列王》。1928年,哈代去世。

哈代的小说叙事完整,结构情节严谨,体现了维多利亚时代的现实主义手法。

首先在主题上,哈代的小说主要表达的是宿命论思想。他似乎认为,在这个世界上,命运和偶然性剥夺了人的自由意志,决定他的生死、沉浮。与宿命主题紧密相连的是死亡主题,这个主题在他的早期作品中只伴随着次要人物命运而展开。然而,到后期的几部作品,即《卡斯特桥市长》《德伯家的苔丝》和《无名的裘德》,书中主要人物开始死去,死亡主题便成为宿命主题的必然结果。作家对死亡的描写也成为小说的重要部分。死亡常与失败的爱情或人生而导致的抑郁心情密不可分。同时,这些人物几乎都平静地面对死亡,将死亡看作唯一途径,使他们得以从这个无尽烦恼的世界中超脱出去。

其次在结构上,哈代主要采用一种"方舞"形式,类似于两对男女跳舞,经过一番交叉、换位,最终重新回到起初的位置。例如在《卡斯特桥市长》中,命运的车轮似乎跟主人公们开了一个大玩笑。亨察尔处在社会的最底层,后来一跃成为令人尊敬的市长。然而,随着命运车轮的不停运转,他又跌至社会的最底层,回到了起跑线上。而与之形成对比的法尔伏雷却升为市长,替代了他的位置。他俩同两个女人——伊丽莎白·简和露茜塔的关系也经历了一场周而复始的过程。类似这样的结构在哈代的小说中比比皆是。它的特点是严谨。经过一番曲折,人们又回到起先的位置,好似命运在捉弄他们。哈代正是通过这种手法,表现命运无常,进而导致悲剧。

最后,哈代一向重视人物的内心刻画。他尽情地探讨男女人物奇特的内心世界,也力图探索人的心理活动的因果关系,解释人的行为和动机。同时,他也开始严肃认真地探究人的内心世界,而不再仅仅满足于传统手法主张的对外部世界的描写。哈代对人物内心世界与人物之间的相互关系的刻画深刻细腻,很容易使读者产生共鸣,使他们置身于故事情节当中。

此外,哈代的小说的另一个突出风格是大量采用象征、暗示、隐喻、巧合、偶然等手法,加强主题。比如季节变化便是作者惯用的一个手法。在《远离尘嚣》中,作者安排博德伍德在夏天向芭思谢巴求婚,以象征他炽热的感情。这些季节的变化都是作者根据所要表达的内涵而设计的。

哈代一生共创作了十余部长篇小说,其中不少已成为传世佳作。这些作品不仅极大地丰富了英国小说的内容,而且也对19世纪后期的小说创作起到了积极的推动作用,其中成就最高的要数《德伯家的苔丝》和《无名的裘德》。

《德伯家的苔丝》中的苔丝是早已衰败的德伯家族的后人,为生活所迫,只好到冒牌本家德伯家干活,被主人家的少爷亚雷诱奸。两年后,苔丝到一个奶牛场当女工,与牧师的儿子安玑·克莱相爱。新婚之夜,夫妻俩互相坦陈过去,苔丝原谅了克莱以往的风流韵事,而自己的"失贞",却未能得到一向开明的克莱的原谅。被遗弃后的苔丝,重新陷入艰难困苦的生活,不得已接受了已成为牧师的亚雷的资助,做了他的情妇。待悔悟的克莱回来,苔丝于激愤中杀死亚雷。在与克莱度过短暂的幸福生活后,苔丝被处以绞刑。在这部小说里,哈代描绘了一幅不公道的社会图画。他通过苔丝这个形象,对当时社会腐朽虚伪的伦理道德观念,予以无情揭露和鞭挞。他在苔丝身上倾注了满腔同情。他不仅为她伸张正义,而且用最美好的词句来描写她那纯洁高尚的心灵,赋予她非常丰富的诗情。在小说副标题上,哈代称苔丝为"一个纯洁的女人",对传统的道德观念公开宣战。在这部小说以前,没有任何一部作品这样有力地表现出作家对他所处的那个时代的道德观念、法律制度的愤慨和不满。

在哈代的作品中最能反映城市生活的小说是《无名的裘德》,这是他最后一部小说作品。小说主要讲述了出身卑微但勤奋好学的裘德一直梦想到基督寺(影射牛津大学)读书,以改变自己卑贱的社会地位。然而,他未进学堂就被放荡而又迷人的艾拉白拉骗进了洞房,随后又被抛弃。他爱上表妹淑,而她则冲动地嫁给了费劳孙。爱情遭受挫折、读大学又遭到拒绝,裘德只好改投宗教之门,希望借此出人头地。婚后的淑并不幸福,她和裘德心心相印,两个已婚的人同居了。这一行为,激起教会的强烈不满,他被教会拒之门外,又一次失去了奋斗的途径。他们的行为引起众人的非议,只好背井离乡,四处漂泊。艾拉白拉把她和裘德生的儿子小时光老人送给裘德。小时光老人觉得他们三个孩子拖累了全家,于是将包括自己在内的三个孩子全部吊死。悲痛之中,淑流产了。面对这一打击,裘德更加愤世嫉俗,而淑则认定是上帝在惩罚她破坏婚姻制度,于是投身宗教,寻求慰藉,洗刷自己的罪孽。不久,她重新回到她不爱的费劳孙的怀里。而艾拉白拉玩弄计谋,又一次把裘德骗入洞房。至此,经过一番曲折,他们几个人又回到了原先各自的位置。日夜思念淑的裘德带病去看她,回来后,带着始终未能跨进大学和宗教两扇大门的满腹遗憾,凄惨地离开了人世。

裘德的悲剧首先是一个下层青年在阶级社会里壮志难酬的悲剧。他有才华,顽强奋斗,但教育等诸方面的等级制度为他设置了难以逾越的重重障碍。小说更指出社会道德观念、习俗偏见、婚姻制度等陈规陋习的桎梏是如何扼杀了人们的自由意志和

第六章 第二次工业革命时期的英国文学(19世纪下半叶)

愿望。作者引用《新约·哥林多后书》的"字句叫人死"作为题词,表明对窒息、毁灭人性的习俗成规,尤其是基督教文化的婚姻道德观念的愤恨之情。社会认可和保护没有爱情的契约婚姻,却不能容忍自然合理、有爱情但无婚姻之名的两性结合。正是由于哈代严厉攻击了维多利亚时代被奉为神圣信条的道德观念,小说才受到了比《德伯家的苔丝》更为激烈的抨击,被斥为"离经叛道和粗鄙下流""伤风败俗",是"淫荡小说"。比起苔丝,裘德具有更鲜明的自我意识和追求精神,他不仅要求生存,更想谋求发展,寻求事业进步和爱情幸福。他以惊人的毅力自学希腊文,梦想进入大学深造,以求"思想更深远,心智更焕发"。但某大学校长给他的奉劝是"谨守本分,安于旧业"。作为男性,他的自然欲求更为旺盛,这使得他经历了更多的灵与肉的激烈冲突。艾拉白拉与亚雷一样,都是人性中肉欲的象征。她不择手段地诱惑裘德,就像亚雷不择手段地霸占了苔丝一样。裘德与艾拉白拉的关系,如同《圣经》中的参孙和达利拉,他受后者姿色所诱,又遭她出卖和抛弃。在奋斗中,裘德曾经有过勇敢的战友——淑。淑是以前的英国文学尚未出现过的女性人物,她把古罗马的维纳斯和阿波罗的神像与那些基督教的圣物并列在一起,是深受古典自由精神熏染的"异教徒",表现出大胆的现代意识。正是在她的影响下,裘德摆脱了宗教思想的束缚。淑不仅不想要无爱的婚姻,甚至不要婚姻,只要心灵相通的爱、精神的爱。她表现出的精神、灵性特征,与安玑相似。但是安玑经历磨难后皈依苔丝的自然之道,而淑则重新落入世俗的羁绊。在带领和伴随裘德前行一段后,敏感的淑终于败下阵来,退回宗教信仰和传统道德,以无爱的婚姻来惩罚自己,既毁灭了自己,也给了裘德难以承受的沉重打击。哈代以进化论学说解释裘德和淑的爱情悲剧。裘德和淑都痛切地感叹,他们悲剧的根源在于他们的思想行为超前了50年,因此与环境产生了生死冲突。哈代在后期明确提出"进化向善论",相信人类和社会的改进,但指出向善的前提是正视现实的丑恶。在他的最后一部长篇小说里,我们感受到的是强烈的悲观态度,人在与命运的角逐中总是被暗算。作者采用一系列手法强化了小说的悲剧特征，每当裘德要往前跨出一步，不可见的命运之手就会将他拉回，失败成了不可避免的结局。裘德和淑在精神方面的热烈追求、强烈的自我意识，为小说带来了突出的心理特征。作者对裘德进行不断的心理描写和分析，但他不是以作者的身份从旁分析，而是更多地通过人物，让裘德和淑作自我的或彼此的剖析，显得更为真切细致。作者描写少年裘德向往基督寺而产生的幻觉，写他临死前半昏半醒中的呓语，虽然并不是意识流的记录，但可见出哈代在表现心理复杂性和深度方面的努力。

在《德伯家的苔丝》和《无名的裘德》这两部小说中，哈代描写的不是威塞克斯社会的悲剧和农民阶级的毁灭，而是威塞克斯农民在他们原来生活的那个社会毁灭后寻求新的出路过程中的悲惨命运。苔丝和裘德代表着威塞克斯社会被资本主义占领后破产的农民阶级，他们赖以生存的生活资料丧失了，发生了向无产阶级的转化。他们热烈地追求，英勇地斗争，极力想摆脱受压迫和受剥削的地位，摆脱贫困的处境，但是他们经过一场人生搏斗以后被资产阶级的社会毁灭了。哈代努力从社会现实中寻找造成主人公悲剧的真正原因，从而揭示出资本主义社会里种种悲剧现象，描写美被丑玷污，真被假欺骗，善被恶毁灭，如苔丝；又描写合理的追求被不合理的社会制度压制，有才华的人被黑暗的社会扼杀，如裘德。哈代在揭示苔丝和裘德悲剧性命运时，特别广泛鲜明地提出了伦理道德、宗教、法律、婚姻、人与人的关系等重大社会问题，站在人道主义立场上，暴露资本主义社会的黑暗，利用主人公的惨死，追究社会不可推卸的罪责。

除了长篇小说，哈代还写有 50 部左右的短篇小说，收入《威塞克斯故事集》《人生小讽刺》《一群贵妇人》和《一个改变了的人》四部小说集。哈代的短篇小说如同其长篇小说一样，大多以威塞克斯为背景，以爱情和婚姻为主题，反映英国乡村社会的风土人情和生活习惯。由于受篇幅的限制，作者往往斟词酌句，精巧构思，作品因此显得十分紧凑，在有限的篇幅中传输了最丰富的内涵,常常引发读者产生比对长篇小说更丰富的联想和思考。他的小说题材广泛、情节感人、思想内容深刻,常常给人启迪。例如《威塞克斯故事集》中的《三个陌生人》,虽然故事情节十分简单,但描写非常优美:在一个雨夜,卡斯特桥附近一个牧羊人的家里先后来了三个人请求避雨。第一个人丧失了记忆;第二个是位绞刑吏;第三位看见前面两个人,心惊胆颤。人们传说,卡斯特桥监狱中刚刚逃出来一名囚犯,警察正在追捕。第三个人的可疑举动使前两个陌生人怀疑他就是逃犯。而真正的逃犯却是同绞刑吏一起饮酒唱歌的第一个陌生人。这是哈代的最具喜剧色彩、但又最可怖、最出人意料的短篇小说,同时又充满了田园风情,是世界文学中短篇小说的精品。故事集《一个改变了的人》也不乏上乘之作,尤其是《等待晚餐》,相当耐人寻味,它探讨的是跨越时空界线进行恋爱的可能性:"贵妇"克里斯汀答应嫁给尼古拉斯,但每次将要举行婚礼时,生死未卜的前夫都捎来话说要从远方回来。这对有情人等到终于能成婚时都已老了。挫折与耽搁阻碍了一生的痴恋和终生的爱情,读来令人同情哀怜。

同时,哈代也是一位杰出的诗人。他一生创作了八部抒情诗集和一部堪称鸿篇巨制的史诗《列王》。他的抒情诗题材广泛,意境清新,语言朴质,笔触细腻,能从无奇的事物中悟出不凡的哲理;而历时十年左右才完成的史诗《列王》却卷帙浩繁,气势雄浑,堪称英语文学中最长的诗剧。

作为19世纪后期的一位文学大师,哈代用艺术的手法概述了这一时期英国乡村的风土人情和社会面貌,并在小说和诗歌方面都取得了辉煌成就,促使英国的现实主义创作再度繁荣。

第六节 "为艺术而艺术"的戏剧家:王尔德

19世纪中后期,英国文学领域出现了一个新的文学流派——唯美主义。它是在19世纪中叶十分盛行的前拉斐尔学派、"为艺术而艺术"理论的鼻祖法国诗人戈蒂埃、法国象征主义学派主要代表人物瓦雷里等的共同影响下诞生的。该流派追求努力将文学、艺术同现实生活分割开来,强调完美的表现形式。他们认为,不是艺术反映生活,而是生活反映艺术。他们将艺术和政治对立起来,颠倒生活和艺术的关系,否定文学艺术的思想性和社会教育作用。他们追求艺术技巧,注重文字雕琢,创造"纯粹的形式",用精巧的艺术形式来美化资产阶级个人主义的颓废生活。由于脱离了现实生活和社会实际,这一流派的文学实质上是一种遁世文学。这些作家和艺术家之所以追求这样一种表现形式,是因为他们厌恶、憎恨丑恶的社会现实。因此"逃避"便成了这一流派的主要特点,遁世的结果使他们一个个都演变成颓废主义者。该流派在戏剧上的影射以奥斯卡·王尔德(Oscar Wilde,1854—1900)为代表。

　　王尔德是唯美主义的代表人物。他出生于爱尔兰的都柏林市,父亲是个著名的眼科医生。母亲是个小有名气的诗人。1871年,王尔德进入都柏林的三一学院。三年后,他进入牛津大学马格林达学院攻读他十分喜爱的古希腊经典著作。这时英国文坛提倡审美批评,王尔德受到不小的影响,尤其是瓦尔特·佩特(Walter Pater,1839—1894)的《文艺复兴史研究》一书给了他极大的启发。"为艺术而艺术"这一口号就是他从佩特那里引用来的。1876年,王尔德到意大利和希腊旅游,接触了非基督教和享乐主义的文化。在牛津大学期间,王尔德自封"美学教授",并拥有一批崇拜者。他们愤世嫉俗,但更多的是表现出一种颓废的倾向。他们头披长发,身着奇装异服,表现出明显的颓废之状和彷徨苦闷之感。从当时的文艺思潮来讲,现实主义浪潮已开始衰落,多种颓废的文艺思潮开始盛行,表现出世纪末的一种没落景象。

　　王尔德的唯美主义思想认为,不是艺术反映生活,而是生活反映艺术;现实是丑恶的,唯有"美"才具有永恒的价值;艺术不应带有任何功利主义的目的,也不应受道德标准的约束;艺术家的

第六章 第二次工业革命时期的英国文学(19世纪下半叶)

个性不应受到任何压抑。他那怪异的打扮、雄辩的口才、机智的谈吐赢得众人的交口称赞和惊羡。

为进一步宣扬自己的唯美主义思想,王尔德于1882年访问美国,作了关于英国审美运动的讲座。次年,他又到法国作了同样的演讲。他的声望在国外与日俱增。他的"为艺术而艺术"的思想也越来越为人所知。

作为一个著名的戏剧家,王尔德对19世纪末英国戏剧的复兴起到了重要的推动作用。在戏剧作品中,王尔德一如既往,继续表现他的唯美主义思想,他的成名也有赖于他的几部重要的戏剧。

《莎乐美》是王尔德用法语写的一个悲剧。犹太王妃的女儿、美丽的莎乐美爱上了预言者约翰,她要求约翰吻她,但遭到拒绝。为情欲折磨着的莎乐美利用国王对她的爱慕,让国王把约翰杀了。莎乐美捧着盘中还在滴着鲜血的约翰的首级疯狂吻着,激怒了国王,国王命令卫兵把她也杀了。王尔德的莎乐美是一个有主见和智慧的女性。面对以约翰为象征的宗教压力和以希律王为象征的政治压迫,莎乐美作为一个统治体系的"他者",利用自己仅有的资源——美貌和智慧——摧毁了宗教和政治对女性的迫害:约翰被砍头,希律王因为处死受民众爱戴的先知而面临江山不稳的政局。《莎乐美》是王尔德戏剧创作中最具有先锋性、实验性和挑战性的一部作品。尽管他以风俗喜剧闻名,但这部悲剧可以说是他最为用心创作的一部作品,是他对"为艺术而艺术"理论的最纯粹的实践。这部作品是王尔德在巴黎期间写作而成。在那时的巴黎,象征主义正如火如荼地发展,与当时英国文学的纪实主义风格截然不同。推崇艺术高于一切的王尔德决心要尝试这种创作手法。《莎乐美》的意义在于,它象征着王尔德对英国戏剧创作习惯的挑战。整个剧本弥漫着梦一样的意境。从舞台的灯光、布景和颜色到剧中的舞蹈、音乐和语言,都力求营造一个超现实的东方世界,其象征意义显而易见。剧中的月亮几乎是评论家谈及《莎乐美》时所必提及的一个意象。对于剧中的不同人物而言，它象征着不同的意义。对于马夫，月亮像从坟墓中出来的女人；对于追求莎乐美的叙利亚少年而言，月亮像会跳舞的小公主；对于莎乐美而言，月亮是一个不会屈就的处女；对于希律王而言，月亮是一个急于寻找情人的疯女人；而对于希律王的妻子、莎乐美的母亲而言，月亮就是月亮。不同人物对月亮的不同诠释表明他们对莎乐美的不同看法，也影响着他们各自的命运。

在《温德米尔夫人的扇子》《一个无足轻重的妇人》《理想的丈夫》以及《认真的重要性》等喜剧里，王尔德描写了以闲散消遣和风流调情等度日的他同时代的那个交际社会。他的喜剧在一定的程度上非常类似17世纪王政复辟时期英国的喜剧。如同那时的喜剧一样，无忧无虑的主人公们很巧妙地卖弄着他们的机智，说出形形色色的俏皮话。同时，和王政复辟时期喜剧中所描写的粗鄙的习俗有所不同，王尔德所描画出的是充满着正正经经的气氛的一个文雅的社会。

在王尔德的喜剧中近乎完美的一部便是他的传世之作——《认真的重要性》。这出戏剧一上演，就在伦敦引起观众的兴奋和讶异。它不含任何闹剧内容，把反语、讽刺、语言的精深圆熟三者巧妙地熔为一炉。它的情节精妙非凡，身份混淆、误导，替身神出鬼没，浪漫链接真真假假，恰似一堆地道的、纯粹的、叫人赏心悦目的胡言乱语。诚如王尔德自己界定艺术时说的，"撒谎，即讲美妙的假话，乃是艺术的真正目的"。

《认真的重要性》讲述厄内斯特和阿尔杰农的故事。他们是好朋友。有一天阿尔杰农发现了好友的秘密：厄内斯特是个假名字；事实上，厄内斯特的真名叫杰克。在乡下，杰克是个中规中矩的好乡绅、邻居中的道德楷模。当杰克厌倦了乡下生活时，他便谎称自己的弟弟厄内斯特在伦敦需要他的照应，而抽身前往伦敦。到伦敦后，他就化身为厄内斯特到处游荡消遣。阿尔杰农在听完好友的表白后也说出了自己的秘密。每当他厌倦了伦敦的生活时，他便以好友彭伯里需要照顾为名去乡下玩耍。在伦敦，杰克爱上了阿尔杰农的表妹格温德林,而格温德林也深被杰克吸引,尤其是"厄内斯特"这个名字。她宣称非厄内斯特不嫁。正当杰克苦于没法向格温德林透露真相时,另一个问题出现了。格温德林的母亲布拉克奈尔夫人反对这桩婚姻,理由是厄内斯特是个孤儿,他没有,也不知道自己的家庭背景和父亲的姓氏。这对于讲求门第的上层社会是非常重要的。当杰克为这一切烦恼时,阿尔杰农扮作杰克的弟弟厄内斯特来到杰克乡下的宅邸。在这里他遇到了塞西莉(杰克是塞西莉的监护人),并爱上了她。由于杰克经常提到厄内斯特,塞西莉早就对这个年轻人心生爱恋,暗下决心一定要嫁给厄内斯特。就在这一对年轻人谈情说爱之际,杰克从伦敦回来。他看到阿尔杰农非常生气,让他马上离开。此时,格温德林离家出走来到杰克家。两位女子都自称自己的爱人是厄内斯特。结果,两位男子分别向自己的爱人坦白了真相,并取得了她们的谅解。追踪而来的布拉克奈尔夫人却宣布她坚决反对他们的爱情。正当事情陷入绝境时,却突然峰回路转。这位夫人认出杰克家的女教师普里斯姆小姐是当年丢失自己妹妹男孩的保姆。根据普里斯姆小姐提供的线索,杰克就是当年那个男孩,名为厄内斯特。夫人终于接受了杰克。塞西莉丰厚的嫁妆也使这位夫人改变态度,接受她为阿尔杰农的伴侣。故事以皆大欢喜而告终。

王尔德通过《认真的重要性》主要向世人展示英国上层社会对婚姻的看法,同时也揭示出,在维多利亚时代道德规范的高压下,青年男女为追求自由和爱情不得不扮演双面人的角色。剧中王尔德塑造的人物都活灵活现、酣畅淋漓。其中,布拉克奈尔夫人的形象最为经典。她集中了上层社会所有的恶劣的特点。表面上看,她高高在上,遵从上层社会一切貌似高雅的规范。然而,她的内心充满势利和计谋。王尔德通过这个人物毫不留情地揭露了上流社会的丑恶真相。在他们所鼓吹的"认真"的表面下掩盖着无处不在的欺骗和虚伪。

《温德米尔夫人的扇子》讲的是,在宴会开始之前,女主人温德米尔夫人发现自己的丈夫温德米尔勋爵在偷偷资助一个声名狼藉的女人——欧琳太太。她开始怀疑温德米尔勋爵有了外遇。宴会上,温德米尔夫人受到了花花公子达林顿的热烈追求。为了报复丈夫的行为,温德米尔夫人决定和达林顿私奔。事实上,欧琳太太是温德米尔夫人的亲生母亲。二十年前她抛弃了丈夫和女婴,随情人私奔,不久又被情人所弃。二十年后,她得悉女儿嫁入了富贵人家,便立意把握机会,回到上流社会。她用自己的秘密威胁温德米尔勋爵,勒索到一笔财富,渐渐回到了上流社会。当她得知自己的女儿要重蹈自己的覆辙时竭力劝阻,在关键时刻她更是挺身而出为女儿作掩护,最终保全了温德米尔夫人的名节。温德米尔夫人尽管到最后也不知道欧琳太太就是自己的母亲,但是她对欧琳太太的看法大为改观。而欧琳太太也嫁给了一个有钱人并且定居欧洲大陆。

《理想的丈夫》中,罗伯特·切尔顿不仅家庭幸福而且政治前途一片光明。然而,就在他即将又一次被提升的前夕,一位不速之客出席了他的家庭宴会。一位来自维也纳的彻弗莉夫人利用手中掌握的罗伯特年轻时所犯错误的把柄,试图逼迫他同流合污——她要挟罗伯特必须公开支持开发阿根廷运河的议案以从中谋取私利。尽管罗伯特清楚地知道,如果他向彻弗莉夫人屈服,国家的利益将蒙受损失,但若然为了维护正义反对投资议案的通过,他将身败名裂,并失去自己心爱的妻子甚至一切。绝望中的罗伯特只得向他的朋友阿瑟·戈林勋爵求助。戈林是伦敦社交界出名的花花公子。他举止优雅,巧言善辩,风流倜傥,玩世不恭。此时的戈林正在追求罗伯特的妹妹梅布尔。当戈林与彻弗莉夫人见面后才发现这位夫人竟然是他曾经的恋人。更为有趣的是,戈林掌握着这位夫人当年偷窃的证据。最后,这位貌似无所事事的花花公子赶走了敲诈者,挽救了罗伯特的政治生涯。同时,罗伯特也取得了妻子的原谅。

王尔德这些喜剧的出现对于戏剧有很大的意义。在他的剧作里,出色的俏皮对话,精彩的反议论,以及牵涉到生活及道德各方面的幽默式的格言,这些都是很有趣的。王尔德没有抱着劝善的目的,可是他的每一部喜剧都在某种程度上对于资产阶级贵族上流社会作了批判的描写。

第七章 第二次工业革命时期的英国文学（20世纪初至第一次世界大战）

20世纪初，受19世纪现实主义小说创作传统的影响，一些作家在现实主义小说领域一直孜孜不倦地耕耘，创作出了不少优秀的作品，如爱德华时代的"三巨头"。在诗歌创作方面，对于原有诗歌创作手法的不满使得一些诗人开始对诗歌创作进行了新的探索。在戏剧创作方面，爱尔兰民族戏剧复兴赋予了英国戏剧新的内涵，成为英国戏剧不可或缺的一部分。总的来说，现实主义文学创作直接反映了英国在第二次工业革命后期表现得暮气沉沉之现实。旧的生产关系变成了新兴生产力发展的桎梏，海外殖民地的独立运动风起云涌，曾经的日不落帝国变得老迈蹒跚，岌岌可危。

第一节 20世纪初的时代背景与文坛概况

19世纪末英国完成了从资本主义自由竞争向垄断的过渡而率先进入帝国主义阶段。在20世纪的最初阶段里它依然是世界上最强大的国家，经过一百多年的国内和平和工业革命以来的经济发展，通过不断的海外扩张侵略，大英帝国几乎囊括了世界四分之一的地区。到了爱德华时代，英国人期待着一个更为开明、更为进步的世界的到来。事实也正是如此，技术进步，教育普及，生活改善，阶级界限逐步消失，政治和社会改良逐步推进。1900年，一位叫作基尔·哈迪的自学成才的矿工成为国会议员；1902年《巴尔福法案》通过；1903年妇女社会和政治联合会成立；同年，

第七章　第二次工业革命时期的英国文学(20世纪初至第一次世界大战)

在伦敦街头出现了第一辆出租汽车;1905年公共汽车协会成立;1908年养老金体系建立;1911年国家保险法案通过;等等。爱德华七世虽然长期没有参与多少政务,但在他的母后维多利亚女王统治的后期,也已开始出使国外,在外交上取得了一些成就,其中对英国影响较大的是他促成的英、法、俄联盟,曾给他带来"和平缔造者"之美称。这个联盟提高了英国在欧洲的地位和影响,但是,它也使其他一些国家受到威胁,在客观上导致了第一次世界大战的爆发。但总的来说,这一时期英国国内比较稳定、和平,没有发生什么动乱或其他影响全国局势的大事件。

但20世纪初的英国面临着一系列特殊的矛盾,其中一些可以追溯到19世纪的后期。一方面,伴随着查尔斯·达尔文的《物种起源》的出版而逐渐加剧的信仰危机,在20世纪表现得更加突出。德国哲学家尼采(Fnedrich W Nietzsche,1844—1900)在一部著作中宣布上帝已经死了;英国哲学家伯特兰·罗素(Bertrand Russdl,1872—1970)在他著名的《一个自由人的崇拜》中提倡一种绝望的勇气。前者指出,随着基督教价值观的弱化,人应当有信心有勇气创造出新世界和新价值观。后者提出,神话中心似已消逝,上帝似已不再惠顾人世,没有任何东西能够让人逃脱死亡,然而人在绝望中要表现出生活的勇气。一时之间,人们似乎感到一种悲观主义。另一方面,大英帝国正在走向衰落;英帝国主义在普通人民的想象中以及知识界里都失去了控制力。此外,爱德华时期的英国在长达63年的维多利亚时代之后,呈现出一种反动。在思想上,人们对刚刚成为历史的"维多利亚主义"开始进行评判,维多利亚时代价值观的主要观点都遭到否定,人们强烈反对维多利亚时代的道德限制,陶醉于不计后果的享乐中。20世纪正展现出其全新的面貌。

除此之外,文学艺术界的许多思想和表现正在经历一个重新界定的过程。在维多利亚时代美学上业已出现的"艺术家的疏远感"这一现象,现在又开始普遍传播,尤其在具有艺术思想的人们中间,更是如此。文学界对现状表现出强烈的不满情绪,以及要求做出改变的决心。在心理学、人类学以及哲学等领域内都出现了重要的新发展,这些对文学创作也产生了深远影响。西格蒙德·弗洛伊德(Sigmund Freud,1856—1939)的《梦的解析》、詹姆斯·弗雷泽(James Frazer,1854—1941)的多卷本《金枝》以及亨利·伯格森(Henri Bergson,1859—1941)关于时间的新概念,这些都标志着时代的精神在变化,文学艺术在转型,在很大程度上促进了20世纪20年代在艺术及文学领域内的重大革新,导致了在品位和价值观方面的明显变化。爱德华七世时代的作家们及乔治五世时代的诗人们对当时正在发生的这些变化反应不够敏感,但他们通过艰苦耕耘对文学的发展做出了自己的贡献。他们当中的一些人,嗅觉非常敏感,在自己的文学创作中业已开始反映出一些新认识、新特点,为即将出现的新的文学表达形式——现代主义做了艰苦的准备工作。

第二节 爱德华时代的"三巨头"

1901年,英国的维多利亚女王去世,宣告了维多利亚时代的结束。爱德华七世继承王位,持续十年,期间英国延续了维多利亚时代的繁荣。1914年,第一次世界大战爆发,引发了资本主义社会的剧变。战争使英国损失惨重,元气大伤,"日不落帝国"一去不返。社会变迁和战争深刻影响着文学的发展。生活在20世纪初期的作家自觉继承并发展了19世纪的批判现实主义文学传统,但题材有所拓展,文学创作视角和风格各异,既有对海外扩张、殖民地风土人情的描写,也有对英国工业化进程中城市和乡村生活的反映。他们大多坚持民主主义立场,其中不乏对社会与时代矛盾进行揭示和抨击,批判资本主义工业文明和基督教文化传统。他们注重刻画外部细节,追求真实,单线式的传统叙事模式。这些现实主义小说领域内的早期作家有赫·乔·威尔斯(Herbert George Wells,1866—1946)、约翰·高尔斯华绥(John

第七章　第二次工业革命时期的英国文学(20世纪初至第一次世界大战)

Galsworthy,1867—1933)、阿诺德·贝内特(Enoch Arnold Bennett,1867—1931)。由于他们的创作在创作风格、思想倾向、美学立场方面具有很大的相似性,并都活跃于这一时期,其最严肃且社会历史意味浓的小说也几乎都是在这一时期问世的,因此文学上也称他们为"爱德华三巨头"。

一、赫·乔·威尔斯的小说创作

威尔斯出生于英格兰肯特郡,父亲是一个职业板球手,同时经营着一家五金店铺,母亲给有钱人当仆人。威尔斯14岁时,父亲的五金店倒闭,他不得不辍学,自谋生路。先后当过药店学徒、邮差、店员等,这也使他目睹了下层社会生活,为以后的创作积累了素材。偶然的机会,威尔斯获得了一笔助学金,进入南肯辛顿的理科师范学校学习,师从著名的生物学家托马斯·赫胥黎,积累了大量物理、化学、地质学、天文学等方面的知识。课余时间,威尔斯开始为一些杂志写文章。毕业后,他当过老师,并投身于文学创作。威尔斯对科学思想和社会历史的发展具有浓厚兴趣。他自称是一位社会主义者,但却反对阶级斗争和暴力革命。1903年,经萧伯纳介绍,威尔斯加入了"费边社",标榜改良主义。1909年,退出了费边社。第一次世界大战期间,威尔斯参与了国联的活动。在第二次世界大战期间,威尔斯曾支持进步力量,反对法西斯的侵略。1946年,威尔斯在伦敦去世。

在长达半个世纪的创作生涯中,威尔斯写有小说以及其他作品共百余部。按作品的类别,威尔斯的小说创作可分为三个阶段。

第一个阶段从学生时代到1900年为止,作品多为科学传奇,主要有《时间机器》《莫洛博士岛》《隐形人》《星际战争》《当睡者醒来》及《最先登上月球的人们》。这类小说是建立在天文学、进化论、生物学、物理学、化学等科学的基础上的,小说中的许多想象与预测都已被证实是正确的,比如太空飞行、外来引进物种对原有物种的毁灭性打击、原子的分裂、四维空间等。

　　第二个阶段从 1900—1910 年,其主要作品为社会讽刺小说,包括《爱情和鲁维轩先生》《吉普斯》《波利先生传》及《托诺·邦盖》等。这类小说大多以人们的日常生活为题材,描写小职员、店员或学徒的喜怒哀乐,并提出一系列具有倾向性的社会问题,寓讽刺于滑稽笑闹中,通过可悲又可笑的小人物的命运来反衬社会的炎凉,批判维多利亚末世及其社会道德与伦理,具有浓郁的现实气息,小说中塑造了很多"小人物"形象,用喜剧手法描写他们受命运摆弄,时而吉星高照,时而霉运当头,在生活的旋涡中沉浮不定的生活,像他一样营养不良、饱尝辛酸的年轻人不甘心失败,在生活洪流中奋力拼搏的景象会常常出现在他的作品中。

　　第三个阶段从 1910 年到去世,作品多是一些"阐述思想的小说",包括《现代乌托邦》《彗星显现的日子》《生命科学》及《未来世界的图景》等,这类小说不重情节,人物、故事、场景都为作者的长篇大论服务,科学幻想也成为作者阐述自己对社会结构、阶级关系、国际政治、历史发展等方面的观点的一个有效手段。

　　威尔斯继承了 19 世纪现实主义小说的优秀传统,塑造了许多既可悲又可笑的"小人物"形象,他以辛辣幽默的笔触讽刺世俗,描绘当时社会生活的风貌,揭示社会的真相,其最具有代表性的作品是 1900—1910 年出版的《爱情和鲁维轩先生》《吉普斯》《波利先生传》及《托诺·邦盖》等,下面将对这几部作品进行简要阐述。

　　《爱情和鲁维轩先生》通过年轻的鲁维轩对爱情和事业的期望和失望,生动地描述了 19 世纪 90 年代的生活与风俗。鲁维轩毕业于一所师范学院,他诚实可靠,梦想成为一名优秀的人才,成就一番事业。然而现实总是残酷的,毕业后他当了一名低薪薄酬的小学教师,每天面对果酱、汽灯、重复使用的衬衫领子和廉价寒碜的住所。在妻子分娩之际,他也只能自嘲:"还谈什么事业!抚养孩子本身就是一项事业。"鲁维轩的岳父则是一个虚伪和阴险狡诈的小人,宣称"诚实是使社会陷于离散混乱的力量;公众的团

第七章　第二次工业革命时期的英国文学(20世纪初至第一次世界大战)

结,文明的进步,唯有依靠热情而强烈的撒谎才能成为可能"。威尔斯让这个偷取钱财、一走了之的骗子用庄重、高昂的调子述说怪诞无稽的言论,道出了时俗的要害,让荒唐发出真理的光芒,足见小说辛辣的讽刺性和强烈的喜剧性。在现实面前和岳父的影响下,鲁维轩也从一个诚实的人渐渐变成一个不得不撒谎的人,他哀叹道:"我再也不是一个诚实的人了。"小说通过鲁维轩的遭遇,讽刺了社会道德的沦丧和社会秩序的混乱。

《吉普斯》描写了主人公吉普斯作为一个小人物坎坷的人生经历。吉普斯是一个出身于下层市民阶层的小人物,他在一个布店当学徒,童年凄苦,在一次醉酒后,他丢了布店的工作,就在此时,他突然得到生父的一大笔遗产,随即从一个一文不名的学徒变成了一个富翁。面对身份的巨大变化,头脑简单、受上层社会偏见影响的吉普斯沾染了虚荣势利的风尚,他大兴土木建造豪宅,费尽心机学习上层社会的礼仪举止,他周围的人也趁机趋炎附势,女教师海伦·沃尔辛厄姆表面上清高典雅,乐善好施,实际上看不起穷人,本来对当学徒的吉普斯不屑一顾,听说他发了财,态度立刻发生转变,一边接受吉普斯的求婚,一边盘算着如何攫取他的财富。在经历了一系列事件以后,吉普斯厌倦了所谓的上层社会,开始有所顿悟,最终他恢复了淳朴善良的本性,不顾身份的巨大差异,与身为女仆的青梅竹马安妮·波尼克结婚了。然而,生活再次出现戏剧化的一面:管理吉普斯钱财的人因投资失败而破产逃跑,吉普斯的生活再次落入困境,不过吉普斯夫妇并没有怨天尤人,而是开一家小书店过着清淡宁静的生活。后来,又因为一笔意外的投资而又使吉普斯成为有钱人,从此他对生活感到满足,认为自己是世界上最幸福的人。对于吉普斯,作者在讽刺中又包含着同情,这个人物代表着下层中产阶级的局限性和脆弱性,他有爱慕上层社会的虚荣心理,知识浅薄,甘受命运的捉弄;然而吉普斯又不失淳朴的本性,使得他又不那么让人厌恶。尽管这部小说有一些缺点,但《吉普斯》仍然是威尔斯最成功的小说之一。

《波利先生传》讲述的是一个中产阶级下层小人物波利的坎坷命运。波利出身贫寒，地位卑下，他渴望改变自己的命运，却又找不到出路。他经营着一家布店，但债台高筑，随时处于倒闭的状态。伤心绝望的波利打算烧掉布店，然后一死了之。当火烧起来时，他突然想起了邻家楼上还有一个年迈生病的老人，于是奋不顾身地救出老人。此举获得邻里的大加赞赏，保险公司也声称会赔偿布店的损失。可是，波利并没有感到满足和快乐，他依然感到压抑的痛苦，最后再次出走，隐居于乡村旅店。很多年后，波利回到家乡，颇受冷遇，最终又回到了乡间的旅馆，继续承受着精神压抑的痛苦。在这部小说中，威尔斯用喜剧的手法展现了一个小人物充满辛酸的人生道路。波利先生是一位不满足于现状，但又感到自身的潜力和情感都被无形的命运和生活压制了，找不到解决的方法，为解脱痛苦便打算自杀。然而，喜剧般的巧合使波利成为一个英雄，情感得到一次释放，不过事后他依然要面对枯燥而单调的生活和世风。无力改变命运的波利选择了逃避，退居田园。他初到乡间是出于自我选择，再回到乡间则更多的是由于无奈。在这里，作者表现了小人物在社会浪潮中的祸福变幻，无法抓住自己的命运，表达了对社会的批判和对小人物的同情。

　　《托诺·邦盖》以乔治与他叔父盛衰沉浮的经历为基本线索揭示正在迅速解体中的英国社会。乔治出身贫寒，母亲在乡绅府宅里当女仆，他在这座府宅里度过了童年。大学毕业后他一度远赴非洲探矿遇险，后来到叔父爱德华的医药公司任职。爱德华具有无穷精力，充满冒险精神。他先因投机而破产，后靠发明和推销假药"托诺·邦盖"而大发横财。假药的兴衰成败、经营者的生死荣辱是一部资本主义经营发家和道德沦丧的缩影。与此同时，乔治以科学的智慧和创新的热情制作小型飞船，学习飞行技术。后来假药欺诈东窗事发，爱德华登上乔治的飞船仓皇出逃，不料飞船坠落海中，爱德华死于途中。假药的兴衰成败是对资产阶级巧取豪夺的辛辣讽刺，经营者的生死荣辱是一部资本主义发家史的生动写照。小说的另一个重要主题是英国社会根深蒂固的阶级偏见和等级观念。乔治幼年时在乡绅庄园里与富家女比爱特里丝两小无猜的交往中已经隐藏着贫富之间的阶级的隔阂,青年时期旧情复萌一场热恋之后不能结为夫妻更暴露出士绅旧贵对工商新富的偏见和鸿沟。然而,乡绅住宅另易新主象征性地表明英国旧的社会结构的解体和新的阶级关系变化已势在难免。

总体来说,威尔斯是现实主义传统的重要继承人和捍卫者,他用现实主义手法展现了一个小人物充满辛酸的人生道路,表达了对小人物的同情和对社会的批判。

二、约翰·高尔斯华绥的小说创作

高尔斯华绥出生在一个富裕的中产阶级家庭,父亲是一位律师。高尔斯华绥曾入牛津攻读法律,但毕业后不久即转而从事文学创作。1891—1893年,他为研究海商法曾游历欧洲,期间遇到了一名水手,即后来成为著名作家的康拉德。两人由于对文学的共同爱好,一见如故,相谈甚欢,结下了深厚的友谊。1897—1901年,高尔斯华绥用"约翰·辛约翰"的笔名发表了多部小说,但并不太成功。于是,他努力学习和研究优秀作家的创作技巧,经过几年的学习和磨炼,他终于在1904年出版了表现社会差异悬殊的小说《法利赛人岛》,引起了人们的关注。1906年发表了《有产业的人》,获得极大成功,得到公众和文学界的一致赞誉。后经二十多年的不懈努力写成《福尔赛世家》与《现代喜剧》两组三部曲,在去世前的三年里完成了又一组三部曲《一章的结束》(《姑娘在等待》《开花的荒漠》《在河上》)。高尔斯华绥对戏剧创作也十分感兴趣,他几乎每年写一部剧本,主要戏剧作品有《银盒》《斗争》《正义》《鸽子》《皮肤游戏》《忠诚》等。此外,高尔斯华绥还创作了不少的散文、诗歌。1933年,高尔斯华绥逝世。

高尔斯华绥是个多产作家,但确立高尔斯华绥在文学界上的成就地位是他的《福尔赛世家》三部曲:《有产业的人》《进退维谷》《出让》,并于1932年获得了诺贝尔文学奖,下面主要对这三部作品进行简要阐述。

　　《有产业的人》是《福尔赛世家》中的第一部，也是高尔斯华绥的代表作之一。在小说的开端就将福尔赛家族的各代人都引见了出来，第一代人大多是事业有成的上层人，有的是矿主，有的是公司董事长，有的是房产经纪商等，他们喜欢收集名画、古董，最看重的是财产，正如书中所说的"紧抓住财产不放，不管是老婆，还是房子，还是金钱，还是名誉"，这被作者称为"福尔赛精神"。家族中的第二代，老乔连的儿子小乔连是一个家族的叛逆者，由于不满金钱与利益的婚姻而抛弃妻子，与家庭教师私奔。老乔连的侄子索米斯，也就是这部小说的主人公，则是一个不折不扣的具有"福尔赛精神"的有产业的人。索米斯表面上十分爱自己的妻子伊琳，坚持不懈地追求她，为她买衣服首饰，建造乡间别墅。但是实际上伊琳只是一件被索米斯占有的财产，一件满足他的虚荣心，可以被赏玩的收藏品。伊琳拥有美貌，却没有钱，她嫁给索米斯，却并不爱他。在建造乡间别墅的过程中，伊琳与老乔连孙女的未婚夫、建筑师波辛尼相爱了，索米斯劝说无效、寻机报复，控告波辛尼违反合同，使得波辛尼处于破产的边缘。波辛尼在失魂落魄中命丧车轮之下。最终，伊琳被迫回到了丈夫的身边。索米斯似乎胜利了，但是妻子永远不会爱上他，他也无法得到妻子的心。在小说中，渴望自由与幸福、艺术与爱情的伊琳最终没有能逃脱金钱和权势的掌控。作者成功地塑造了索米斯这个典型的人物形象，他内心充满着无尽的贪欲，内心的情感被这种金钱的占有欲逐渐腐蚀，正如作者所说，这部小说的基本主题是对财产的占有欲与对艺术的美感之间的对立与冲突，揭露私有财产欲对人的感情的腐蚀。

　　《进退维谷》继续讲述索米斯和伊琳的故事。索米斯和伊琳经历了波辛尼事件后再也不能继续生活下去了，两人选择了离婚。索米斯更加醉心于财产和金钱的攫取，为了要一个孩子继承家业，他花费大量钱财娶了年轻貌美的法国姑娘安奈特为妻，并生下女儿芙蕾。在索米斯心中，占有一切有价值的东西仍然是他的最高目标。此时,老乔连的儿子小乔连回到家乡,继承了父亲的遗产,并对伊琳产生了同情,在两人的交往过程中,逐渐萌发爱意,最后两人结合,生下儿子约翰,一家人快乐地生活在乡间的别墅中。该小说还重点展现了人物生活的时代状况和社会图景,在第十章里作者对维多利亚时代的结束发出了感慨:"道德变了,习尚变了,人变成猿猴的远亲,上帝变了财神爷……64年的太平盛世,偏爱财产,造就了中上层阶级;巩固了它,雕琢了它,教化了它,终于使这个阶级的举止、道德、言谈、仪表、习惯、灵魂和那些贵族几乎没有差别。这是一个给个人自由镀了金的时代!"总体来看,《进退维谷》中对索米斯令人生厌的形象有所淡化,批判色彩也不如第一部那么浓厚。

《出让》中叙写了索米斯和伊琳的后代阴差阳错相恋的故事。伊琳的儿子乔恩和索米斯的女儿芙蕾邂逅并相爱,此时两家曾经的纠葛并没有得到解决。当乔恩得知前辈的宿怨时,左右为难,始终无法接受芙蕾的爱情。芙蕾也痛苦万分,失望至极,无奈嫁给了一个贵族青年迈克尔。小说的最后,描写了年老时索米斯独自一个人在高门山的公墓前反思,更加淡化了之前的令人生厌的形象,也为资产阶级人物加上了正面的一笔。

总体来说,高尔斯华绥擅长用幽默嘲讽的语言、客观冷静的叙述讲述生动的故事情节,再现生活的真实,展现社会生活面貌,是一位继承了传统现实主义创作的作家。

三、阿诺德·贝内特的小说创作

贝内特出生于英格兰北部山区的陶镇,自幼喜爱文学,中学毕业后在父亲的律师所工作,后就读于伦敦大学,学习法律。之后不再从事法律方面的工作,转而到《妇女》杂志社做新闻编辑。1900年,贝内特离开英国到巴黎定居,专心从事文学创作,1931年,贝内特去世。

贝内特一生创作了30多部小说和其他一些各种题材的作

品。其中《五镇的安娜》《老妇的故事》及《莱斯曼台阶》气氛饱满,观察细节翔实,从社会现实和心理角度都体现出作家的高度的敏感性,结构和行文精深圆熟,堪称英国小说创作中现实主义传统的佳作。

《五镇的安娜》是贝内特第一部比较成功的小说,作者把握住了瓷都生活的脉搏,记录19世纪80年代至20世纪初社会变化的脚步。女主人公安娜是一个富有而吝啬的瓷商的女儿,她温和、善良而富有同情心。她迫于父命而常向破产瓷商的儿子催租索债,及至分手时刻才发现淹没在债主与债户冰冷关系之下的是她对这个年轻人的暗恋与钟情。但是她无法改变生活的现实,只能按婚约与一位家道殷实而年长的瓷商结婚,因为作为一个孝顺的女儿和忠诚的未婚妻,她不得不承认,女人的一生或多或少是一种牺牲。小说中,安娜的性格塑造得比较成功。这个少女天真、善良、谦卑、诚实,富有同情心,具有一定的勇气。她处于父亲和未婚夫的掌控中,没有多少独立意志和意愿可言。未婚夫所爱的是她的钱,而不是她。她的弱点在于一生听命于人,对别人的摆布逆来顺受,不做反抗或争斗,把自己的命运放在他人手中,任其捉弄。在小说中,她从头到尾,性格基本没有改变,从生活经历中没有受到多少教益。她的生活只能是随波逐流、仰人鼻息。可以预料,她是不会有快活和幸福可言的。但是,她也有表现自己性格的场合。她在宗教问题上坚持自己的理念。在听到普莱斯伪造支票时,她不顾父亲的盛怒,从他的办公室拿出支票撕毁。这说明,她虽然身在五镇,但心灵却不属于那里。安娜的问题在于她的性格。她的性格似乎很难改变,其关键在于,她不想、也不愿改变。这有点自然主义的印记。左拉的自然主义提出,人受两种影响的制约:一是环境;一是"遗传"。安娜在降生时从妈妈胎里带来的本性,加上妈妈对女人的不正确认识和教导的影响,就显示出"生来如此,本性难移"的意味了。

《老妇的故事》这部小说以时间为顺序,以性格发展和境遇演变为线索,小说中不仅有英国小镇生活,还有巴黎的大城市生活。

第七章　第二次工业革命时期的英国文学(20世纪初至第一次世界大战)

书中的主角是一对姊妹,小镇上布店老板的女儿,姊姊康斯登司温顺、善良、安分守己,生老婚嫁都不出小镇;妹妹索菲亚活泼、美丽,老想去闯外面的大世界,结果与人私奔,遭到遗弃,最后在巴黎城里开了一家公寓,靠精明的经营攒了一点钱。两姊妹虽然各有遭遇,最后仍在互相怜悯中死在小镇。开始思考"究竟怎样才是有意义的生活？才算是没有虚度一生？"故事的结局充满一种人生徒劳的情绪。在这本小说中,贝内特表达了从青年到老年的自然现象,在这个进程中,人对自己以及他人都无法了解,对命运也无从把握,人生只是一个从生到死、从青春华美到衰老死亡的生物学悲剧。这部作品体现了作者对人生的消极观点。在作者看来命运是冷酷的,人生是徒劳的,时间代表着自然界不可抗拒的力量,使青春朱颜变为老迈丑陋,使精力旺盛变为衰朽死灭。

《莱斯曼台阶》是一个既有趣而又悲惨的故事。书商亨利经营着从叔叔莱斯曼那里继承来的一个书店,里面布满灰尘,灯光暗淡,他本人就住在店里一个藏书的屋子里。一天糖果店店主维奥莱特派帮工埃尔西(也是亨利的清洁工)来买食谱,在一来二去的讲价过程中,亨利发现维奥莱特是个节俭的女人,于是二人开始亲近,后来准备结婚。婚后二人到伦敦度一天"蜜月",可是由于早餐花去10先令,亨利决心提前回家,以免花掉更多的先令。他们提前回到书店,发现原来漆黑一片的店铺宛如失火一般的通明,亨利大惊失色。原来维奥莱特走前安排清洁工们来店里打扫,要让丈夫看到一个干干净净的书店,给他一个惊喜。亨利见状,不仅没有惊喜之感,反而心痛工钱。维奥莱特很快发现,亨利是一个守财奴,他每天几乎不吃什么东西。维奥莱特和亨利吵过,但后来决定按照他的习惯生活,以求平和。后来,亨利病倒,但他拒绝治疗。维奥莱特也病倒,死于营养不良。亨利不久也死于癌症。他的财产最后由他做牧师的弟弟继承。小说情节让人捧腹,结尾却异常悲哀。在小说中,作者着重刻画了一个守财奴的形象,亨利生活极其简单,对金钱爱不释手,他有使命感,他的最高境界是建立一座金山。看看他在保险柜里存起的一捆捆新钞票、那一大堆黄金，最后也算死得其所了。在小说中，贝内特不断地谈到宇宙的奥秘，即宇宙内在的、人所不能了解的、把人推向疯狂甚至毁灭的力量。两条人命成为堆积金山的激情的牺牲品，而当金山最后形成时，它却对人毫无益处地落入一个类似苦行僧的人的掌握中，这好像是老天可能实在是无所事事，转而从与凡人故意开的生死玩笑里找乐子，表现出贝内特的自然主义思想倾向。但是，贝内特的画面不全是灰蒙蒙一片黯淡；人们也可以看到与黑暗相对的亮点，表示生活尚有希望。在小说中，善良的埃尔西则就是生和希望的象征。她憧憬未来，但讲求实际，脚踏实地，待人真诚，为人忠厚，工作努力，热爱并享受生活。她代表人的乐观和期望。

总体来说，贝内特是一位继承了传统现实主义创作的作家，在他的创作中，他十分注重对典型人物的塑造，用客观冷静的叙述再现生活的真实，用幽默嘲讽的语言讲述生动的故事情节，展现出广阔的社会生活面貌，对后来的现实主义小说创作产生了深远的影响。

第三节　乔治时代的诗人

乔治时代是指英王乔治五世在位的年代，乔治时代的诗人指的是一批作品被收录在爱德华·马什（Edward Sir Marsh，1872—1953）的《乔治时代的诗集》里的诗人，这些诗人创作传统诗歌，反对19世纪90年代前卫的唯美主义诗歌，他们观察大自然、爱情以及英国农村的传统生活，以一种温和、自然和易懂的方式把这些题材表达出来。他们唱着甜美的田园歌曲，歌颂英国在第一次世界大战之前所享受的短暂的宁静和安定，并在第一次世界大战之后的混乱时期为人们开辟了一条逃避的途径。西格弗里德·萨松（Siegfried Sassoon，1886—1967）、鲁珀特·布鲁克（Ru-

第七章 第二次工业革命时期的英国文学(20世纪初至第一次世界大战)

pert Brooke，1887—1915)、威尔弗雷德·欧文(Wilfred Owen，1893—1918)等都是乔治时代具有代表性的诗人。

一、西格弗里德·萨松的诗歌创作

萨松出生于肯特郡。父亲是犹太人，母亲来自信奉天主教的书香门第。虽然父母在萨松很小的时候就因失和而分居，但其童年生活似乎并未因此受到太大的冲击，他是在优裕舒适的环境下长大的。1905年，他进入剑桥大学的克莱尔学院学习法律和历史，但不知何故两年后却中途辍学，回到家乡靠着刚刚够用的收入重新过起悠闲自在的生活。萨松爱好广泛，尤其钟情于舞文弄墨。他曾尝试写一些具有济慈风格的诗作，但在诗坛上反响不大。1914年，第一次世界大战爆发，打乱了萨松平静如水的生活。英国开始时想逃避这场战争，但当发现向德国宣战是不可避免的时，英勇迎敌、捍卫正义就成为政府向全民宣传和渗透的"战时意识形态"。在这种意识形态的驱动下，大多数年轻人都抱着盲目的爱国主义热情积极报名参战。精力充沛、血气方刚的萨松当然也不例外，他在英国还未正式宣战时就已应征入伍。他先当骑兵，后擢升为陆军中尉。他在战争中的表现可谓是骁勇善战、无所畏惧。1916年，他冒着枪林弹雨，只身一人偷袭德军战壕，并救出所有死伤的战友，因而荣获军事十字勋章。然而，他的英勇行为并不意味着他是战争狂。虽然他在开战之初的一些诗作里表达了支持战争的态度，但随着所经历的场面越来越惨烈，所承受的痛苦越来越沉重，他的热情日益冷却下来。除恶劣的环境和血淋淋的杀戮外，更令萨松痛心的是他的胞弟和好友先后战死沙场。接连的打击使他在战场上用近乎疯狂的勇气来宣泄心中的悲恸，与此同时，他的反战立场变得愈发鲜明和坚定。1917年，在一次短休之后，萨松公开表明不再重返战场。他还将自己所荣获的军事十字勋章扔进默西河里。

萨松的反战诗主要收录在他的诗集《往昔的猎人》和《反击》

中,其中既有描写恶劣战地环境和士兵们理想破灭的诗篇,如《梦幻者》,也有批判战争愚蠢和决策者残忍的作品,如《基地详情》和《将军》。萨松还把批判的矛头指向为战争制造舆论的教会和媒体以及后方蒙昧无知的百姓们。如《他们》一诗就通过主教和士兵们之间的简短对话讽刺教会道貌岸然的本质。在诗中,主教对士兵们说:

> 小伙子们归来
> 他们会大不一样,因为他们将为
> 一项正义事业而战:他们率领了
> 对异教徒的最后进攻;他们战友的鲜血
> 换取了新的权利来滋养一个荣光的民族,
> 他们蔑视死神,和他面对面。

主教眼中的战争显然是荣光而神圣的,但在即将奔赴战场的士兵们听来,这是多么苍白无力的说教。他们的回答冷静而悲凉:

> 我们没有一个和以前一样!
> 乔治没了双腿;比尔瞎了眼睛;
> 可怜的吉姆肺部中毒,就要一命呜呼;
> 还有伯特染了梅毒,你找不到一个
> 曾服过役却一点变化没有的伙计。

士兵们的话无疑会令每一位听者感到震撼,但一本正经的主教却似乎不为所动,他竟将战场上的杀戮和流血视为上帝的安排,在他看来,"上帝的行事则是不可捉摸的"。主教这种冷冰冰的解释不仅不能使无法掌握自己命运的士兵们得到慰藉,反而充分暴露出战时英国教会主流意识的虚伪和非人性化。

讽刺诗《编辑印象》批判的是服务于国家权力机构、美化战争和颂扬将领英明决策的战地记者。在诗中,一位刚从前线采访归来的编辑和一名受伤的士兵在后方的一家酒吧里交谈。具有讽刺意味的是,在身心都受到伤害的士兵面前,编辑却眉飞色舞地谈论起战地所给他留下的美好印象。这些为了名或利隐瞒战争

第七章 第二次工业革命时期的英国文学(20世纪初至第一次世界大战)

实情的战地记者成为政府宣传"战时意识形态"的喉舌,后方的百姓们则以他们夸夸其谈和吹嘘英雄主义的报道为根据,坚信保家卫国是荣耀之事,而自己的亲人有了这样的信仰在战场上必定英勇无比。《妇女的光荣》就是这样一首揭露后方百姓蒙昧轻信、不辨真相的作品:

> 你们爱我们当英雄回家度假,
> 或在被人颂扬的战场上受了伤。
> 你们崇拜胸前的勋章;并确信
> 勇气已经把战争的耻辱补偿。
> 你们为我们造炮弹;高兴地聆听
> 泥土上遇险的故事,天真地激动着;
> 给我们在远方作战的锐气加冕,
> 为悼念头戴桂冠的阵亡者哀恸着。
> 你们不相信英国军队会"后撤":
> 可他们被极度的恐怖击倒而奔逃,
> 踏过可怕的尸体——浸在血泊里。
> 哦,在炉火旁做梦的德国母亲啊,
> 你还在织袜子准备给儿子送去,
> 他的脸已经被踩进更深的烂泥。

这首诗的讽刺意味在于,母子关系本应是最亲密、最贴心的亲情,但受战时宣传的影响,同时又在人性中固有的虚荣心的驱使之下,母亲们似乎并不关心儿子们在战场上经受的巨大伤痛,却更为在乎他们的胸前是否有勋章,是否能在战场上表现得英勇无畏,或能制造出难以置信的战争传奇。更为可悲的是,当母亲们在军工厂里热情满怀地为士兵们连夜赶织袜子时,她们不知道后方百姓们其实正生活在谎言编织的梦想之中,而自己引以为荣的儿子们也许已在沙场上丧命或正奄奄一息。萨松的这些战争诗里充溢着恐怖的意象和辛辣的讽刺。

二、鲁珀特·布鲁克的诗歌创作

　　布鲁克曾被公认为英国最杰出的年轻诗人之一。他的抒情诗和表现战争题材的十四行诗为他赢得了国际声誉。在诗歌创作上,他15岁在拉格比公学就读时开始写诗,并出版过两首诗歌《金字塔》和《巴士底狱》。由于早年崇拜过波德莱尔、史文朋、王尔德等人,布鲁克早期的诗歌具有较强的模仿的痕迹,诗的基调压抑、沉闷,遣词常落俗套,修辞过于华丽,且节奏松散,虚幻的爱情被推向至高无上的地位。进入大学以后,布鲁克结识了文学爱好者、日后成为丘吉尔秘书的爱德华·马什和乔弗里兄弟(布鲁克传记的作者),并从此开始活跃在诗坛上。布鲁克研究英国文学,对当时鲜为人知的多恩的玄学派诗歌大加颂扬。第一次世界大战爆发后,这位社会主义者像当时大多数社会主义者那样,竟不顾普世主义的博爱理想,出于对大英帝国的"爱国"狂热,投笔从戎,走上前线,1915年因血液中毒身亡。

　　布鲁克最有名的诗作是他的五首战争十四行诗,反映出战争初年英国年轻人的"英雄主义"气概。其中一首《战士》最脍炙人口:

> 如果我死了,只要想到我这一点:
> 在异国田野里的一角
> 变成了永恒的英格兰。那片肥沃的田野
> 将掩藏着一块更肥沃的泥土,
> 这块泥土生于英国,长于英国,觉醒于英国,
> 热爱过英国的鲜花,漫游过英国的道路;
> 这是一个属于英格兰的身躯,呼吸过英格兰的空气,
> 在故乡的江河中洗涤,在故乡的阳光下沐浴。
> 你只要想到我这一点,这颗涤尽邪恶的心脏
> 将永远搏动在英格兰的胸中,将以同样的豪情

第七章　第二次工业革命时期的英国文学（20世纪初至第一次世界大战）

在某个地方回荡出英格兰赋予的思想，
英国的景色，英国的召唤，梦见当年的幸福情景，
发出友人们熟悉的笑声；在英国的天空中
为和平的心胸带来宁静

　　有人认为这首诗是诗人生前对自己的预言。的确，布鲁克参战时已做好视死如归的准备，他心甘情愿地为祖国献身，因为在他看来，牺牲在战场之上能将自己变得高尚而纯洁。这样的思想无疑体现了诗人对完美主义的追求。不过也有批评家指出，布鲁克之所以对战争抱有近乎狂热的拥护态度，部分原因是他在战前受到了情感的困扰和无端的指责，因而他想借助战争"摆脱一切邪恶"，清洗掉自己身上的软弱、痛苦和耻辱。布鲁克的预言最终成真。他虽然没有浴血奋战的亲身体验，但阵亡在异国沙场上的事实和洋溢在其诗作中的满腔激情却使他成为英国家喻户晓的英雄诗人和为国捐躯的爱国青年的典范。

　　对布鲁克来说，战争是一件鼓舞人心的事情。他的这首诗传诵一时，当时的威廉·英奇主教在伦敦圣·保罗大教堂作复活节布道时曾经用过这首诗。但是，布鲁克的这种盲目的"爱国主义"并不为当时的年轻诗人所完全认同。布鲁克本人并未参加过西部前线的战斗，所以他的诗总体而言是激情多于理性。

三、威尔弗雷德·欧文的诗歌创作

　　欧文出生于英格兰的什洛普郡，他的家境不算富裕，靠着父亲做铁路职员的微薄收入勉强度日。欧文受母亲的影响很深。欧文的母亲是一名虔诚的英国圣公会教徒，她禁止孩子吸烟、喝酒，甚至上剧院看戏，鼓励他们阅读文学经典、研习神学著作，《圣经》成为欧文文学启蒙的第一个源泉。1912年，他写了一首名为《当看到济慈的一绺头发时》的短诗，这首诗虽然略显稚嫩，但是充分表现出他对济慈的崇拜之情。1911年，为了踏进大学的门槛，他不得不去参加考试，以获取能够帮助他上学的奖学金，但这

次的考试并不理想。无奈之下,他只好去做了一位乡村牧师的读经。1913年,欧文远赴法国波尔多找到了一份家庭教师的工作。1915年9月,欧文应征入伍。1916年圣诞节过后,欧文被任命为陆军中尉,之后就随军开赴法国战场。1917年5月,因被诊断患"炮弹休克症",欧文被送到爱丁堡一所军队医院里养病。养病期间,他遇到了当时已经小有名气的西格弗里德·萨松,萨松对战争极为反感,而且还大胆地表达出了自己的反战情绪,他因此被欧文视为真正的英雄。1918年7月,由于萨松在一次事故中头部受伤而无法重返战场,欧文决定接替其所担负的记录和揭露战争的使命,再次奔赴法国前线。但不幸的是,他于战争结束前的一周战死沙场,当时年仅25岁。

欧文共创作了近百首反映战争的诗歌,生前发表4首。他去世后,萨松对其手稿进行整理,选取其中的23首收进他和女诗人伊迪斯·希特维尔(Edith Sitwell,1887—1964)合编的《诗选》里。之后,随着几版更为完整的欧文诗集的出现,批评界越来越认识到,这位名不见经传的年轻人的诗歌及其浪漫和悲怆的笔触,蕴含着感人的锐利和深刻。欧文对战争的描写,显然受到萨松的影响,这不仅反映在他对战争的态度上,也体现在他的诗歌所运用的讽刺手法上。不过,与萨松相比,欧文的情感更加细腻、深沉,因此嘲讽的意味就不如前者的作品表白得那样一无遮拦和咄咄逼人。事实上,欧文在刚开始写战争诗时,就对自己写作的基调和主题有了自觉认识。他在生前曾试图把自己的诗作编辑成册,在为此所写的简短前言中,欧文写道:

  这本书不是关于英雄的。英国诗歌现在还不适合谈论英雄。
  它也不是关于战争以外的功绩、土地、荣光、名誉、力量、威严、主权或权力的。
  我首要关心的不是诗歌。
  我的主题是战争和战争所引起的悲悯。
  诗歌存在于悲悯之中。

第七章 第二次工业革命时期的英国文学(20世纪初至第一次世界大战)

然而,这些挽歌并不旨在安慰我们这代人。诗人在当下所能做的就是警戒。这就是为什么真正的诗人必须要讲真话。

可见,作为诗人,欧文与萨松一样,具有强烈的历史责任感和社会使命感。他们在战壕中写作的目的就是表达对残酷战争的刻骨铭心的憎恨,以唤醒人类对和平的渴望。但欧文显然更注重展现现代人在战争中的执迷不悟和无足轻重,他的诗作充满对不幸者的深切怜悯,这种怜悯不仅超越了对战争暴行以及稚嫩愚昧的大后方的抗议,也超越了诗人的自怜。

《青年阵亡者的颂歌》是欧文最有影响力的诗作之一。它采用十四行诗的形式,前8行描写满怀理想的青年们在战场上像屠宰场里的牲畜一样死去,而隆隆的炮火就好似不断敲响的丧钟,呼啸的枪声则如同人们为死者所做的浮皮潦草的祷告:

> 什么钟为牛马般死了的青年报丧?
> 只有大炮的巨怪一般的怒叫。
> 只有步枪的突突鸣响,
> 匆匆忙忙地做出了一些祷告。
>
> 不要笑他们:没人祈祷,没丧钟,
> 没有悲悼的声音,除了那唱诗班——
> 尖声哭叫的炮弹唱诗班,发了疯,
> 和号角,从悲哀的州郡向他们呼唤。

在这一部分,诗人用自己所熟悉的安宁与舒缓的宗教场景,来反衬战事的紧张和无情,并通过栩栩如生的视觉和声音意象,将战场上激烈的场面生动地展示在读者面前。如果说前8行的基调多少带有一些萨松诗风的特点,该诗的后6行则完全是欧文自己的风格:

> 拿什么蜡烛来祝福他们每个人?
> 孩子们手中没拿,孩子们眼睛里

将射出告别时刻神圣的亮光。
姑娘们额上的苍白给他们做柩衣；
他们的花圈是忍痛者心中的深情，
渐暗的黄昏是一次次帘幕的徐降。

诗人在这一部分将视角转向后方，放缓语气，想象着在阵亡者的家乡，人们手举着蜡烛为死去的亲人哀悼祈祷。纯洁的孩子们和善良的姑娘们所表达的悲哀之情无疑是最真实、最由衷的，但谁又知道他们的悲伤能持续多久？随着"黄昏渐暗"，亲人们的悼念也许就如同慢慢降下的帘幕，最终将逐渐隐去，直至消逝。这正是战争所引发的"悲怜"。

第四节 爱尔兰民族戏剧的振兴

19世纪末20世纪初，爱尔兰在以威廉·巴特勒·叶芝（William Butler Yeats，1865—1939）为代表的知识界人士的带领下，进行了一场力图表现本土传统文化、发掘本土创作题材和运用本土创作语言的新爱尔兰戏剧运动。叶芝是爱尔兰戏剧运动的核心，他创作的剧作大都取材于古老的民间故事和英雄传说，带有浓厚的爱尔兰民族色彩，这正应了这次运动为复兴爱尔兰传统文化的初衷。另外，依莎贝拉·奥古斯塔·格雷格利夫人（Lady Isabella Augusta Gregory，1852—1932）也是这一时期的代表作家，她鼓励、培养和保护了许多作家，给爱尔兰戏剧指出了发展方向。

一、威廉·巴特勒·叶芝的戏剧创作

叶芝出生于爱尔兰首都都柏林，父亲是前拉斐尔派的画家，母亲来自爱尔兰斯拉哥乡间，叶芝童年时经常去外祖父家度假，乡间淳朴的民风，优美如画的风景，一直留存在他的记忆中。

第七章　第二次工业革命时期的英国文学(20世纪初至第一次世界大战)

1881年,叶芝在都柏林的伊雷斯摩斯·史密斯中学念书。由于他父亲的画室就在该所学校的附近,所以叶芝经常去那里消磨时光,在那里,他结识了许多的作家和艺术家。1883年,叶芝中学毕业,之后便开始进行诗歌创作。1884—1886年,叶芝就读于大都会艺术学校,在此期间他仍然进行诗歌创作。1890年,叶芝和欧内斯特·莱斯共同创建了"诗人会社"。"诗人会社"的成员们会定期集会来共同讨论诗歌创作。1902年,叶芝资助建立了丹·埃默出版社,用以出版与爱尔兰文学复兴相关的作家作品。晚年的叶芝百病缠身,在妻子的陪伴下到法国休养,1939年逝世于法国曼顿。

虽然一提起叶芝,人们首先想起的是他的诗歌,但是叶芝也十分倾心戏剧创作。他提出爱尔兰戏剧的改革要求,即布景简单,不能转移观众的注意力,表现风格要简练朴实,突出戏剧的语言美。

叶芝是爱尔兰戏剧运动的核心,他创作的剧作大都取材于古老的民间故事和英雄传说,带有浓厚的爱尔兰民族色彩,这正应了这次运动为复兴爱尔兰传统文化的初衷。他一共写下26部剧本,这贯穿了他生命的始终,其中也不乏质量上乘之作。如《凯瑟琳·尼·霍利安》《心愿之乡》《黛德尔》等。

《凯瑟琳·尼·霍利安》讲述了1798年法国军队帮助爱尔兰反抗英国殖民军的故事。在爱尔兰西部农村,有一家人正为儿子迈克尔准备婚事时,一位疲惫不堪的老妇来到他们家。人们很好奇她为什么会流落于此,她说有人将她的4块绿色土地抢走,称只要有人能帮她夺回来就得到荣耀和富贵。迈克尔答应帮老妇找回土地,而当听到迈克尔的弟弟帕特里克说到法国军队已在吉拉拉登陆来帮助爱尔兰起义的消息后,老妇就像年轻姑娘一样"迈着女王的步伐"迎上前去。这里的老妇实际上就是爱尔兰的象征,而抢走她土地的就是英国人。叶芝以这个具有浓厚民族主义象征色彩的故事中展现了爱尔兰的历史变迁。尽管剧中对话寥寥,但观众听到的却是民族感情中最纯净和最崇高的呼声。可以说,此戏是叶芝最简洁的民间故事,又是他古典主义意义上的完美杰作。

独幕剧《心愿之乡》曾用作正戏演出前的开场小戏,内容同样以爱尔兰的民间传说为题材,而且富有浪漫的神话色彩。新婚少女玛丽·布罗瑛正在门旁读一本古书,故事讲的是爱尔兰的伊丹公主在5月某日的黄昏听到歌声,就如醉如痴地跟着歌声来到一个仙境——心愿之乡。在那里,谁也不会衰老,不会变恶。读到这里,玛丽看见一个老妇向她招手,手里拿着一只杯子。她可能是渴了,玛丽便给她牛奶喝。接着玛丽又看见一个陌生老人向她打手势,要借火点烟斗,她便把火给了他。最后,一个仙童唱着歌来到门前,说这里有一个人必须离家随他而去。玛丽问仙童几岁了,仙童回答道,他比天下最古老的事物还要老,刚才玛丽看到的两位老人是他派来的使者,现在他亲自来邀请玛丽跟他去心愿之乡,那里青春永驻,欢乐常在。神父以天堂的诱惑劝阻玛丽,丈夫用双臂抱住她,不让她走。玛丽在去留两难之中倒地而死,仙童也突然消失。在大家的叹息声中,只听得门外传来一片歌舞声——玛丽正跟随仙童去心愿之乡。该剧描述了生活中两种对立现象,如老年与青春,异教与基督教,生与死,短暂与永恒,等等,颇有叶芝诗一般的戏剧风格。

《黛德尔》是叶芝1907年的作品,该剧作被称为爱尔兰海伦的悲剧。剧中依约与康丘巴国王结婚的黛德尔其实并不爱他,在外逃时与英俊的年轻人劳伊斯一见钟情并嫁给了他。康丘巴设下圈套,假意答应他们,让他们返回宫中,但却食言杀死了劳伊斯。黛德尔假意默许国王,然后寻机自杀。劳伊斯因他人背信而丧命,黛德尔为守信而自杀,剧本在短短一幕中将两人之死所唤起的同情集中予以描写。剧中悬念丛生,诗歌带着美感,也带着凶险。这出戏代表了叶芝对易卜生、萧伯纳和所有自然主义戏剧的反叛。叶芝试图创立一种新的戏剧,吸引一批新的观众,这出戏体现了叶芝从未尝试过的戏剧结构,自然也是他众多剧作中的一部佳作。

总体来说,叶芝的戏剧富有爱尔兰民族特色。在戏剧的创作中,他不仅使用了高度凝练的对话,而且运用了深沉抒情的合唱;此外,他还借用面具、舞蹈和音乐等手段,常常令人心醉目眩。

二、依莎贝拉·奥古斯塔·格雷格利夫人的戏剧创作

格雷格利夫人出生于高威郡的一个贵族家庭,并嫁给了当时的国会议员威廉·格雷格利爵士。由于丈夫的关系,格雷格利夫人结识了很多文学界的知名人士,他们经常聚集于柯尔的庄园,那里也因此成了文学民族主义者的自由聚会场所,格雷格利夫人也由原来反对有利于爱尔兰的"自治法案",逐渐转变为一个民族主义者,并自愿充当叶芝的保护人。1904年,她和叶芝一起创立了阿比剧院(爱尔兰文学剧院的前身)。此后,格雷格利夫人接连创作了《散布消息》《牢门》《月出》等剧作。1932年,格雷格利夫人去世。

《散布消息》把巧合、误解和爱尔兰人对事实夸张的本领汇聚在一起,将平凡单调的日常琐事夸大成一桩耸人听闻的谋杀案。剧中爱讲闲话的村妇塔培夫人,总靠经验行事的英国官员,对周围发生的一切不闻不问,这一系列人物都具有滑稽剧的特征。这个戏剧实际上也反映了这样的现象:当地人与外界隔绝,既不服外来的权威,也不顾事实的真相。《牢门》与《月出》都采用了讽刺手法。前者描写了一位妇女等待丈夫出狱的焦急心情,暗含对英国殖民者的抗议。后者主要表现的是鲜明的爱国主义,讲述了一个政治避难者因演唱自己家乡的歌谣感动了警察而获得帮助并得以逃脱的故事。

总体上来说,格雷格利夫人的剧作多写一些民间传说故事。她对爱尔兰戏剧的贡献主要表现在以下三方面。

第一,她早期剧作给爱尔兰戏剧指出了发展方向。

第二,她鼓励、培养和保护了许多作家,自愿充当叶芝的保护人等。

第三,她为很多阿比剧院的保留节目,包括叶芝的剧本在内,做了大量的润色工作。

因此可以说,格雷格利夫人是爱尔兰戏剧和爱尔兰文艺卓越的捍卫者。

第八章 后工业革命时期的英国文学
（第一次世界大战后至 1945 年）

第一次世界大战历时 4 年多，它在物质和精神方面给人类社会带来了空前浩劫。在这场战争中，虽然战火并没有烧到英国本土，但英国还是因这场战争而损失惨重，其海上霸主的地位开始动摇。与此同时，第一次世界大战从根本上动摇了英国人民的信仰，也使得活跃于战后文坛的诗人、作家和艺术家们处于一种无所适从的精神状态，并最终陷入了道德和价值观念上的"迷惘"状态。而这种"迷惘"状态无疑为以非理性主义哲学为理论基础的现代主义文学思潮的产生提供了社会土壤，现代主义文学创作由此获得了迅速发展。有所谓"成也萧何，败也萧何"，两次工业革命在给英国带来财富增值的同时，也催生了工人阶级的诞生并客观上导致了英国社会的两级分化，随时有着撕裂的可能。进入 20 世纪 30 年代后，英国发生了极为严重的社会经济危机，由此导致工人运动风起云涌、社会主义思想得到了传播。在其影响下，英国现实主义文学创作思潮开始回归，创作越来越注重对社会黑暗与不公进行揭露，并因马克思主义思想的广泛传播而积极创作左翼进步文学。

第一节 现代主义思想的崛起

在英国 20 世纪上半叶的文学创作中，现代主义是一种极为重要的创作思潮。

现代主义以尼采在 19 世纪末提出的"上帝死了""一切价值

重估"的口号作为自己怀疑一切、反传统的创作理论依据,尽力突出人们对现代资本主义社会的深切的危机感,尽力表现社会中各种异化关系。现代主义代表一种人们认识自我和世界的新模式。在信仰基督教的西方世界,上帝是凝聚一切的神话中心,它为世界的一切提供价值标准,是生活完整感的源泉。只要上帝还在,或人们认为上帝还在,世界的一切在根本上就是完好无缺的整体。在这种情况下,外部世界不论如何紊乱、纷扰,人们的内心自有一定之规。他们的言行、判断都有统一的章法;倘若有人违背共识,那么上帝在上,无所不知,下界也不必担忧。在很长一段时间内,这是西方人内心存在稳定感的基本原因所在。这就是人们说的"信仰"的威力。但是,随着 20 世纪的到来,西方的信仰危机更加严重。它的突出表现是,人们头脑里开始出现问题、怀疑和不安,觉得上帝仿佛业已不在,他扔下人世不管,自己已经扬长而去。这时的西方人就像被父母遗弃的孩子,心里没有了依靠,生活没有了完整感,显得支离破碎、混乱无序。这无疑深刻影响了人们对于自我以及世界的看法。这种生活状态以及由此产生的思维模式注定会产生有别于以往的后果,会对一系列重大问题发挥界定性作用,尤其涉及重新界定真理、现实,甚至人的整个认识论体系。由于失去或削弱了以神为中心的生活架构,人们的认识不再统一,价值观不再一致,遇事出现仁者见仁、智者见智的现象,人际间的交流出现障碍。这造成了思想上的极大混乱,继而引起了另外一个问题:人际间思想沟通失灵,导致自我和世界之间的离异。当个人与他人失去联系时,强烈的个人意识就会产生,随之而来的就是压倒一切的主观性,人们就会把自我视为构成现实的唯一力量。自我所承担起的重担和由此产生的不满情绪会带来难以预料的后果。这就会而且也的确已经让人渴望发现自我的不同层面的真相,关注自己的深度和内部世界,急于探寻自己内心的生活,试图寻找曾经失落的自我。在这一时期里人们所进行的大量革新和尝试,都是在新情况下,自我为了发现自己潜力所做的不懈努力。诸如表达新认识的新形式,全新的时间

第八章 后工业革命时期的英国文学(第一次世界大战后至1945年)

观念,人物塑造的新手法,叙事角度、结构和风格方面的新尝试,在创作中所采用的新技巧,如意识流和象征主义,等等,都是个人试图认识自我和世界的表现。

现代主义首先起源于人们与毫无意义的生活的抗争,这种努力最终获得了一定成功:它试图重新认识和界定"现实",为生活发现或创造新意义,借助艺术、反讽、试验和形式主义的技术资源,描述人的意识危机。现在人们在回首展望时,逐渐认识到,现代主义的价值主要不在于它提供了多少答案,而在于它警告人们应当意识到,生活已经危机四伏。现代主义者们最终将会撞到南墙、走进死胡同,但也会转回身来笑对现实。那时,取而代之的将是后现代主义。

现代主义从思想内容看,表现的是现代人的困惑。它揭示周围世界的荒诞、冷漠、不可理解,以及人置身其中而感受到的孤独、陌生、焦虑、痛苦的情绪。就文学发展的历史而言,现代主义文学是一种锐意创新的文学运动。它反对把文学看作客观现实之反映的传统美学观,强调表现人对世界的主观感受,强调人的内心世界和潜意识活动在文学中的反映。在艺术手法上,现代主义文学反对传统的表现技巧,往往用荒诞的情节来取代故事的逻辑性,用虚化的富有象征性的空间、场景和人物来取代典型环境中的典型性格,用时空非序、交错的心理时间来取代时序递进的物理时间,用隐晦、暗示性的语言取代语言的鲜明性。当然,这是就总体而言,对个别的作品尚需具体分析。

这些崇尚直觉、否定理性的哲学思想为20世纪20年代现代主义文学的崛起提供了理论根据:既然合乎理性地认识现实世界是不可能的,而且第一次世界大战的残酷现实也使人们无法用理性来解释人性的各种极端表现;那么认为直觉优于理性,用直觉比用理性更能把握这个繁复的世界,也就是顺理成章的结论了。

20世纪20年代,现代主义文学在欧美各国终于汇成一股占统治地位的文坛主流,显示出其对整个西方文学发展的巨大影响。这绝不是一种偶然现象。从文学层面追根溯源,应该说在19

世纪中后期的欧美文学中就有所萌芽了。以拉尔夫·沃尔多·爱默生(Ralph Waldo Emerson,1803—1882)和亨利·戴维·梭罗(Henry David Thoreau,1817—1862)为代表的美国超验主义作家,其哲学思想中已蕴含着现代主义的崇尚直觉因素。例如,在梭罗的代表作《瓦尔登湖》中,作者把瓦尔登湖的地貌特征视作上帝的各种隐喻性的启示。例如,他发现湖岸岩石突兀的部位,往往表明该处岸边的水比较深。这一现象"超验"地启迪了作者:前额突出的人思想往往比较深刻。法国诗人波德莱尔的《恶之花》的发表则标志着象征主义文学的正式诞生。象征主义诗歌成为现代主义诗歌的一个主流,从主题和技巧上都与传统诗歌决裂了。它以"想象的逻辑"代替"思想的逻辑",把"解释性、联系性的东西即'链条上的环节'砍掉",形成"突然的对照",以产生"最有力的效果"。这种对传统的决裂是相当彻底的。浪漫主义对生活的描写是正面的、乐观的,甚至是理想化的田园牧歌式的咏叹。而现代主义文学的题材往往是城市生活,侧重其嘈杂混乱的一面,对其描写一般是负面的、否定的,揭示甚至渲染人性的丑恶。在艺术手法上,现代主义文学打破了传统文学的直抒胸臆、白描自然的主客体、二元分明的现实主义框架,而代之以一种以内心主观精神为基础,带有一点神秘色彩的象征技巧。用可见的事物引发出象征的含义,暗示和启发读者的潜意识世界。运用各种具象的手法,包括文本本身的架构这一总体意象,以及时空排序、意象叠加等多重信息传递手段,企图更真实地再现潜意识中的情绪。当批判现实主义向自然主义转化的时候,现代主义文学虽然反对自然主义的机械模仿,但接受了自然主义描写病态事物和琐屑细节这一倾向,逐步演绎出"意识流"小说,这在詹姆斯·乔伊斯(James Joyce,1882—1941)的小说中达到巅峰。

现代主义从流派上来看,主要有以下五大流派。(1)后期象征主义,从法国19世纪后期的象征主义发展而来,主要成就是诗歌,代表诗人有英国的 T. S. 艾略特(Thomas Stearns Eliot,1888—1965)、叶芝,法国的保尔·瓦雷里(Paul Valery,1871—1945),

第八章　后工业革命时期的英国文学（第一次世界大战后至 1945 年）

美国意象派诗人埃兹拉·庞德(Ezra Pound, 1885—1972)等。他们仍然坚持以象征暗示的方法表现内心的"最高真实"，但更具联想性和含蓄性、抽象性和哲理性，象征意象交错重叠、复杂玄奥。(2)表现主义，它产生于德国绘画界，后来扩展到音乐、小说、戏剧以及电影等领域，蔓延欧美各国。表现主义文学善于透过事物表象，展示世界本质和人深刻的心灵体验，诸如恐惧感、孤独感、无所归宿感等，具有代表性的作家有奥地利的弗兰兹·卡夫卡(Franz Kafka, 1883—1924)、美国的尤金·奥尼尔(Eugene O'Neill, 1888—1953)、瑞典的奥古斯特·斯特林堡(A. Strindberg, 1849—1912)等。(3)未来主义，它发端于意大利，其创始人和理论家是意大利的菲利波·托马索·马里内蒂(Filippo Tommaso Marinetti, 1876—1944)，后传入俄国，波及法、英、德等国，主要表现在诗歌与戏剧中，其主要特征是彻底否定传统文化，歌颂现代机械文明；赞美"力""速度"；打破各种形式规范，用自由不羁的语句写作。可以说，未来主义是所有现代文学流派中唯一对现代文明持赞赏态度的。(4)超现实主义，它是从法国兴起的，其前身是"达达主义"，代表作家有安德烈·布勒东(André Breton, 1896—1966)、路易·阿拉贡(Louis Aragon, 1897—1972)等，他们频频发表宣言，试图用一种自发性的写作方式穿过理性障碍，进入生命的内在真实，把握那种"超现实"状态，以此拯救长期被文明遮蔽着的人性，并天真地试图将这种文学方式输入社会层面，建造乌托邦体制。这是超现实主义理论中所蕴含的一种乌托邦倾向，从某种程度上说，也是传统人本主义意识的一种现代翻版。(5)意识流小说，它是在 20 世纪 20 年代至 40 年代流行于欧美各国，出现了一大批成就卓著的小说家，有英国的乔伊斯、弗吉尼娅·沃尔夫(Virginia Woolf, 1882—1941)、美国的威廉·福克纳(William Faulkner, 1897—1962)。他们深受亨利·柏格森(Henri Bergson, 1859—1941)和弗洛伊德理论的影响，深入人的内在意识深处，用心理逻辑组织故事，表现人的意识流程，由此打破了传统小说的叙事模式和结构方法；在创作技巧上，大量运用内心独白、自由联想和象征暗示的手法;在语言、文体、标点符号等方面都有很大创新。意识流的创作方法后来被现代作家广泛采用,成了现代小说的基本创作方法,包括现实主义一脉的作品,都运用了许多类似的手法。

20世纪二三十年代可谓英国文学史上的一个现代的"英雄时代"。它无论是在思想上还是在内容上都力图摆脱传统的束缚,表现出先锋色彩。英国现代主义作家关注的重点不在于外部世界,而是直接进入人物的内心,以此折射出丰富多彩的外部世界。他们刻意进行艺术实验,使用意识流、内心独白、象征隐喻、意象堆砌、时空交错等表现手法,使得作品呈现出不连贯性和破碎性,从而象征性地表现出战后西方世界由于精神信仰和价值观丧失而陷入的混乱。然而,作品的无序只是一种表面现象,它将重构秩序的任务交给了读者的艺术想象。

英国现代主义文学的成就主要体现在小说和诗歌上。就小说而论,除了乔伊斯外,其他著名的现代主义小说家还包括沃尔夫、爱德华·摩·福斯特(Edward Morgan Forster,1879—1970)、戴维·赫伯特·劳伦斯(David Herbert Lawrence,1885—1930)等。就诗歌而论,叶芝、威斯坦·休·奥登(Wystan Hugh Auden,1907—1973)、迪伦·托马斯(Dylan Thomas,1914—1953)等都是这一时期著名的现代主义诗人。他们以自身在文艺创新方面的创作热情,创造出了一个足以和文艺复兴、浪漫主义和批判现实主义相提并论的文学新高潮——现代主义。不过,自20世纪30年代后期起,现代主义运动渐渐平息下来。其原因在于,现代主义机体内存在的美学危机——过分强调内心世界而忽视外部生活——也是最终导致它走向末路的原因。当它在暮色四合中渐渐隐去时,另一束新的曙光即后现代主义已经显现在地平线上,文学史已经揭开了自己的新篇章。

第八章 后工业革命时期的英国文学(第一次世界大战后至1945年)

第二节 现代派诗人与"奥登一代"诗人

在第一次世界大战之后,英国社会在焦虑不安和期待变革中踉跄前进。在这一社会背景之下,英国的诗歌创作也呈现出变革之势。具体而言,这一时期的诗歌创作先是受到现代主义思潮的影响,出现了一些影响较大的现代派诗人和现代派诗歌作品。而在现代主义诗歌的高潮过去之后,以威斯坦·休·奥登为代表的一批青年诗人走上诗坛,在承继艾略特现代主义风格的同时,融入自己对社会人生的考量。

一、现代派诗人的创作

英国现代主义诗歌发展的早期,便呈现出繁荣之势。而在这一时期的现代派诗歌创作中,影响最大的诗人是艾略特和叶芝。

(一) T. S. 艾略特的现代派诗歌创作

艾略特出生于美国密苏里州圣路易斯的富裕家庭,1906 年进入哈佛大学学习。在大学期间,他精心研习哲学,并阅读了不少人类学著作,对古代东方文明、艺术、哲学和宗教有所涉猎。1910 年,艾略特转赴巴黎大学学习,受到法国哲学家柏格森和早期象征主义诗人波德莱尔、保罗·魏尔伦(Paul Verlaine,1844—1896)等人的影响。1914 年,艾略特再赴德国马尔堡大学学习哲学,后因第一次世界大战爆发而于当年夏天来到英国,并于同年 10 月进入牛津大学麦尔顿学院学习。1915 年,艾略特结婚,婚后定居伦敦。此后,艾略特迫于经济压力在伦敦劳埃德银行工作,间或写些诗歌。1925 年,艾略特离开劳埃德银行,开始专心进行文学创作。1965 年 1 月 4 日,艾略特在伦敦逝世。

艾略特是英国 20 世纪二三十年代现代主义运动的先锋,他通过自己的诗作将他的现代主义传播到了世界上一切对诗歌革新有憧憬、有实践的地方,他的代表作《荒原》则被作为现代主义诗歌典范在之后几十年一再被批评家研读。

庞德曾说过,《荒原》"说明了我们自从 1900 年以来在诗上的试验是有道理的"。对当时的较保守的诗人和批评家来说,它却是"疯狂的大杂烩"。甚至当时美国一些新派作家也认为这首诗"毫无价值"。但成长中的青年诗人却将其奉为圭臬,认为这才是真正现代的诗。他们对这首诗在技巧上的大胆、对保守的诗风乃至当时自命为新派的意象派的挑战称羡不止。

作为现代主义诗歌的代表作,《荒原》成功地运用了仿自然主义的再现手法、象征主义和神秘体系,呈现出一个经历信仰危机的现代世界。在艾略特笔下的世界里,文化、传统和信仰统统成了一面面破碎的镜子,折射出碎片化的现实世界,而都市就是这个世界的中心。整首诗犹如一部现代主义风格的纪录片,选取种种都市景象、人们谈话的片段、生活场景的细节,拼凑成一幅表现毫无生机的现代都市生活的历史画卷,诗中的意象富有内在的张力,既表现现代人的生活困境,又探讨整个人类的命运,因此具有普遍意义。

这首诗整体笼罩在一大形象之内:20 世纪的西方是一片荒原,没有水来滋润,不能生产,需要渔王回来,需要雷声震鸣——而实际上水又到处都是,河流和海洋,真实的和想象的,都在通过韵律、形象、联想,通过音乐和画面,形成了一条意义的潜流。在这等地方,我们又看出艾略特的丰富和深刻,看出他从现代艺术学到的作曲和构图的新原理。他完全可以写得很美,只不过这是一种节奏和色彩组成的美。例如:

> 有时我能听见
> 在下泰晤士街的酒吧间旁,
> 一只四弦琴的悦耳的怨诉,
> 而酒吧间内渔贩子们正在歇午,
> 发出嘈杂的喧声,还有殉道堂:

第八章 后工业革命时期的英国文学(第一次世界大战后至1945年)

在它那壁上是说不尽的

爱奥尼亚的皎洁与金色的辉煌。

四弦琴的悦耳的怨诉,渔贩子的嘈杂的喧声,带来了生命力,而最后则是建筑美和"它那壁上是说不尽的……皎洁与金色的辉煌"。这样的一段诗出现在有关两个小职员有欲无情的幽会的描绘之后,就显得分外美丽,荒原的枯燥和寂寞也就被暂时地打破了。

这首诗的突出特点是诗中穿插了大量的经典作品段落,作品的开头就是对《坎特伯雷故事集》开头的借用和颠覆,之后对但丁的《神曲》、莎士比亚作品如《暴风雨》等、维吉尔(Virgil,公元前70—前19)和波德莱尔等人诗作的引用遍及全诗,甚至还借用佛教教谕。诗中直接或间接引用的各类作品有37部,而诗歌中出现的语言也有7种之多,不仅有英、法、德、意等现代欧洲语言,而且古典的希腊文和拉丁文,还有东方的梵文。对于西方古典经典的运用,体现出艾略特力图回归传统的一面,而对东方宗教和语言的借鉴,则说明他对传统的突破和对多元文化的探索。两者虽然矛盾,但并不对立,因为《荒原》中的世界不再是传统的二元对立的世界,艾略特力图探索的是水与火、罪与罚之后的精神解脱,是后工业化的城市中的信仰与理想,而仅仅依靠传统,似乎缺乏出路,对东方文化的借用,或者可以解决这一问题。

此外,这首诗歌有着十分新颖的题材和较为新奇的结构。从题材上看,艾略特以现代的城市为诗的背景,这是造成现代诗大不同于浪漫主义或维多利亚时代诗的一个主要因素。当然他并不是头一个这样做的人,《荒原》也不是头一首这样的诗。早在他之前,波德莱尔就是写城市的,美国诗人卡尔·桑德堡(Carl Sandburg,1878—1967)在1916年也出版过《芝加哥诗集》。艾略特在《荒原》以前的诗里也用过这类题材,如《普鲁弗洛克的情歌》等。但像这首诗那样以广阔画面把城市生活的诸色相、城市的各色人等那样生动地写出来,这却是头一回。可以说,《荒原》颇像一部先锋派的纪录片。它用意象、场面、零碎的对话和穿插对比来表现城市的全貌,就像电影中蒙太奇的手法。艾略特对现代都市场面的描写是很写实的,但又加上想象的色彩和力量,是写实的和幻想的有机结合。比如,他对通过伦敦桥的人群的描写既是现代伦敦的写照,也像但丁对处于地狱和天堂之间的那些幽魂的写照。艾略特说他这是从波德莱尔那里学来的。这种把不美甚至丑恶的东西加上一层想象的色彩,使之富有艺术魅力的手法也可称之为浪漫主义,但是英国浪漫主义诗歌的传统以自然和风景为题材,虽然19世纪城市发达之后,城市生活早已成了现实主义小说家如狄更斯等的题材,但维多利亚和乔治时代诗人写的仍是美好理想的事物。所以艾略特的《荒原》对当时许多读者来说,不但没有诗意而且是破坏诗意的,是使人吃惊的。从结构上看,《荒原》既不像长篇叙事诗也不像戏剧,独白、人物、场景的变化,意象、节奏、联想的跳跃又是那么快,那么突然,表面看来竟好像是凑起来的杂乱无章的一堆。但实际上,它的各部分引起的感情上的反应却交织成一个完整统一的艺术感情效果。

  总的来说,《荒原》集中表现了第一次世界大战后欧洲社会普遍存在的精神危机。虽然诗人自己否认这一点,但是其所具有的社会历史意义是显而易见的。诗中那土地龟裂、石头发红、草木枯萎、死气沉沉、光打雷不下雨、只有水声却不见水的荒原,正是现代西方社会文明衰微极其恰当的象征。同时,《荒原》传递了诗人通过宗教来对抗现代人精神世界的空虚、使人类恢复生机、获得救赎的思想。

(二)威廉·巴特勒·叶芝的现代派诗歌创作

  叶芝的诗名与艾略特几乎在同一高度,而且叶芝的现代派诗歌创作也极富自身特色。

  叶芝在进行诗歌创作时,一方面汲取了英国诗歌传统的精华,另一方面又利用英国诗歌现代化的过程创造了爱尔兰诗歌的独立传统。同时,叶芝力图用自己的诗歌创作建构爱尔兰的民族性,因此从其早期创作开始,爱尔兰独特的神话和民间传说就一直是其诗歌的重要组成部分。因此,在对叶芝的诗歌创作进行探索时,贯穿始终的是对其诗歌中的现代性与民族性的探索。诗歌艺术的追求和民族文化的构建,叶芝的诗歌创作正是在这两者的矛盾与融合中走向了成熟的高峰。

在诗集《塔》中,叶芝取得了对现代主义进行探索和建立爱尔兰独立文化的探索的成功。诗集包括《驶向拜占庭》《内战时期的冥想》《丽达与天鹅》《1919》和《在学童中间》等主题深邃、技巧完美的诗作。叶芝将创作年代最晚的《驶向拜占庭》置于卷首,而将创作最早的《万灵节之夜》放在卷末,是对于螺旋理论在更广范围上的应用。所谓螺旋是两个恰好相对交叉的锥体,正面的、客观的、代表太阳的螺旋的顶端恰好触及相反的、主观的、月亮的螺旋的底部,文明从其中一个锥体的顶部螺旋运动到底部,就是一个循环。《驶向拜占庭》以年华老去的诗人对艺术的思索和追求为主题,作品随着诗人的思绪在现实的生活与理想的拜占庭中跳跃,表达出一种对永恒的渴望。东罗马帝国的都城拜占庭作为东西方文化的交汇地曾经盛极一时;在叶芝心目中,它是理想的文化圣地,艺术永恒的象征。不过在叶芝的诗中艺术的永恒是以非自然的形式实现的,代表着生命从"有机"形态向"无机"形态的过渡,因此:

> 一旦超脱自然,我将绝不再采用
> 任何自然物做我身体的外形
> 而只要那种古希腊金匠运用
> 鎏金和镀金法制作的完美造型,
> 以使睡意昏沉的皇帝保持清醒;
> 或栖止在一根金色的枝头唱吟,
> 把过去,现在,或将来的事情
> 唱给拜占庭的诸侯和贵妇们听。

《丽达与天鹅》则借用希腊神话来反映现代社会中的战争与暴力,更确切地说,它是对英国与爱尔兰之间的战争以及爱尔兰内战的反思。诗歌以充斥着暴力、性、抢掠的意象,表现出世界被破坏的残酷性,同时也对人类社会中暴力与破坏的必然性予以质询。诗中的象征内涵极为丰富,最后一节用燃烧的屋顶和塔楼象征特洛伊的陷落,而塔楼又与叶芝其他诗中的塔楼以及他自己居住的塔楼相关联,从而使得诗作的内涵更为深厚,既富有历史的沧桑感,又充溢着新鲜的时代气息。

整部诗集的中心象征是塔,代表着世界现存的秩序,这一象征在诗集中的作品里频频面临着危机和破坏,而这正是叶芝自己的居所巴利里塔在内战中面临毁坏的危机的写照。不过,与艾略特在《荒原》中呈现的破碎意象不同,叶芝在刻画破碎意象的同时,还注意整体的统一与完整。在《塔》中,几乎每首诗都有不少晦涩、凌乱的意象,但从整部诗集来看,却显得秩序井然,十分和谐。叶芝将个人与历史、现实与神话在《塔》中融合起来,不再拘泥于表现个别象征意象,而是将整部诗集作为反映社会变化与动荡的象征,确是前人未曾达到的高度,具有突出的创造性。

作为一位民族诗人,叶芝注定没有艾略特那样的自由,在诗歌创作中,他"需要爱尔兰传统的意象能够容纳他关于爱尔兰所有积极的联想"[①]。这虽然限制了叶芝的发展,但也促使叶芝从早期向凯尔特神话和爱尔兰民间传说寻求灵感到逐渐建立自己的象征体系,从而完成了爱尔兰民族现代文化意识构建的重要历程。在叶芝的创作中,现代性与民族性是相互矛盾又相互促进的两个重要方面,而他对后辈诗人的影响,也主要体现在这两个方面。叶芝的民族性色彩不仅惠及后辈爱尔兰诗人,甚至包括一些非英语诗人,而他对诗歌现代性的探索则直接为奥登等英国诗人所承继。

二、"奥登一代"诗人的创作

"奥登一代"诗人是英国现代主义诗歌创作高潮过去之后出

---

① 王守仁,何宁.20世纪英国文学史[M].北京:北京大学出版社,2006:101.

第八章　后工业革命时期的英国文学（第一次世界大战后至1945年）

现的一个影响较大的诗歌创作群体,以奥登为中心,还包括岱伊·刘易斯(Cecil Day Lewis,1904—1972)、路易斯·麦克尼斯(Louis MacNeice,1907—1963)和斯蒂芬·斯班德(Stephen Spender,1909—1995)等。他们在写作技巧上受到艾略特的影响,在政治上接触了左派政治思想。这使得他们的诗风相近,都用现实主义的笔触揭示现代人的生活和精神追求。后来,人们称他们为"奥登一代"诗人,奥登是其中影响最大的一位。

奥登出生于英国东北部约克郡的一个医生家庭,十几岁开始学习写诗。1925年,他进入牛津大学,起初学习生物学,一年后转学英语,并尝试诗歌创作。1930年,奥登发表了《诗集》,一举成名,并成为英国诗坛的领袖人物。同年,奥登去柏林,潜心读书写作,阅读心理学方面的大量书籍,开始关注政治问题。回国后,他在两个寄宿学校任教,并坚持进行诗歌创作。第二次世界大战爆发后,奥登于1939年离开英国,远离战火纷纭的欧洲,避居美国。在美国期间,奥登曾在纽约、密歇根等地执教,还陆续发表了多部诗集。

奥登所面对的世界与艾略特和叶芝的有所不同,在弗洛伊德和马克思主义理论影响下,人们对于现代社会的看法已不再是如何让分崩离析的社会回到常轨,而是必须直面这个分裂且日趋多元的社会,并在其中找到自己的出路。经过第一次世界大战之后的恢复和20世纪20年代的安定,随着政治左翼的成长和极右势力的扩张,不安和焦虑在英国和整个欧洲蔓延,而各种政治力量在文学界也更为活跃。奥登的早期诗歌正反映出成长于20世纪30年代的年轻人的困惑和奋斗,表现了他们面对他人的冷漠与排斥,力图在荒原中把握生活的追求。在奥登的早期诗歌中,无论个人还是社会,都为历史和经济的动力所驱使,人们只有突破社会环境的局囿,才能获得自由。诗人指出,获得这种生活自由,必须通过战斗:"昨天业已过去……/而今天需要战斗。"(《西班牙》)这样的诗行带有马克思主义的影响和浪漫主义色彩,但"昨天"与"今天"的对比说明个人的生活历史固然重要,但却必须面对当下,突出强调"今天"/现时/当下的生存意义。对于奥登来说,作为诗人,战斗的方式就是以诗歌的形式来理解和反映现实世界,通过诗歌创作探索这种现代社会和现代人的生活分裂性和双重性。

此外,奥登早期的诗歌在一定程度上继承了艾略特和庞德的晦涩,往往在意象呈现上较为抽象和概念化,重在探索个体所包含的普遍性。奥登对于工业化后,资本主义全球化将人类生存机器化的深刻认识,他对社会秩序不公的批评,以及他对政治的热诚,使得他成为当时"左翼诗人"的领袖。不过,虽然奥登在20世纪30年代非左即右的时代背景下被定义为"左翼诗人",但他的诗歌远非简单的"左翼文学",而是混合着左翼革命、自由主义、保守主义等各种思想潮流的复杂作品。这也正是当时社会复杂性的最好写照,从这个意义上来说,奥登不愧是20世纪30年代英国诗歌,乃至英国文学的代言人。

在奥登后期的诗歌创作中,马克思和弗洛伊德的影响逐渐减弱,奥登"从公众政治生活退回到个人主义哲学中",持续探讨"爱"所具有的意义,这将他引向了一种基督教存在主义。尽管奥登对政治和精神的兴趣依旧,但这些兴趣已经从属于对人在上帝面前之存在状态的思考。"爱"在他的诗中成了优雅、慈善和良心的同义语。长诗《忧虑的年代》和《阿喀琉斯的盾牌》都是极好的例证。

总的来说,奥登的诗艺精湛,各种形式的诗歌他都能信手拈来。他能惟妙惟肖地模仿艾略特、叶芝、拜伦等人的风格,却又不是简单的重复,而是博采众长,将他人的风格融进自己的风格。奥登的刻意创新精神使得他能够突破以往诗人的局限,更大程度地自由发挥自己的创造才能,将倒装、省略、双关、拟古等修辞手法运用在诗句中以产生奇特的艺术效果。

第三节 意识流小说的崛起

在英国现代主义小说创作中,意识流小说是一个十分重要的创作流派。现代心理学认为,人的意识是各种不同程度的感觉、思维、记忆、幻觉、联想所汇成的一股连绵不绝、飘忽不定的意识流,包括从最低程度上未形成规范语言的模糊感觉直到最高程度上得到清楚表述的逻辑思维。意识流作为一种创作技巧所追求的是将潜在于人们头脑里的思绪和意识(尤其是不合理性的意识),将纷乱复杂、恍惚迷离的内心世界直接地、原原本本地显现在读者面前。意识流叙述有很大的跳跃性,它将过去、现在和将来相互交叉穿插,颠来倒去;意识流写法也有巨大的凝聚力,它可以通过回忆、现实、幻想、梦境等的交织组合,将以往、现在和未来几年、十几年乃至一生的主要经历压缩在十几个小时甚至几分钟内加以集中表现。在英国两次世界大战之间的意识流小说创作中,影响最大的意识流小说家是乔伊斯和沃尔夫。

一、詹姆斯·乔伊斯的意识流小说创作

乔伊斯出生于爱尔兰都柏林一个子女众多的职员家庭中,他的父亲当过税务员,是爱尔兰民族主义运动领袖帕耐尔的追随者,母亲是个虔诚的天主教徒。幼年乔伊斯就读的公学是天主教耶稣会办的,但是严格的宗教教育在乔伊斯身上起了相反的作用,不但未能使他成为狂热的信徒,反而造成了他对宗教的反感,以致在母亲临终时他都不愿依从母亲的意志去进行忏悔、接受圣餐仪式。乔伊斯早年的家境较为富裕,后来由于父亲提早退休,又不善于理财,家庭经济变得十分拮据。1898年,乔伊斯进入都柏林大学学院学习现代语言,毕业后赴巴黎学医,次年4月因母亲病危回到都柏林。自1904年起,乔伊斯在意大利东北部城市的里雅斯特住了10年,以教授英语为生。从1920年起他定居巴黎,在巴黎沦陷后携全家前往苏黎世。1941年1月13日,乔伊斯因胃溃疡致胃穿孔而病逝。

乔伊斯是20世纪举世公认的文学巨匠,同时也被认为是西方现代主义文学的杰出代表。他的意识流小说《尤利西斯》的问

世不仅将现代主义文学运动推向了高潮,而且对20世纪整个西方文学的发展产生了重要的影响。今天,乔伊斯已经成为现代主义精神的具体化身。有人将他推崇为现代主义文学运动的杰出领袖,有人称他为"二十世纪文学革命中的布尔什维克",也有人将他视为现代世界文坛的天王巨星。文学批评界似乎已经达成了这样一个共识,即乔伊斯的出现标志着英美意识流小说的真正崛起,他的创作是世界文学史上的一次重大突破。

《尤利西斯》是乔伊斯最为著名的一部意识流小说,也是世界文学史上第一部意识流小说,因而在世界小说创作史上具有极为重要的地位。尤利西斯即希腊神话中伊塔克国王奥德修斯,亦即荷马史诗《奥德赛》中的英雄。乔伊斯以它为小说名,反映了他的作品在人物、情节和结构上与荷马的史诗故事存在着平行对应的关系。乔伊斯认为,在表现人生探索和生活历程方面,《奥德赛》是全部西方文学的源头和基石。在《尤利西斯》中,他利用神话史诗所提供的隐喻和象征意义作为表现现代社会的工具,大大丰富了作品的含义和形式。

这部小说几乎触及都柏林生活的每一侧面,哲学、历史、政治、心理学都有涉及,全面展示了现代西方人的意识。然而,它的故事情节却十分简单,只描绘了三个都柏林人(布鲁姆和莫莉夫妇、斯蒂芬)在1904年6月16日从早晨八点起到次日凌晨两点止这十八个小时内在都柏林的生活经历。斯蒂芬丧母后悲痛不已,在精神上与宗教、家庭和国家决裂之后又感到无所依托,渴望在精神上找到一位父亲。小说的主人公布鲁姆是个广告经纪人,11年前幼子的夭折给他留下心灵的创伤。他性机能衰退,只能与一位假想的情人暗中鱼雁传书;然而妻子在家招蜂引蝶,使他羞愧难言。他为承揽广告业务而终日跑街走巷,使人想起他原是漂泊流浪的犹太人后裔;虽为都柏林人,却更像行色匆匆的异乡客。他诚恳好客,但常受人嘲弄;他通达世故,却不免流于庸俗猥琐。他的性格是许多矛盾着的对立面的汇合,他的孤独包含着社会对个人的疏远与冷落。在道德衰微、家庭分裂、传统观念沦丧的现

第八章 后工业革命时期的英国文学（第一次世界大战后至1945年）

代大世界里，布鲁姆和斯蒂芬都是飘零无依、精神上遭受挫折、内心充满动乱的人。那天晚上他们在一家妓院相遇，两人在神思恍惚灯影迷离之中相对而立，终于在彼此身上找到了各自所缺乏的东西：斯蒂芬找到了父亲，布鲁姆找到了儿子。布鲁姆深夜带斯蒂芬回家，他的妻子莫莉正好刚送走情人。听说斯蒂芬将要加入他们的生活，莫莉便又隐隐约约感到对年轻男子的冲动，又模模糊糊地体验到母性的满足。她在性方面受到的挫折和追求从另一方面反映了一种受伤的精神对健全的家庭纽带和社会联系的需要。乔伊斯通过对这三个人物潜意识活动的表现，概括了他们的全部精神生活和经历，反映出整整一个时代所面临的问题和危机。

这部小说能成为现代主义小说的里程碑，主要是由于它在表现人的意识和潜意识活动时运用了摇曳多姿、精彩纷呈的意识流技巧。乔伊斯运用的意识流技巧可谓五花八门，包括内心独白、自由联想、感官印象、蒙太奇、梦境、重复出现的形象等。它的目的是要深入人类精神活动的最幽深之处，表现那种纷乱飘忽的思绪感触，将对过去的回忆、对现实的感受、对未来的幻想、对美的向往、对丑的厌恶、对凶险残酷的恐惧都交叉组合在一起。意识流的最常用技巧之内心独白在《尤利西斯》中大致有两种类型：一种是条理型的内心独白，偏重于理性的因素，有一定的逻辑性和连贯性，表现较为明确清醒的意识；另一种是自由型的内心独白，倾向于非理性因素，表现模糊琐碎的意识片段。对此，小说的最后一章中有着十分鲜明的体现。在这一章中，内容由一段冗长、无间断的独白组成，它最显著的语言特征就是大部分里面没有标点符号。全章40余页，共8句话。整章中除了两个句号外，没有任何其他标点。这一名篇的"怪异"之处包括没有段落、没有大小写、代词"他"的所指有时模糊不清，等等。这一章集意识流手法之大成，描绘了文学史上一个著名的镜头：一个女人躺在床上漫无目的地思考（这让人想起了法国现代主义作家马赛尔·普鲁斯特《追忆似水年华》开头的一章，一个被宠爱的小孩躺在床上辗转反侧,思来想去),头脑里显现出一些淫秽的想法,也夹杂着她的困惑。这一章实际是莫莉的内心独白,她作为一个正式人物在这里单独出场。莫莉躺在床上,界于梦境和醒觉之间,神情恍惚,浮想联翩。她的意识漫无目的地流过脑海,作者把她的思想全部公之于世,任人观览。

乔伊斯在运用意识流手法时,还注意到因人而异。他在对布鲁姆、莫莉和斯蒂芬这3个人物的"意识流"进行描写时,所运用的手法不尽相同。比如,作者对莫莉的意识采取的是忠实记录方法。对于布鲁姆的意识,作者采取提示法。布鲁姆比莫莉思想活跃,当他走在都柏林大街上时,各种思想宛如游鱼一般掠过他的脑海,做的事、见的人、闻的味等,都能引起他的联想。但这些感想总能和一直待在他的脑海深处的某些想法相关联,时时伺机浮到表面来,诸如儿子夭折留下的空虚、父亲的自杀、因妻子不忠而产生的自卑感、犹太人的局外感等。对斯蒂芬的意识的表现手法又不同了。他的思维理智性强,落在纸上时就充满深奥的拉丁词根的词语。作者意在写其思想流动,力图把他的思想翻译成书面文字。

除了意识流手法外,乔伊斯在这部小说中还进行了很多创新。例如,他在小说的文本形式上大胆创新,如第7章由很多个短小的片段组成,每个片段都配有一个自己的小标题;第15章是以剧本的形式、第17章是以一问一答的形式写成的。在第14章里,乔伊斯更是模仿英国文学史上从最早的罗马历史学家所写的散文(拉丁语是英语的一个重要文字起源)到中世纪英语散文体,直至19世纪前后多达28位不同时期或作家的不同文体。乔伊斯还对小说中的不同人物使用与其身份和个性特点相符合的不同的语体风格;比如布鲁姆总是尽可能地不去想烦心的事,如他从不愿意提到波依林,因此关于布鲁姆的言行和思绪的句子常常是不完整的,或毫无上下文线索。如此种种给人们阅读《尤利西斯》造成了极大的困难。乔伊斯自己也半开玩笑:"我在这本书里设下的疑团和谜语多得足以使文学教授们围着它们到底是什么意思争论个几百年,而这是保证一个作家在文学史上不朽的唯一方法。"

无论如何,《尤利西斯》是一部运用意识流手法最完善、最彻底的现代小说,乔伊斯也因这部小说在英国文学史上占据了极为重要的地位。

二、弗吉尼娅·沃尔夫的意识流小说创作

沃尔夫出生于英国伦敦的一个中上层家庭,父亲是当时有名的文学评论家,且社交广泛。她自幼体弱多病,未上正规学校念书,所受的教育是在家里进行的,从小耳濡目染,如饥似渴地阅读父亲书房里的多种藏书。她在13岁时母亲去世,两年后姐姐也去世,这给沃尔夫精神上很大打击,并在不久后得了精神忧郁症。这个病症不断发作,折磨了她一生。自1904年起,沃尔夫开始在报纸上发表文章及撰写评论,并开始尝试小说创作。沃尔夫一生的多部作品都是在与精神忧郁症作顽强斗争中完成的。1941年,沃尔夫预感到自己的精神病又要再次发作,她因害怕自己再也不能从这次发作中恢复正常而选择了自杀。

沃尔夫的小说创作,深受现代主义思想的影响。并对现代主义小说进行了一定的改革。同时,在沃尔夫的现代主义小说中,成就最大的是意识流小说。

沃尔夫的意识流小说充分体现了重灵魂、轻肉体、重主观感受、轻客观事物以及重心理过程、轻钟表时间的创作原则。在她的意识流小说中,人物的精神世界始终占有主导地位。她将外部客观事物和日常生活的细节弃之不顾,以透视的方式竭力表现人物变化无常、飘忽不定的感性生活。在她看来,小说只有充分反映人物复杂的心理结构,抓住人物的灵魂,才会显得真实与可信。作为一名意识流小说家,沃尔夫与乔伊斯的创作思想在本质上是一致的。然而,她对乔伊斯的作品并非推崇备至,一味颂扬,而是持有一定的保留态度。事实上,她所感兴趣的与其说是乔伊斯作

品的内容,倒不如说是它的艺术形式。但她并没有沿袭他的创作方式,而是在文学道路上探幽索隐,披荆斩棘,充分体现了自己独特的现代主义艺术风格和审美意识。

沃尔夫在意识流小说创作上登峰造极的作品是《达洛卫夫人》和《到灯塔去》,下面对其进行具体分析。

《达洛卫夫人》代表着沃尔夫终于找到自己独特的、能够表达战后英格兰新的现状的小说形式,也代表着她对意识流技巧的运用的成熟。这部小说像乔伊斯的意识流大作一样将发生的事件压缩在从上午九点到次日凌晨的短短十五个小时之内,记述达洛卫夫人的心理意识活动,并通过回忆和现实的交叉穿插,概括了她一生的重要经历。小说一开头便单刀直入地进入达洛卫夫人的精神世界。6月的早晨,空气清新,阳光和煦,伦敦街头的车声人语、声光色影无不激发起她对过去的联想,引起她对三十年前婚姻选择中恩恩怨怨的回顾,其间又不时因女儿的疏远而感到忧虑。在一种莫名的疑虑和隐约的恐惧的驱使下,她有一种难以排遣的感觉,好像自己独个儿远远地、远远地步入海中。她心里总是感到,哪怕再活一天也是非常危险的。在"墓穴一般阴森"的家里,年过半百、两鬓斑白的女主人公不禁叹息起年华流逝,害怕死之将至。这时早年的恋人彼得自印度归来登门拜访,两人相对而坐,思绪如涌,两股内心独白扭成一道叙述线索。怅惘之余,达洛卫夫人发现在岁月的落叶之下依然埋藏着她青年时爱慕彼得的种子。同时,达洛卫夫人虽然身处社会中上阶级,但她深切感受到这个社会的压抑和窒息的氛围。于是,她在家里举办聚会、把周围的人聚拢起来一起分享生命中哪怕是短暂的一刻时光。小说在晚间宴会中结束,上层社会社交应酬的客套掩饰不了它的虚假空虚和沉闷无聊。

这部小说最大的成功在于它对时间与空间的巧妙处理。小说跨越了时空界限,用物理时间上的一天表现心理时间上的一生。它或者在时间上停止下来,表现同一时刻不同地方的活动;或者在空间上凝固起来,表现同一空间里不同时刻的事件。过

第八章　后工业革命时期的英国文学(第一次世界大战后至1945年)

去、现在和将来错综复杂地交叉穿插,在以大本钟钟鸣为标志的有限物理时间内凝聚着人生不同阶段的经验与感受。小说用具有抒情诗旋律和意蕴的优美文体,挥洒自如地展现人物幽微深沉的内心独白和飘忽游移的自由联想,展现无限丰富的心理内容。除了内心独白和自由联想外,沃尔夫在这部小说中还巧妙地采用蒙太奇的手法来表现人物的一生活动,这使得整部小说建立在一种蛛网状结构之上,而且还将空间形象与人物意识融为一体,充分展示了作品的立体感与层次感。所有这些,都使这部小说成为意识流小说的又一典范作品。

《到灯塔去》是沃尔夫意识流小说中完美的作品,它构思精巧,结构严谨,语言优美抒情。灯塔作为一种爱与和谐的象征贯穿始终,辐射着诸多人物的意识流动、心理思绪以及行为选择。

小说由三部分组成。第一部分"窗口"占全书一半篇幅,记述9月的一个黄昏拉姆齐夫妇携带儿女邀集朋友在海滨别墅度假的情景。拉姆齐夫人倚窗眺望,园中丈夫与客人在踱步,远处波涛涌向灯塔,海天一碧。别墅的窗口实际上是透视客观现实的镜子,也是窥望内心意识的心灵之窗。这一部分展示了拉姆齐夫妇之间对立的生活观点。拉姆齐先生崇尚刻板僵硬的理性和逻辑,终日苦思冥想着生活的本质和存在的基础这一类哲学问题,性情冷漠而乖戾,对子女有些专制,在陷入思辨的困境时又常需要妻子的抚慰劝勉。拉姆齐太太具有她丈夫所没有的直觉与温情,作为一个贤妻良母和殷勤好客的主妇,她是从生活的混乱烦恼中发现和谐安宁的能人,是帮助孤立的宾客之间和松散的家庭成员之中建立友好稳固联系的纽带,她是给人灵感、赐人欢乐的女神。夫妇两人性格观念上的差异反映了理性与情感、事实与灵感之间的对立以及在对立之中对和谐统一的寻求。第二部分"时光飘逝"用淡淡的几个镜头和回忆,展现了这所别墅因主人在战时无暇来度假而逐渐破败下来,而在此期间拉姆齐夫人及长女先后死去,长子也在战争中阵亡。在这一部分,作者运用了大量的形象和象征展示时光的流逝与人世的变迁,黑暗代表死亡与破坏,而晶莹碧蓝的海水象征着光明和希望。第三部分"灯塔"写十年后拉姆齐先生提议并带着已经长大的儿子詹姆斯和女儿莉丽坐船到灯塔去。他仰望灯塔,思潮起伏,意识到自己以往的冷漠,人与人之间除理性外需要温情与理解,他与子女之间的隔阂也随着他的感悟而就此冰消雪融。

　　这部小说有着很浓厚的象征意味。"到灯塔去"应该说存在于小说中每个人的希望中,它既是一个事实,包含着大家的各种愿望,如詹姆斯的好奇心,拉姆齐夫人的博爱(给灯塔守护人送日常用品),拉姆齐先生对夫人的怀念等;也隐匿着一种爱与和谐的理想,它放射出来的光芒在激起拉姆齐夫人的生命激荡中,寄托了夫人对生命意义的思考和她在众人中的核心位置而显示了某种爱的力量。拉姆齐夫人一般被看作夏娃、圣母或女神的化身,她一方面对人付出最大的爱意,一方面对人生又有深刻的洞察,"争吵、分歧、意见不合、各种偏见交织在人生的每一丝纤维之中",因此她总是尽力补救,在纷乱中营造和谐的秩序。莉丽在艺术天地中的追求,也包含着对夫人的深刻体味,那幅温馨的窗上母子图,海边夫人写信的情景,由此联想到人类心灵中蕴藏的伟大力量和日常生活中的奇迹与光辉,这正是她所追求的艺术永恒"在一片混乱之中,存在着一定的形态;这永恒的岁月流逝,被铸成了固定的东西"。因此,灯塔具有意义价值的内涵。同时。这种表达又发生在人的意识深处,每个人都必须独自穿越生命的短暂、岁月的无情,在生死艰辛中面对存在的终极性,面对生命意义这个大命题。拉姆齐先生、拉姆齐夫人、詹姆斯、莉丽,他们都在自己的意识流动中和这个大命题相遇,并在心理世界艰难沉浮。这一方面是意识流小说的特点,另一方面也是沃尔夫对人生世界的体认。应该说,她找到了与自己思想、价值观念相一致的表达方式。而最后莉丽完成绘画、拉姆齐一家到达灯塔,则是沃尔夫在一个混乱的世界,对爱、对和谐、对统一和秩序的那种内在渴望的完成,也是她对生命意义不断思考之后在语言世界给出的一个形式。

《到灯塔去》在时间的处理上不同于《达洛卫夫人》,它既有压缩,又有扩展,反映了作者对新的时间观念的运用。小说以意蕴深厚的印象主义笔触展现人物的精神世界,采用流畅自由的内心独白揭示深层意识。同时,小说完美的结构和优美的文体也为这本意识流佳作增添了风采。

第四节 经济大萧条与社会讽刺小说的出现

第一次世界大战是英国一蹶不振、每况愈下的起点,之后随着一场席卷全球的经济危机的到来,英国社会进一步动荡。在其影响下,要求更直接、更迅速地对迫在眉睫的现实问题进行反映的社会讽刺文学产生了。而在社会讽刺文学的发展中,以小说的影响力最大。

一、经济大萧条的出现

早在 20 世纪 20 年代后半段,英国的社会经济危机便已不断加深。1926 年,英国工人的大罢工是一次社会不满的总爆发,而导致这种不满的则是蓄积已久且日益加深的失业和贫困化问题。1929 年 11 月,世界性经济危机爆发,英国在全球性的经济危机中亦未能幸免。工业生产急剧下跌,工厂倒闭,进出口贸易减少一半以上,英镑贬值百分之三十还多,可谓是百业萧条。这场经济危机在 1932 年达到最高峰,英国这一年的失业人数达到 280 万,1933 年的失业人数进一步增多,竟达到职工总人数的 23%。

大量的失业人口使得民众处于深重的灾难之中,为了生存,英国工人阶级的斗争持续不断。1926 年爆发了全国总罢工,然后失业工人的反饥饿示威由北朝南向伦敦进军,20 世纪 30 年代遂成为工人运动风起云涌、社会主义思想传播壮大的"红色十年"。

为应付危机,英国政府采取了一些改良措施,但收效不大,结果导致政局不稳。同时,正当英国政府在经济危机中苦苦挣扎时,第二次世界大战的阴云又悄然而至。而这场新的世界大战日益逼近的威胁,也使得英国经济危机结束。

二、经济大萧条影响下的社会讽刺小说创作

如果说第一次世界大战后相对稳定的20世纪20年代为探索内心意识、追求形式革新的现代主义文学提供了适宜的环境,那么30年代严酷的社会、政治和经济形势,则迫使英国文学的主要倾向从现代主义向现实主义一端摆动。于是,注重对现实问题进行快速、直接表现的社会讽刺文学获得迅速发展。此外,在英国文学史上有一种源远流长的讽刺传统,或对积习时弊作含蓄幽默的调侃揶揄,或对社会丑恶和不公正作尖锐泼辣的嘲笑挖苦,甚至作愤世嫉俗的鞭挞抨击。而英国20世纪30年代的社会环境为讽刺文学的再度崛起提供了适宜的气候。这一时期的讽刺文学以小说创作为主,在暴露英国中产阶级及其知识分子的失望、徒劳和社会的沉沦腐败方面具有一定的社会意义和批判作用,因而带有现实主义成分。但同时,这些作品又受到20世纪20年代风靡一时的形式革新和技巧实验的影响,在创作方法上又显露出现代主义的某些色彩。奥尔德斯·里奥纳德·赫胥黎(Aldous Leonard Huxley,1894—1963)、乔治·奥威尔(George Orwell,1903—1950)和伊夫林·沃(Evelyn Waugh,1903—1966)都是这一时期著名的社会讽刺小说家。在这里,着重分析一下赫胥黎和沃的社会讽刺小说创作。

(一)奥尔德斯·里奥纳德·赫胥黎的社会讽刺小说创作

赫胥黎出生于英格兰一个颇有名望的知识分子家庭,祖父是《天演论》作者也是著名的生物学家,父亲是一名出色的编辑和诗人。他早年就读于伊顿公学和牛津大学,毕业后曾从事过短暂的教学工作,不久便转向文学创作,至30岁已在文学界成名。1934

第八章　后工业革命时期的英国文学(第一次世界大战后至1945年)

年,赫胥黎移居美国洛杉矶,并继续从事文学创作。1963年11月22日,赫胥黎因喉癌去世,他的骨灰被安放在英国萨里郡康普顿沃茨公墓的家族坟墓里。

赫胥黎是一位多产的小说家,也是一位出色的社会讽刺家。他成功地继承并进一步发扬了英国文学中的讽刺传统,以冷嘲热讽的手法对战后弥漫于整个西方世界的精神危机和荒诞现实作了漫画式描述。毋庸置疑,他的创作不仅丰富了20世纪英国现实主义小说的内容,而且对20世纪30年代至50年代英国社会讽刺小说的发展产生了重要的影响。当然,赫胥黎的社会讽刺小说也有一些缺陷,如在塑造人物形象和促使其思想戏剧化方面还不尽如人意,在描写社会和反映生活方面不够深刻等。

《克鲁姆庄园》是赫胥黎最早的一部社会讽刺小说,以一座古老的乡村别墅为背景,用讽刺的笔触描绘了在那里聚会的一批年轻知识分子的失败、失望与失落。主人公丹尼斯是一位年轻诗人,对人生充满厌烦的情绪,他应邀参加在克鲁姆庄园举办的聚会。在这座古老的乡村宅邸里,丹尼斯看到形形色色的宾客,他们矫情、做作,终日高谈阔论,在艺术、教育、农业、宗教、实用科学、性爱等诸多问题上都要发表看法,一个个唯我独尊。丹尼斯对庄园主的侄女安怀有感情,但安却对他一副不想理睬的样子,这让他自卑而羞怯,匆匆回到伦敦后才发现安其实对他也有情义,只是藏在心里而已。然而,丹尼斯缺乏行动的勇气,对自己也没有信心。最终是无所作为,空怀惆怅。

在小说中,赫胥黎无情地嘲弄了那些道貌岸然、唯我独尊、高谈阔论的文人雅士的苍白、空虚和徒劳。在作者的笔下,这些在克鲁姆庄园聚会的知识分子一个个显得精神瘫痪、冷漠无情。他们虽知识渊博、能说会道,并不时流露出一些时髦用语和新潮观点,但却是一群心地狭窄、悲观厌世和逃避现实的庸人。每一个人物在严酷的现实面前都茫然若失,除了滔滔不绝地高谈阔论之外,便是互相回避或陷于沉思冥想之中。他们的举止往往显得滑稽可笑,而他们的言语常常显得空洞无物。正如丹尼斯所说,"美丽的词语并不总是具有它们应该具有的意义,这使人深受折磨"。赫胥黎以冷嘲热讽的口吻向读者揭示了这样一个无情的事实,即克鲁姆庄园的主人和宾客在现代荒原上已经完全失去了行动的能力,他们将自己淹没在喋喋不休和滔滔不绝的长篇议论之中。这无疑是整部小说最根本的讽刺意义所在。

此外,整部小说充满了人物间的对话,内容涉及社会、历史、艺术、教育、宗教、科学和性爱等领域。读者发现,人物间滔滔不绝的议论和对话不仅构成了作品的基本内容,而且也成为作者发泄个人情感和传达思想的媒介,而作者每次对事件的叙述则往往为人物下一轮的高谈阔论奠定了基础。显然,赫胥黎成功地处理了对话与叙述之间的关系,并以对话来渲染主题和刻画人物,使其产生强烈的艺术效果。

《旋律与对位》是赫胥黎社会讽刺小说的高峰,也是他一生最重要的作品。小说深刻地揭示了第一次世界大战后英国知识分子的堕落行径和病态心理。小说的人物主要来自三个家庭:夸尔斯和沃尔特来自两个中产阶级家庭,而露西则来自贵族家庭。主人公夸尔斯是一位小说家。他虽有创作才华,但却性格孤僻,感情冷漠,与妻子埃莉诺同床异梦。夸尔斯终日绞尽脑汁构思作品,并试图从其熟悉的人中寻找小说人物的原型。他的冷漠几乎使妻子投入一个名叫埃弗拉德的亲法西斯主义者的怀抱。埃莉诺的兄弟沃尔特是一名多愁善感的新闻记者。他曾经与一个有夫之妇姘居,随后又与水性杨花的露西厮混。然而,沃尔特从露西那里获得的只是精神上的痛苦,而露西则不久便弃他而去,到巴黎去寻欢作乐。与此同时,小说中的其他人物也在一片虚无之中穷奢极欲,过着荒淫无度的生活。生性凶暴的斯潘特雷尔常与卖淫女鬼混,好色的文学编辑伯莱普与其女助手纵情淫欲,而滑稽可笑的夸尔斯的父亲则与一女子暗中私通,最终落得声名狼藉的下场。与这些人物相对位的是一位像英国小说家劳伦斯那样提倡以健康的方式接受性爱的艺术家马克。小说以亲法西斯主义者埃弗拉德的被杀,埃莉诺的幼子病死和斯潘特雷尔的自杀而

第八章 后工业革命时期的英国文学(第一次世界大战后至1945年)

告终。这种以暴力与死亡结尾的方式成为赫胥黎后期小说的一个基本特征。

在这部小说中,赫胥黎还进行了"小说音乐化"的实验,用古典奏鸣曲的方式展现基本的主题和对立的主题,然后发展和重现这个主题。小说所展示的现代世界是一座"充满道德堕落、性欲变态的人的疯人院"。与此相对立的主题是正常的生老病死和爱情。作品围绕这一组主题展示了一幅形形色色的堕落和怪僻人物的群像图,他们的沉溺声色是对现实的逃避,他们的荒淫无度是道德沦丧的标志。不过,这部小说的结构松散,人物也缺乏变化发展,在一定程度上制约了其艺术成就。

(二)伊夫林·沃的社会讽刺小说创作

沃出生于伦敦的一个知识分子家庭,父亲是一位作家和出版家,哥哥也是一位颇有名气的小说家和传记作者。他从小受到良好的教育,并受到英国诗文经典的熏陶,因而十分热爱文学。后来,他进入牛津大学学习,在攻读现代历史的同时积极参与文学活动,并对讽刺文学产生了浓厚的兴趣。毕业后,他当过教师,但也业余坚持文学创作。在危机迭起、灾难不断的20世纪30年代,沃出于对现实的失望而皈依罗马天主教。此后十年间他到处旅行,游及非洲,为他的游记和小说积累了丰富的素材。1966年,沃因病去世。

沃被称为"英语文学史上最具摧毁力和最有成果的讽刺小说家之一"。他的讽刺的锋芒指向社会的动乱和道德的沦丧,特别是上层社会里的堕落。他以敏锐的观察和丰富的想象,将现代社会中荒诞可笑和悲哀痛切的东西糅合在一起,揭示了一个衰微和沉沦时代的某些侧面。

《一捧尘土》是沃最为著名的一部社会讽刺小说,描写一个因妻子出轨而导致家破人亡的故事。世代相传的赫顿庄园居住着一家三口:丈夫托尼、妻子布兰达以及儿子约翰·安德鲁。浪荡子约翰·比弗的突然造访打破了他们原本安逸、宁静的生活。布兰达与他眉目传情,从比弗母亲经营的房屋租赁公司租了一套公寓,她对丈夫说,要在伦敦学习经济,无法回家。布兰达与比弗的恋情人人皆知,她的妹妹帮她瞒着托尼,她的朋友们也乐于将此作为茶余饭后的谈资,只有天真的托尼一人蒙在鼓里。后来,他们6岁的儿子骑马时不幸坠马而死。布兰达把自己的婚外情告诉丈夫,并提出离婚。托尼痛不欲生,后又得知布兰达欲借离婚要求他支付巨额赡养费,他只有卖掉赫顿庄园。于是,他拒绝离婚,和一位荒谬的探险家前往非洲,寻觅一座古城遗址。他在丛林中被一个酷爱狄更斯作品的疯子托德困住,托德告诉前来寻找托尼的人说,托尼已死。从此,托尼留在林中,每日为他朗读狄更斯的小说。因为托尼长期未归,布兰达无法离婚,拿不到赡养费,经济状况窘迫,比弗于是离她而去,布兰达和过去的一个朋友结婚。

  这部小说的讽刺技巧,从总体上来说主要有两种。一种是通过两种截然相反的情景的对立折射出强烈的反讽效果。这一手法首先体现在主人公托尼的赫顿庄园与他妻子布兰达在伦敦的公寓的对立之上。对托尼来说,赫顿庄园是英国一切美好传统价值的象征。它不仅代表了他所崇尚的全部神圣与高贵的东西,而且也是他这位贵族后代的精神支柱。而他妻子布兰达在伦敦的公寓则是现代西方文明堕落的象征,代表了一切可悲、腐朽和丑恶的东西。显然,两幢具有相反意义的房子的对立与对照强化了作品的讽刺效果。这种形象对立的情景在小说中屡见不鲜。例如,当托尼的儿子约翰被惊马踩死时,托尼害怕布兰达在听到噩耗之后会经受不住沉重的打击。然而,具有讽刺意义的是,当布兰达听到约翰的死讯时,她首先以为是自己的情夫比弗不幸遇难。在虚惊一场之后,她竟然为自己断绝了与托尼之间最后的联系而感到庆幸。于是,托尼的善良同布兰达的自私在情景的对立中形成了强烈的反差,为小说增添了一种戏剧性的讽刺效果。另一种是语言形式与内容意义之间的互相矛盾。作者有意采用一种诗歌般的典雅风格来描绘庸俗和丑陋的人物形象。这种手法在布兰达身上运用得尤为出色。例如,当布兰达与她的情人比弗一起出现在伦敦的社交场所时,作者以艳丽的语言和优美的风格将布兰达描绘成"童话故事中一位被囚禁的公主""她的处境闪耀着一种奇特的光辉",她的出现"具有迷人魅力"。在描绘她的情人比弗时,作者采用了相同的语言风格,将这个举止轻浮的花花公子描写成一个令女士们爱慕的白马王子和令男士们妒忌的"走运而又获胜的对手"。显然,语言风格与内容意义上的互相矛盾和不协调往往使读者感到在一层绚丽多彩的薄纱之下涌动着一片讽刺的波澜。

总的来说,整部小说把可笑与可悲、将幽默与谴责熔于一炉,深刻揭示了理想遭到背叛、家庭日趋衰微、人与人之间的稳定关系濒于破裂的深沉痛苦。沃本人也认为,"《一捧尘土》是人道主义的,它包含了作者关于人道主义所要说的全部内容",这就是"在现代野蛮行为面前,一切都是没有办法的。尊严、人性和忠诚都已不复存在,文明生活已经陷入吞没一切的混乱之中"①。

第五节 马克思主义的传播与左翼进步文学的崛起

在 20 世纪 30 年代前后,随着马克思主义在英国的广泛传播,无产阶级队伍日益壮大,无产阶级文学即左翼进步文学也由此兴起并获得迅速发展。

一、马克思主义的传播

英国是马克思和恩格斯的"第二故乡",而且马克思主义正是在英国逐步走向成熟和丰富,进而走向世界,成为一种改造世界

---

① 侯维瑞. 英国文学通史[M]. 上海:上海外语教育出版社,2006:640.

和创造历史的物质力量的。

在20世纪20年代末,世界性的资本主义危机使英国工人阶级状况迅速恶化,工人和劳动群众先后掀起了波澜壮阔的罢工运动。由于工人运动的开展需要有一定的理论为指导,于是马克思主义思想自20世纪30年代起在英国得到了广泛传播。

在这一时期,英国共产党获得了一次空前的大发展,大量杰出的知识分子加入该党。随着组织力量的不断扩大,为了更好地开展工作,英国共产党急需完善自己的理论。于是,他们和苏联共产党共同编译出版了一些流传颇广的马克思和恩格斯著作选本,如《马克思文选》《马克思主义、民族性与战争》《马克思恩格斯著作选集》《马克思恩格斯论西班牙革命》等。与此同时,英国共产党内出现了一股学习、研究马克思主义理论的潮流,并在几年间出现了一批卓有成就的理论家和具有一定创造性的理论成果,如克里斯托弗·考德威尔(Christopher Caudwell,1907—1937)的《幻像与现实》、约翰·德斯蒙德·贝尔纳(John Desmond Bernal,1901—1971)的《科学的社会功能》等。这些都为马克思主义在英国的传播与发展做出了不可磨灭的贡献。

二、马克思主义影响下的左翼进步文学创作

随着马克思主义在英国的进一步传播,英国文坛上涌现出一批具有革命倾向的无产阶级作家,他们在创作中更为关注现实生活和紧迫的社会问题。这些无产阶级作家的创作,通常被称为左翼进步文学。而在左翼进步文学的创作中,影响最大的是左翼进步小说。左翼进步小说着力表现工人阶级的生活与斗争,反映尖锐的社会矛盾,对现代英国社会与历史具有一定的认识价值。这是一种彻底的、高度自觉的和政治倾向十分明显的批判现实主义小说样式。肖恩·奥凯西(Sean O'Casey,1880—1964)、J. B. 普雷斯特里(John Boynton Priestly,1894—1984)、路易斯·格拉西克·吉朋(Lewis Grassic Gibbon,1901—1935)、瓦尔特·格林沃

第八章 后工业革命时期的英国文学(第一次世界大战后至1945年)

德(Walter Greenwood,1903—1974)、路易斯·琼斯(Lewis Jones,1897—1937)、乔治·布莱克(George Blake,1893—1961)等都是这一时期著名的左翼进步小说家。下面着重分析一下普雷斯特里和吉朋的左翼进步小说创作。

(一)J. B. 普雷斯特里的左翼进步小说创作

普雷斯特里出生于一个工人阶级家庭,第一次世界大战期间入伍参战,辗转于法国前线的战壕内,曾三度受伤。战争结束后,他就学于牛津大学,毕业后为报刊撰写评论,并开始从事小说创作,一直持续到20世纪70年代。晚年的普雷斯特里获得了众多荣誉,并于1984年去世。

普雷斯特里的左翼进步小说热衷于揭示普通人在平凡的生活中对危机、失业、破产和前途的焦虑与担忧,还尝试性地反映了他们所持有的模糊的社会主义思想。在社会动荡,各种思潮泛起的年代,普雷斯特里虽然没有在作品中表现出深邃的思想内涵,但他却将小说的焦点固定在当时社会的各种矛盾上。

《星期六的白天》是普雷斯特里最为重要的一部左翼进步小说,呼吁管理者与工人携起手来,紧密合作,共同战胜法西斯主义分子,因此,作品带有很强的政治目的性。

小说的情节围绕着一架飞机制造厂的工人和管理者之间的关系展开。工人们不辞劳苦,夜以继日地工作着,只有在周末才能见到阳光。在对待工人的问题上,监工艾立克与总经理助理布兰福特表现出不同的态度。艾立克出身于工人家庭,从最基本的工作做起,兢兢业业,逐步被晋升到监工的位置上。相比之下,布兰福特则来自于一个富裕、权势显赫的家族。他坚信未来必定是技术一统天下,所以在大学期间主攻工程,毕业后成为一名职业工程师。在工作中,他仍然保持他那个阶级所笃信的价值观念和行为方式,往往把工人看作是毫无情感的机器,任意驱使。监工艾立克虽然性格粗放,有时难以被工人们理解,但非常懂得他们的感情,理解他们的行为方式。

艾立克和布兰福特都想接替总经理的位置,但布兰福特最后成为幸运儿。与此同时,准备离职的艾立克因看不惯性格内向的宗教狂热分子司多尼尔对一位年轻女职员的百般刁难,与之发生口角并在打斗之中丧生。工人出身的安格利比不仅接替了艾立克的工作,在婚姻上又交上好运:出身体面家庭的芙丽达·皮奈尔抛弃了传统的门第观念,痴情地做了他的新娘。工厂的一切运转正常。即将退休的总经理车威特对布兰福特耳提面命,一再强调善待工人,实行人性化管理的重要性。小说的结尾暗示了重要的信息:由于管理者与被管理者之间和谐、愉快的关系,战场上传来的盟军捷报,工人们的士气十分高涨,不仅完成了额定工作量,而且还赶回被耽误的生产任务。工厂里洋溢着一派蒸蒸日上的朝气。

这部小说从总体上来说,并没有流于形式,成为社会主义的政治宣传品,而是把生产与管理、性格与命运、现实与传统、理想与生活紧密地结合在一起,形成一个多声和弦的艺术有机体。同时,作品字里行间到处流露着作者对社会主义信念所持有的乐观态度。普雷斯特里曾意味深长地说过,超阶级的合作并不仅限于战时这一特殊时期,他希望未来的人们能了解到战时的英国同胞是如何共渡难关的,并能够从中受到应有的启发。从这个意义上讲,《星期六的白天》是富有艺术感染力的,它为20世纪五六十年代的工人阶级小说奠定了思想上的基调。

(二)路易斯·格拉西克·吉朋的左翼进步小说创作

吉朋是现代英国文坛一位杰出的左翼作家,出生于苏格兰东部农村的一个佃农家庭。他早年虽中途辍学,但却颇有才气。起初,他在一家地方报社当记者,后在军队里当过文书,还到中美洲进行过考古发掘。这些工作经历为他日后从事文学创作提供了习作练笔的机会。自1931年起,他开始发表文学作品,从此笔耕不辍。不过,吉朋只活了34岁,于1935年结束了自己短暂的一生。

第八章　后工业革命时期的英国文学（第一次世界大战后至1945年）

作为一个左翼进步小说家，吉朋的名望建立在其反映苏格兰人民生活、觉醒和斗争的三部曲《苏格兰人的书》上，包括《日暮之歌》《云中之谷》和《灰色的花岗岩》。这部作品到20世纪末还在再版并受到评论界的关注，这是20世纪30年代革命文学中比较少见的。三部曲的时间轴为从第一次世界大战前夕开始，到20世纪30年代欧洲经济危机结束，以女主人公克丽丝的人生经历为线索，从家庭到社会，从乡村到城市、工厂，展现了颇为广阔的画面。

《日暮之歌》以忧伤的笔调描述了机械文明对苏格兰乡村的侵蚀和农业社会的解体。小说以题为"未耕作的田野"的"序言"开局，描绘了第一次世界大战前夕即将被工业机器取代的苏格兰乡村的田园风光，字里行间表露出一丝莫名的忧伤。14岁的少女克丽丝生活在一个极其贫困而又多子女的佃农家庭。她母亲出于对多子女的恐惧心理毒死了一对孪生婴儿后自杀身亡。不久，父亲瘫痪，哥哥出走，克丽丝不得不中途辍学，料理家务。父亲死后，她与一个名叫伊旺的外来青年结婚。尽管克丽丝从她母亲身上看到了农村妇女的痛苦与不幸，并渴望获得独立的人格和新的生活，但她依然扎根于农村，过着虽十分艰辛却仍不失为安宁的生活。一年后，他们的儿子出世，名字也叫伊旺。然而，第一次世界大战的爆发破坏了克丽丝一家的平静生活。丈夫伊旺被迫应征入伍。参军不久，他便发现这场战争毫无意义。难以忍受的兵营生活以及对妻子的思念使伊旺沦为酒鬼。最终，他在逃离军营时被枪杀。伊旺的死不仅象征着战争对人性的摧残，而且也标志着田园生活和小农经济的瓦解。同时，它对克丽丝的意识的觉醒产生了重要的影响。

《云中之谷》反映了苏格兰农村的变迁和克丽丝对新生活的追求。寡居的克丽丝嫁给一个叫罗伯特的牧师，从乡村移居到一座工业小城。这里既没有大城市的喧嚣，也没有乡村的宁静，象征工业化发展的一个中间阶段。工人的罢工、各种现实艰难与克丽丝的生活相交织。丈夫罗伯特是一个有理想的人。信奉基督教社会主义，希望建立一个各阶级的联盟，改善现实境况，并身体力行付诸实施。但幻想很快在各阶层的对立中破灭,他又转入工党社会主义,而工人罢工失败使他备受挫折。克丽丝的流产以象征方式宣告丈夫的理想与现实世界难以接轨。后来牧师陷入宗教神秘主义中,渴望基督显灵,来给他指示尘世的道路,但他看到的只是悲惨的现实世界,身边的工人流离失所,他难以忍受如此状况,不断生病,最后死在布道的讲台上。克丽丝本来和丈夫一起寻找理想实现的途径,在不断的失败中,只好将希望寄托在儿子伊旺身上。至此,无论是小农经济、小资产阶级还是宗教的社会主义,都以失败告终,预示着要想改变生活现状,必须寻找新的方向。

《灰色的花岗岩》以20世纪30年代的一座工业城市为背景,生动地反映了克丽丝的觉醒及其儿子伊旺的革命活动。为了谋生,克丽丝和人合伙经营一处寄宿住所,儿子辍学到一家钢铁厂当工人。他逐渐成长为一个具有坚强性格的共产主义者,与高尔基《母亲》中的儿子有点相似。他认识到"他就是那支大军,那支痛苦、流血和受尽压迫的大军,那个走在最后一个阶级前列的衣衫褴褛的队伍",他还组织了一次罢工,被警察逮捕后依然坚强不屈。小说结尾,克丽丝准备回到故乡去,儿子准备出发参加由共产党发动的反饥饿进军运动。伊旺是这部小说中成长起来的无产阶级战士的形象。

总的来说,这部作品以一位苏格兰妇女的家庭生活为主线,生动地描绘了波澜壮阔的无产阶级革命运动,真实地揭示了英国社会的动荡与变迁。吉朋成功地塑造了一系列鲜明的人物形象,而伊旺所代表的共产主义者的形象在现代英国小说中是十分罕见的。此外,这部小说在艺术上也有一定的独创性。作者巧妙地采用第二和第三人称彼此交替的手法来叙述事件,时而靠近读者,时而又与读者保持一定的距离。第二人称叙述在英国小说史上并不多见,吉朋在运用这一技巧时显得挥洒自如,得心应手,生动地表达了劳动人民的忧虑、悲伤、欢乐和希望,取得了第一和第三人称叙述难以达到的艺术效果。不仅如此,作者还在小说中频繁地使用倒叙和插叙等手法,并经常通过人物的回忆来追述过去

第八章 后工业革命时期的英国文学(第一次世界大战后至1945年)

的事件。显然,这部小说不仅是思想内容与艺术形式有机结合的杰出范例,而且也代表了20世纪30年代英国左翼进步小说的最高成就。

参考文献

[1]范存忠.英国文学史纲[M].南京:译林出版社,2015.

[2]杨周翰.十七世纪英国文学[M].上海:上海人民出版社,2016.

[3]常耀信.英国文学通史(第一卷)[M].天津:南开大学出版社,2010.

[4]黄梅.推敲"自我":小说在18世纪的英国(修订版)[M].北京:生活·读书·新知三联书店,2015.

[5]郭文钠.英国[M].北京:北京联合出版公司,2014.

[6]李维屏,宋建福.英国女性小说史[M].上海:上海外语教育出版社,2011.

[7]王琼.19世纪英国女性小说研究[M].合肥:安徽文艺出版社,2014.

[8]侯维瑞,李维屏.英国小说史(上)[M].南京:译林出版社,2005.

[9]常耀信.英国文学通史(第三卷)[M].天津:南开大学出版社,2013.

[10]黄遵洸.英诗咀华:汉英对照[M].杭州:浙江工商大学出版社,2014.

[11]张蔚,常亮.20世纪英国女性文学探微[M].北京:清华大学出版社,2015.

[12]梁实秋.英国文学史[M].北京:新星出版社,2011.

[13]常耀信.英国文学通史(第二卷)[M].天津:南开大学出版社,2011.

[14]陈惇,刘洪涛.西方文学史(第一卷)[M].成都:四川人

民出版社,2003.

[15]常耀信.英国文学通史(第一卷)[M].天津:南开大学出版社,2010.

[16]黄秀敏.文化语境下的西方幻想文学之嬗变[M].北京:现代出版社,2015.

[17]张柏香,张文.《英美文学简明教程》学习指南[M].武汉:华中科技大学出版社,2015.

[18]郑茗元,岳丽萍.英美文学经典作品赏析与导读[M].广州:世界图书出版广东有限公司,2015.

[19]陈新.英国散文史[M].南京:南京师范大学出版社,2008.

[20]吴伟仁,张强.英国文学史及选读学习指南(第一册,重排版)[M].武汉:武汉大学出版社,2014.

[21]吴景荣,刘意青.英国18世纪文学史(增补版)[M].北京:外语教学与研究出版社,2012.

[22]聂珍钊.英国诗歌形式导论[M].北京:中国社会科学出版社,2007.

[23]蒋承勇.英国小说发展史[M].杭州:浙江大学出版社,2006.

[24]王守仁,方杰.英国文学简史[M].上海:上海外语教育出版社,2006.

[25]侯维瑞.英国文学通史[M].上海:上海外语教育出版社,1999.

[26]牛庸懋,蒋连杰.十九世纪英国文学[M].郑州:黄河文艺出版社,1986.

[27]王志远.世界名著鉴赏大辞典[M].北京:中国书籍出版社,1990.

[28]张玉书.外国抒情诗赏析辞典[M].北京:北京师范学院出版社,1991.

[29]王佐良.英国文学史[M].北京:商务印书馆,1996.

[30]钱青.英国19世纪文学史[M].北京:外语教学与研究

出版社,2005.

[31]王佐良.英国诗选[M].上海:上海译文出版社,2011.

[32]阮炜,徐文博,曹亚军.20世纪英国文学史[M].青岛:青岛出版社,2004.

[33]王守仁,何宁.20世纪英国文学史[M].北京:北京大学出版社,2006.

[34]王佐良,周珏良.英国20世纪文学史[M].北京:外语教学与研究出版社,2006.

[35]何其莘.英国戏剧史[M].南京:译林出版社,2008.

[36]桂扬清,郝振益,傅俊.英国戏剧史[M].南京:江苏教育出版社,1994.

[37]王佐良.英国散文的流变[M].北京:商务印书馆,2011.

[38]王佐良.并非舞文弄墨——英国散文名篇新选[M].北京:生活·读书·新知三联书店,2015.

[39]阎康年.牛顿的科学发现与科学思想[M].长沙:湖南教育出版社,1989.

[40]殷企平.英国小说批评史[M].上海:上海外语教育出版社,2001.

[41]龚翰熊.欧洲小说史[M].成都:四川大学出版社,1997.

[42][美]鲁宾斯坦.从莎士比亚到奥斯汀[M].陈安全,等译.上海:上海译文出版社,1987.

[43][美]安妮特·T.鲁宾斯坦.英国文学的伟大传统(上)[M].陈安全,等译.上海:上海译文出版社,1998.

[44][英]安德鲁·桑德斯.牛津简明英国文学史[M].谷启楠等,译.北京:人民文学出版社,2000.

[45][苏]阿尼克斯特.英国文学史纲[M].戴镏龄,译.北京:人民文学出版社,1959.

[46]张亮.英国马克思主义理论传统的兴起[J].国外理论动态,2006(7).

[47] Godfrey Frank Singer. The Epostolarv Novel[M].

Philadelphia:University of PennsylvaniaPress,1933.

[48] Samuel Richardson. "Postcript" Clrrisa[C]. Oxford: Shake-speare Head,1930. Vol. Viii.

[49]Jeanette Winterson. Poetic justice:A gay woman is the people's choice[N]. The Times,2009—5—2.

[50]Nina Baym. The Norton Anthology of American literature [M]. New York:New York W. W. Norton & Company Inc,2006.

[51]James Vinson. Novelists and Prose Writers[M]. London:The Macmillan Press,1979.

[52]Benjamin Ifor Evans,Bernard Bergonzi. A Short History of English Literature[M]. London:Penguin Books,1976.

[53] Henry Pelling. The Labour Governments, 1945—1951 [M]. London:Palgrave Macmillan UK,1984.

[54]Malcolm Bradbury. The Modern British Novel(1878—2001)[M]. London:Penguin Books,2001.

[55] Nandi Bhatia. Anger, Nostalgia, and the End of Empire: John Osborne's Look Back in Anger[J]. Modern Drama,1999(3).